講談社文庫

三軒茶屋星座館 3

春のカリスト

柴崎竜人

JN230622

講談社

目次

三軒茶屋星座館3

春のカリスト

主な登場人物

大坪和真《おおつぼかずま》　プラネタリウム兼バー「三軒茶屋星座館」の店主。35歳、独身。金髪。双子の弟の創馬とともに月子を育てている。

大坪創馬《おおつぼそうま》　和真の双子の弟。素粒子物理学者。長髪のマッチョ。アメリカから月子を連れて帰国し、和真の元に転がり込んだ。

大坪月子《おおつぼつきこ》　帰国子女の小学4年生。サン（三枝日向子）の娘。血のつながりのない和真と創馬の二人を「お父さん」と呼ぶ。

近藤奏太《こんどうかなた》　大学生。自称・星座館バイト。宇川葵の大ファン。趣味はサンバと筋トレで、創馬を師匠と仰いでいる。

リリー　オカマバー「リリーの世界」の店主。星座館の常連。筋肉フェチ。サンバチームのリーダーでもある。

宇川葵《うがわあおい》　元アイドルの人気ロックミュージシャン。自称・星座館バイト筆頭。

ピカ爺《じい》　星座館が入っている雑居ビルのオーナー。ウーロン茶を愛飲する、極度に無口な老人。

保科晃《ほしなあきら》　六本木のヤミ金業者。和真を気に入って、なにかと連絡をしてくる。

山本藍《やまもとあい》　奏太の幼馴染み。フルート奏者の音大生。母はイタリア料理店を経営。

宇川奈都子《うがわなつこ》　雑誌編集者。葵の従姉妹。

相澤勉《あいざわつとむ》　宇川葵の所属事務所社長、兼マネージャー。

三枝日向子《さえぐさひなこ》　和真の元恋人。通称・サン。かつては和真と創馬と三人暮らしをしていた。幼い月子を連れてアメリカの創馬の元を訪れる。その後、交通事故で死亡。

浅丘慢《あさおかまん》　通称・慢ちゃん。新宿のオカマパブ「猫とラッパ」の店主。10代の頃の和真の恩人。「浅丘三姉妹」の長女役。

浅丘蘭《あさおからん》　慢ちゃんの妹分のオカマ。「浅丘三姉妹」の末妹役。

村上雅也《むらかみまさや》　新宿を拠点とする実業家。かつて新宿再開発のために和真を利用していた。

谷田栄一《たにだえいいち》　星座館の常連。ギャンブル好き、女好きの不動産屋で、地元の事情通。

凪子《なぎこ》　星座館の常連。水着ガールズバー「モナリザ」で働く巨乳のキャバ嬢。

ケン　雑居ビルにある人気カフェバー「α《アルファ》ルーム」のバイト。

ヤス　雑居ビルにあるキャバクラ「エデンの外《そと》」の黒服。

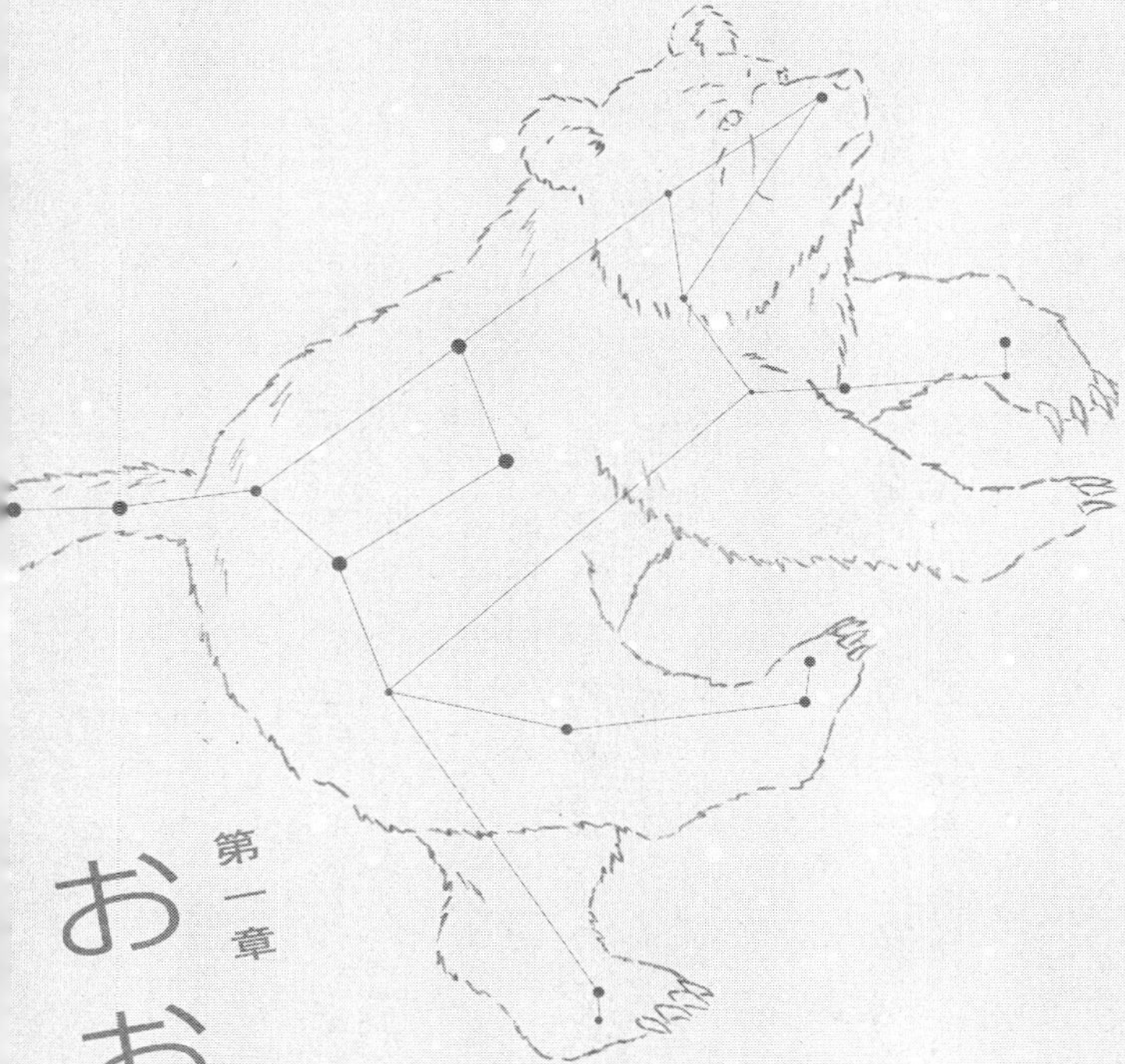

第一章
おおぐま座

春の代表的な星座。
全天で三番目に大きな星座で、
尻から尾にあたる北斗七星は
あまりにも有名。
地中海文化圏のみならず、
インドやネイティブ・アメリカン、
アイヌの伝説でも、この星座
（あるいは北斗七星）を
熊に見立てていた。

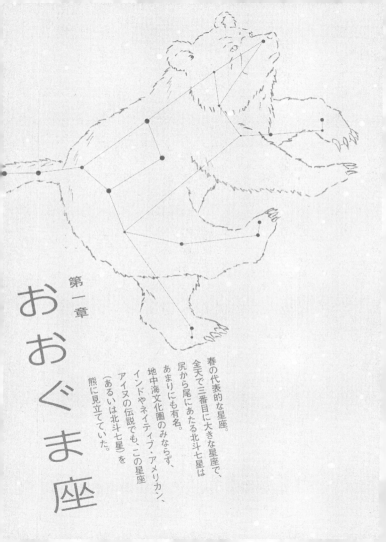

夜空を見あげた瞬間に、水たまりに足を踏み入れた。

容赦《ようしゃ》なく冷たい。冬の最後の雨だった。

あっという間に革靴が濡《ぬ》れ、雨水は靴下まで染みこんでいく。いつもなら開店前の買い出しをしている時間だった。今日はスーパーのビニール袋を抱えるかわりに、大《おお》坪和真《つぼかずま》はぐっすりと眠る月子《つきこ》を背負って歩いている。

東急田園都市線、三軒茶屋《さんげんぢゃや》駅。

駅地上にある国道246号線と世田谷《せたがや》通りに挟まれたこの「三角州《さんかくす》」は、昭和の面影《おもかげ》を残す歓楽街だった。表通りにあるスポーツジムや金融機関、大手フランチャイズ飲食店が発している明るく都会的な雰囲気とは対照的に、この裏通りの空気はひかえめにも健全とは言いがたい。

路地は細く、複雑に入り組んでいる。

いくら天気の良い日でもこの路地には陽が当たらなかった。酔っぱらいが千鳥足《ちどりあし》で歩き、中年同士の殴《なぐ》り合いの喧嘩《けんか》が起こる。その騒ぎに店から出てくる酔客はいても、喧嘩を止めようとする人間などいない。それどころか殴り合いを肴《さかな》に酔客たちはまた酒を飲み出すようなありさまだ。それが昼にも夜にも起こる。

その三角州のなかでも、ひときわ細い路地に和真は入った。

風が吹き抜ける。雨粒が身を削っていくようだった。背中の月子がじんわりと温かい。両手で月子の足を支えているために、傘は左肩に載せているだけだ。白いワンピースだけでも十着以上も持っている月子が、はじめて黒いワンピースを着たと言っていた。肌の白さがいっそうきわだっていた。泣き疲れているのだろう、月子は目を覚ます気配がなかった。腰をかがめて彼女を背負いなおすと、自分の喉元《のどもと》に手を伸ばし、喪服の黒ネクタイをわずかにゆるめた。

ビルに入って、傘を肩から床に落とした。

月子を起こして歩かせるか一瞬考えたが、結局背負ったまま傘を畳んだ。水を吸い込んだ革靴が、リノリウムの床にこすれる。エレベーターホールには薄汚れた案内板がかかっている。バー、オカマパブ、キャバクラ、風俗店、占いの館、パワーストーン店、その他得体の知れない店が案内板にずらりとならんでいる。築五十年の雑居ビルだ。震災に耐えたのが奇蹟、奇蹟のオンボロビル、受験前に参拝に来ると心が折れない、という触れ込みで宣伝集客したらどうかと各店のオーナーで真剣に話し合われたこともあった。ちなみにその宣伝計画が実現化されなかったのは、受験生が出入りしても道徳的に問題のない店がビル内にほとんどなかったためだった。

エレベーターのボタンを押すと、がたがたと音を立てて面倒くさそうに扉が開いた。徐々に変わっていく階数表示がようやく七階を示して、激しい振動とともにエレベーターが止まる。

このフロアには長い廊下の両端に、和真が暮らす部屋と、和真が開く店がある。エレベーターを降りて左にすすみ、月子を落とさないようにもういちど背負いなおした。

「お父さん」

目覚めた月子が耳元で囁《ささや》いた。

「起こしちゃったかな」

「夢をみたよ」

「うん」

「みんな一緒だったよ。パレードしてた」

「まだ眠れるかな」

「まだ眠れる」

「もうすこし眠ろう」と和真は言った。「夢のつづきが逃げないように」

うん、とかすれた声で月子は肯《うなず》いた。

喪服のポケットから清塩《きよめじお》の袋をとりだし、口で破ると塩をスーツに振りかけた。

「ここどこ？」

鍵は開いていた。鉄扉《てっぴ》の上のプレートには明朝体《みんちょうたい》で店名が刻《きざ》まれている。大きく息を吐《は》き出してから、銀のドアノブに手を掛けた。

――三軒茶屋星座館。

ここが和真の開く、プラネタリウムだ。

☆

その豪雨までの一ヵ月は、通り雨さえ降らなかった。

天気予報では雨となることはあっても、実際に傘が必要だった日はない。三週間前のサンバパレードも前日の天気予報では朝方から丸一日雨で、一同は雨天中止の覚悟もしていた。しかし当日になってみると雨雲ひとつない青空が広がっていた。

「これが私の力よ！　晴れオカマの晴れ力《ぢから》よ！」

リリーは針で突いたら爆発しそうな満面の笑みで、サンバチームを率いて踊っていた。とつぜん現れたサンバ隊に昼から飲んでいる三角州の酔客たちも大盛り上がりで、飲み屋の窓から手を振るだけでなく、飛び込みでパレードに参加する者もいた。

去年の夏、三軒茶屋の茶沢《ちやざわ》通りで行われるサンバパレードに雑居ビルの面々が参加してから半年が経っていた。その大会では「リリーとゆかいな獣たち」というチーム名で二十数名が出場し、地元の利というか、ビギナーズラックというか、信じられないことにリリーたちは審査員特別賞を受賞した。それで味を占《し》めたサンバチームは、今年の夏の大会も出場するつもりでいるらしい。迷惑なことに彼らの練習は、週末の昼に星座館で行われていた。雑居ビルのなかでもっとも床面積が広い店舗が星座館であり、中心メンバーも星座館関係者が多いことが理由だった。肝心《かんじん》の店主である和真だけがサンバに興味がなく、その日のお祭り騒ぎも月子の保護者として行列の最後尾を歩いているだけだった。

ちなみにこの行列は二名の警察官が先導している。

パレードが三軒茶屋再開発反対を訴えるデモ行進ということになっていたためだ。法令手続きに則《のっと》ったデモの届け出があった以上、警察官は行進に付き添わなければならない。後続のパレードが派手であればあるほど、先導する警察官とのコントラストがきわだって周囲の観客もいっそう盛りあがった。晴れた週末の昼からこんな集団のお守《も》りをしなければならない警察官に和真は心から同情してしまう。彼らはやせ細った驢馬《ろば》のように虚《うつ》ろな目で、この乱痴気《らんちき》騒ぎを引き連れていた。

三軒茶屋駅上の三角州にある歓楽街の再開発は、すでに区議会の決定事項だった。

古い歓楽街は撤廃され、更地となった三角州には高層ビルが建つ計画だ。すでに駅前にある二十六階建てのキャロットタワーよりも高い、四十三階建ての超高層建築となる。この街のスケールからすれば異様ともいえる巨大ビルだろう。再開発予定地区には残念ながらピカ爺《じい》が所有する雑居ビルも含まれている。そのため一年後には和真の開くプラネタリウム兼バー「三軒茶屋星座館」も、リリーの開くオカマバー「リリーの世界」も、その他全テナントが賃貸契約を解除して雑居ビルから出ることになっている。「最後までなにがあるかわからないわ！　どんな小さな抵抗でも、やらないよりはやったほうがいいもの！」とサンバパレードで歓楽街を練り歩こうと提案したのはもちろんリリーだ。ただしパレードといえば聞こえはいいが、和真の目にはド派手なちんどん屋にしか見えない。

「再開発、はんたーい！」

奏太《かなた》が腰を振りながら声をあげると、サンバ隊も「はんたーい！」と復唱し、路上の観客もそれにあわせて声を上げた。

「私、今日も、充実してますっ！」

というリリーの声にも律儀に「充実してます！」「俺も充実してます！」と復唱が聞こえる。ようするに、青空の下で踊って騒げればなんでもよいのだ。パレード参加者の中心は大会に出場したメンバーで、リリーの他に和真の双子の弟の創馬《そうま》、その娘の小学四年生になった月子、星座館の自称バイトで大学生の近藤《こんどう》奏太、同じく自称バイトであるミュージシャンの宇川葵《うがわあおい》、常連の谷田《たにだ》、凪子《なぎこ》らがいる。また雑居ビルの人気カフェバー「α《アルファ》ルーム」のバイトのケン、彼の友人でキャバクラ「エデンの外《そと》」の黒服のヤス、その他風俗マッサージの女子従業員らだ。よくもまあ同じビルにこれだけのお祭り好きが集まったものだ。再開発に合意した地主であり、ビルオーナーでもあるピカ爺も「サンバならやむを得ん」と参加して、行列の中央で無表情で腰を振っている。本心では再開発計画に納得していないのかもしれない。だが七十を超えるはずの高齢で腰を振るのが唯一の反対運動などとも思えず、結局、皆と踊るのが楽しくてやっているのだろう。

サンバデモパレードは一時間もかからずに終了したが、三角州の公園に戻った頃には全員が汗だくだった。「あー、今日も充実したわあ！」というリリーのメイクはすでに崩れ、歴史的巨匠の描いた印象画を彷彿《ほうふつ》とさせた。去年は限界まで肌を露出したビキニ衣装だったが、今日はちゃんと腹部まで生地で覆《おお》われていた。とはいえそのぶん隙間なく小粒のスパンコールが縫《ぬ》いつけられていて、ひときわ派手な衣装であることに違いはない。他のメンバーもみな一様に満足そうで、お互いの踊りについてどこが素晴らしかったかを肩をたたき合って賞賛していた。

「いやー、リリーありがとう、久々で超楽しかったわ！　新コスチュームも似合ってるし！」

「あらやだ、気づいちゃった？　夜なべして作ったのよお！　肌見せられなくて残念だけど、布が増えたぶん新作はスパンコール量が十倍よ！　月子と葵のイケイケ衣装もよかったけどね！」

「私ね、葵ちゃんとおそろいの衣装でうれしかった」

「うん、やっぱサンバって衣装着るとテンション上がるね！」

「チーム・サンバ星座館のデビューパレード、大成功だったな」

と創馬がむきむきの胸板を反らせたところで「ちょっとなによそれ」とリリーが反応した。

「いまなんて言ったのよソーちゃん」

「だから、チーム・サンバ星座館だって。サ・ン・バ・セ・イ・ザ……」

「違うわよ！　私たちは『リリーとゆかいな獣たち』でしょ！」

そうよね、そうよね、とリリーが一同を振り返るがみな相手にしない。パレードの前にも繰り返された話題でみなすでに飽きている。

「さっきも話したじゃん。練習場所は星座館だし、俺らだって星座館ができてから仲良くなったし、星座館いつも客がいないから宣伝にもなるし。リーダーはリリーなんだからいいだろ」

「よかないわよ！　そんなんじゃ私充実できないわよ！」

「あ和真さん、せっかくだから携帯で写真撮ってよ」

「ちょっと奏太なに無視してんのよ！　カズちゃんもなんとか言いなさいよ！」

「リリーあきらめてくれ。宣伝になるなら僕はなんでもいい。サンバにでも魂《たましい》を売る」

「ならカズちゃんも踊ってから言いなさい！　名前はいいのに踊りは嫌だなんて！」

「体は許すけど、キスは許さないってのと一緒ね」

風俗嬢らが焚《た》きつけて男性陣が盛りあがった。ただでさえパレード直後で興奮している一同はいっこうにまとまらない。その間に和真はポケットをまさぐったが、キーホルダーと財布以外にはなにも入っていなかった。どうやら携帯電話を店に忘れたようだ。しかたなく「コンビニ行ってくる」と叫んだが誰も聞いておらず、三分後に戻っても状態は変わっていなかった。それどころかまた音楽が鳴りはじめて騒ぎはいっそう大きくなっている。「はい、写真撮るから静かにして！」と手を叩いて注意をひき、一同をむりやり一箇所に集めて立たせた。ようやく静まったところでカメラを構えると「和真、ちょっとまって」と葵が茶々を入れる。

「こんどはなんだよ」

「ねぇ、それなに持ってんの」

「なにって、カメラだよ」

「もしかして、うわ！　写《うつ》ルンですじゃねーか！　和真が写ルンです持ってるぞ！

携帯のかわりにこいつ写ルンですで写真撮るぞ！」

創馬が叫んで全員がどっと沸く。「まだあんのか！」「超懐《なつ》かしい！」「写りたいっす！」「充実できるわ！」などとカメラひとつでひと盛り上がりし、和真も写真に入るためにカメラを渡した通りがかりの女子高生が使い捨てカメラの撮り方を知らなかったため、それでまた一同は大騒ぎすることになった。

「それじゃあ『サンバ、セイザカン！』でシャッターお願いしまーす」

「私は認めないわよ！」

「創馬、月子の体を隠してくれ。肌が見えすぎる」

「うわあ和真さん、ほんとお父さんっぽくなったよなー」

「ねぇ和真ぁ、私の肌も見えてるんだけど、それはいいのお？」

「いいよ。なんで葵がそんなこと僕にきくんだよ」

「痛《い》ッテェ！　葵さんなんで俺を殴るんすか！」

「ところでピカちゃん、ちゃんといる？」

「……いる」

「じゃあいきまーす」としびれを切らした女子高生が叫ぶ。

「せーの、サ」と全員でタイミングを計ったところで、合図を待たずに女子高生はシャッターを切った。

☆

「おれ、前からいちど聞いてみたかったんすよ。和真さんのすっごいエロいギリシャ神話」

そう言い出したのはキャバクラ黒服のヤスだった。

デモパレードを終えて近場の銭湯で汗を流した一同のうち、半数は自分の仕事場に戻り、残ったものはそのまま星座館で酒を飲み出した。まだパレードの余韻《よいん》を味わいたいのだろう。

「誤解だ。すっごくエロくなんかない。パレードに付き添って疲れたからまたこんどね」

「いいじゃない、してあげなさいよ。お店の宣伝してもらうんだし」

まだ根に持っているリリーがテキーラを片手にぼやいた。店主による星座のギリシャ神話解説は、三軒茶屋星座館のサービスのひとつだ。客から求められたとき、星座にまつわるギリシャ神話を和真が説明する。同じビルで働く他店の従業員はそのサービスがあることを知っていても、自分の店が営業時間中のために実際に聞く機会はめったになかった。そのため「エロいギリシャ神話」などという噂だけがビル内で一人歩きしているのだろう。

「みんなも疲れてるだろう？　葵なんてもう爆睡してるじゃないか」

「葵さんはいつも爆睡してるからいいよ」

「そうっすよ、すっごいエロいのお願いしゃーす」とヤスがおどける。まだ二十代前半のお調子者だった。仕事着である黒いスーツと同じくらい黒く、濃密に、黒蜜《くろみつ》みたいに、日焼けしている。大きく開かれたシャツの首元にはゴールドのチェーンネックレスが見えた。一見すると時代遅れの極道のような格好だが、サングラスを外すとつぶらな二重の若者だ。誰に憧《あこが》れているのかわからないが鼻の下にちょび髭《ひげ》を作っていて、学芸会でチンピラ役を懸命に演じている中学生のような印象を与える。一方、ヤスの親友のケンは「爽《さわ》やか」という漢字をそのまま擬人化したような清潔感のある若者だ。人気店αルームのなかでもとくに女性ファンの多い店員で、バレンタインデーにはケン目当ての女性客で営業時間中はつねに満席だったという。この二人に共通する話題があるのか不思議なほどだが、仲の良い友人とは得てしてそのようなものだろう。

「どうせなら、フラれたばっかりの奏太の心が癒《い》えるような話がいいんじゃない？」

ケンが言うと「なにそれ!?」とリリーが目を輝かせた。

和真も初耳だった。どうやら皆の知らないところで密かに恋愛していたらしい。

「なんかわざわざディズニーランドまでフラれに行ったたってきいたけど」

「ちょヤスさん、あの話しゃべったのかよ！」

耳まで真っ赤にした奏太がヤスに詰め寄った。とはいえヤスの本領が秘密保持より も噂拡散にあることは誰もが知っていることだ。彼に話した奏太が悪い。ヤスは「えっと」とごまかしながら頬を指で掻《か》き、「とにかくなんでもいいから和真さん早く話して下さいって」と助けを求めるように言った。

「お父さん、私もききたい」

それまでくすくすと笑っていた月子が手を上げて言う。

「……なに座の話が聞きたいんだ？」

娘にだけは甘いよなあ、と創馬が自分のことを棚《たな》に上げて笑う。

「北斗七星《ほくとしちせい》がいい！　学校でならったの」

和真は軽く肯くと、ピルスナーグラスにビールを注《つ》いだ。

「じゃあこれを聞いたら、みんな帰るんだよ」

はーい、と返事が店内に響く。バーカウンターのスツールから月子が飛び降りてプラネタリウムの客席へ移る。立っていた者もみなグラスを片手にプラネタリウムへと移動した。

ひとつ上の階の床が抜けたために2フロアが吹き抜けになった高天井、そこに釣られたドーム型スクリーンの下には十二席の客席が二列で扇形《おうぎ》にならんでいる。客席はそれぞれドリンクホルダーがついているリクライニングシートだ。プラネタリウムに併設されているバーカウンターで酒を飲む客は、いつでもプラネタリウムの客席に移っていいことになっている。ドームの真下には和真が苦労して手に入れた年代物のレンズ式星像投影機が設置されている。和真はコンソールで店内の照明を絞り、プラネタリウムに今夜の夜空を設定した。そのあいだに創馬と奏太が遮光窓と遮光カーテンを閉じ、広い店内に暗闇を閉じ込めた。

瓶詰《びんづ》めのナッツをひとつ口に放り込んで、和真はカウンターの外に出た。

「知っている人もいると思うけど、北斗七星はおおぐま座っていう星座の一部なんだ。これから話すのは、そのおおぐま座のギリシャ神話だ。わかったかな？」

はーい、と一同が声をあげる。その声に驚いたのか、ふがっと葵がいびきをかいた。

「北の空に浮かぶ巨大な星座、おおぐま座は、春の代表的な星座のひとつだ。といっても日本からは一年中、どの季節でも見えるんだ。このおおぐま座のお尻から尻尾にかけて連なっている七つの星が、別名・北斗七星って呼ばれてるんだよ。北斗七星は北極星の周りをぐるぐると回ってる。そのため紀元前四〇〇〇年くらいまでは車座って呼ばれてた。あの柄杓《ひしゃく》形の星図が、人力車や馬車に見立てられてたんだね」

「胸に七つの傷があるマッチョのお話はまだ？」リリーがそわそわと手をこすり合わせる。

「それは別の物語だよ。ギリシャ神話のおおぐま座の物語には、月の女神が登場する」

「アルテミスさんだ！」と月子が振り返った。そのとおり、と和真は笑った。

「ゼウスの子供たちのなかでもとくに優秀な双子、太陽神アポロンと、月の女神アルテミスは、ギリシャ神話内でエース級の神様だ。アルテミスは有能なために、『月の女神』だけじゃなく、『狩猟の女神』と『貞操《ていそう》の女神』までかけ持ちしている」

「そしてレディースの総長でもある」と奏太が得意げに補足した。

「よく覚えてるね。奏太の言うとおり、アルテミスの職場はまるでレディースみたいに規律が厳しいんだ。彼女は貞操の女神だけに職場も男子禁制で、部下たちにもその規律を徹底させてた。まさに鉄の掟《おきて》だね。山羊《やぎ》座のギリシャ神話では、チーム・アルテミスの一員のシュリンクスっていう妖精が出てきただろう？　今回のおおぐま座の主人公は、チームの切り込み隊長をやっているカリストだ」

そこで言葉を句切って、和真はビールを喉《のど》に流した。

一同もそれにならって自分のグラスに口をつける。

「さて、アルテミスの部下のカリストは、ヤンキー系の超絶美女だった。

髪は長く艶やかで、すらりと手足が伸びたすばらしいプロポーションをしてる。色っぽい切れ長の眼で見つめられれば、ライオンの牡《おす》だって鼓動《こどう》が早まるほどだった。でも彼女がすごいのは容姿の美しさだけじゃない。チーム・アルテミスのメンバーのなかでも運動神経は群を抜いていて、狩りの腕前も一流だった。肚《はら》がすわってて決断が早く、喧嘩だってめっぽうつよい」

「マジか、超タイプだわ〜！」とヤスが口元をゆるめた。

「しかも総長への忠誠心はピカイチだ。そのあまりにつよい忠誠心は、ごく自然な発露として部下たちへの躾《しつけ》の厳しさにつながった。この鬼教官の口癖は、

『覚悟はできてんだろうな』

で、総長の元へお茶を運ぶ部下にまで、粗相《そそう》をしないように覚悟を求めるありさまだった」

「やっぱタイプじゃなかったわ」とヤスが咳払《せきばら》いをする。

「まぁ、ここまでくるときつすぎるよね。でもカリストは周囲の妖精にも厳しいけど、誰より一番自分に厳しい人格者だったんだ。だから部下たちは超ストイックなカリストを恐れつつも、なにか困ったことがあれば親身に相談にのってくれる彼女をいつも慕ってた。自分が覚悟さえ決めていれば『なら後のことはまかせて自由にやんな』って、カリストは責任を背負ってくれたからね」

「その男らしさ、なんだかアルテミスちゃんそっくりね」とリリーが感心する。

「うん。だからアルテミスは彼女を側近としてすごく可愛《かわい》がっていたし、実力、評価ともに、まさにチーム・アルテミスの看板幹部だったんだよ。カリストもアルテミスの元で幹部として働けているのが心からの誇りだった。でも、残念ながらそんな幸福な時間も長くはつづかないんだ。なんといっても、カリストは超絶美女だったからね。ギリシャ神話で美人はそれほど得をしない、というよりむしろ美人であるほど、身が危険にさらされることになる。なぜなら」

「なぜなら？」と奏太が合いの手を入れた。

「なぜなら全天一の絶倫大王、性欲機械、着床魔神《ちゃくしょう》、あの大神ゼウスに目を付けられるからね」

「やったーっ！　ゼウスさんだーっ！」月子が足をばたつかせて拍手《はくしゅ》する。リリーと奏太も喝采《かっさい》を送った。「これが噂の……」とヤスが目を見開いた。日焼けして肌が黒いため、白目と歯の部分だけが暗闇に白く浮かび上がっている。

「そう、名前は知ってるだろう？　みんな大好き大神ゼウスだ。

というわけで、切り込み隊長カリストもゼウスに目を付けられちゃうんだ。もちろんゼウスからしてみたら自分の娘の部下なんだけど、そんなこと彼の性欲の前には関係ない。美女カリストをひと目見た瞬間に彼は『むはっ！』と鼻血を吹き出した、今日も元気だ。こうなればもう誰にも彼を止められない。

『たとえアルテミスの部下だってさ、美女は美女だし、美女である以上は抱きたいじゃん！　合体したいじゃん！　メイクイットしたいじゃん！』

メイクイット！　とポーズまで見せられて、部下の神々は腹の底からげんなりした。ゼウスは恐妻ヘラの目を盗んで、さっそく宮殿から飛び出して行く」

「す、すげーテンションっすねゼウス」とケンが口をあんぐり開ける。

「絶倫だしね」

「そういう問題っすか？」

「うん、もうまわりの神様たちはみんなあきらめてる」

俺らもな、と創馬が笑った。

「まあとはいえ、今回の相手のカリストは、チーム・アルテミスの切り込み隊長だ。彼女は『男子禁制』の掟を徹底していたし、半径百メートル以内には一切男を近づけなかった。森の動物でさえ牡には厳戒態勢をとるような生活をしているんだ」

「カリストもハンパないっすね。矛盾《ホコタテ》対決みたいだ」

「まさにね。ぜったい抱く男VS.ぜったい抱かせない女の対決だよ」

ギリシャ神話ヤベェな、とどこかで声が上がった。

「はじめゼウスは正面突破で彼女に近づこうとしたんだけれど、カリストは敏感に男の気配を察知して、素早く移動を繰り返して距離をとった。ゼウスがどれだけ気配を消して忍び寄っても、辿《たど》り着いたときには顔に『カリスト』と書かれた案山子《かかし》だったり、彼女の服を着せられたマネキンだったりが残っているだけだ。もはやほとんど忍者だよ。

でもゼウスだって負けちゃいない。なんせ彼は神話に登場するたびに女性たちを次々妊娠させていくような着床請負人だ。目的は必ず達成する。成し遂げる。メイクイットする。

いつまで経ってもターゲットに近寄れずに悩んだ彼は、一計を案じた。女の姿に変身して、接近することにしたんだ。どれだけ男を寄せつけないカリストも、女であれば警戒しないだろう？　しかもゼウスが変身したのは、娘のアルテミスの姿だった。カリストが心から尊敬している総長に変身すれば、疑われづらい。

そして、そのゼウスの狙いはまんまと当たった。

実際、アルテミスに変身したゼウスが訪れたとき、カリストは疑うどころか大喜びでオフィスに招き入れたんだ。あまりにうまくいったものだからゼウスも逆にびっくりして動作がぎこちないんだけど、カリストはまったく気がつかない。関節が固まってカクカク動いてる偽アルテミスを見ても、超カッコイイ！　と彼女は思った」

「ヤベェなギリシャ神話ヤベェ」

「まあしかたないよ。アルテミスは彼女にとって絶対的な憧れだったからね。カリストの体のすみずみまで、アルテミスへの尊敬と忠誠心で満ちあふれていたんだよ。そんなアルテミスから、

『えっと、あー、カリストくんね、きみにマジで折り入って話がある。人払いを』

なんて言われたものだから、彼女はオフィスに残っていた自分の部下たちをすぐに追い出した。嚙《か》みつかんばかりの勢いでね。彼女は舞いあがっていた。最後の部下が頭を下げてドアを閉めると、カリストは緊張の面持《おもも》ちで総長に向き直った。『アルテ

ミス様にマジで折り入って話をしていただける』と胸を高鳴らせてね。だけどそこにはもうアルテミスの姿はなかった。

『むーっは！』

と鼻血を吹き上げながらゼウスが変身を解いたんだ。折りたたんでいた欲望の翼をひろげるようにしてカリストに襲いかかった彼は、そうしてメイクイットするんだよ」

「う、噂通りだね……」とケンが声を漏《も》らす。

「事が終わった後、カリストはしばらく茫然《ぼうぜん》自失となった。いくら相手がゼウスであり、騙《だま》されたとはいえ、鉄の掟を破ってしまったんだ」

「そんなのしょうがなくね？」と奏太が腕を組む。

「まあね。でもカリストはアルテミスの崇拝者だったし、誰かに責任を押しつけて誤《ご》魔化《まか》すような世渡りをしてこなかった。

その頃、貞操の女神でもあるアルテミスも、部下の一人が処女を失ったことに気がついていた。もちろん、それが腹心のカリストであるってこともね。アルテミスは部下に『カリストを呼べ』と命じて宮殿で待った」

「大ピンチ」とリリーが身じろぎする。

「いや、カリストはもう覚悟はできてたんだ。いつも部下たちに言っていたようにね。

掟を破り、処女を失い、自分はアルテミスの誇りを穢《けが》してしまった。

だから彼女は、死んで償《つぐな》おうと思ってたんだ。

むしろ大好きなアルテミスの顔を最後にひと目見られる、それだけでも幸せだと思ってたくらいだ。おろしたての服を着て、ふだん以上にきりっと背筋を伸ばして総長の前に出て行った。総長の記憶に残る最後の自分は、潔い姿でいたいと思ったんだよ。跪《ひざまず》いた彼女は頭《こうべ》を垂れて総長の言葉を待った。

『カリスト、あんた掟を破ったね』

アルテミスの声は冷ややかだった。下っ端の部下ならともかく、信頼していた看板幹部に裏切られたんだ。総長の怒りは当然だ。御前は血で染めあげたような深紅《しんく》の絨《じゅう》毯《たん》が敷かれ、両側に他の部下たちも整列していた。彼女たちは恐ろしくて顔すらあげられなかった。カリストは頭を下げたまま、静かにその声を受け止めた。

『申し開きはあるか』

『ございません。覚悟はできています』

『では、沙汰《さた》はわかっているな』

周囲で起立していた妖精たちが唾《つば》を飲み込む。

『死をもって償え』

炎みたいな声でアルテミスは言い放った。

カリストの部下たちは起立したまま、わっと泣き出すものまでいた。誰よりも厳しくて、優しくて、なによりアルテミスのことを想っているカリストに対して、そんな仕打ちはないじゃないか。誰もがそう思った。ただカリストだけが粛然《しゅくぜん》とうなずき『そのように』と答えた。

『御前を我が血で穢す無礼を、お許しください』

彼女はあらかじめ腰に差していた短剣を取りだす。躊躇《ちゅうちょ》のない動作だった。見ていられない部下たちは泣きながらその場にしゃがみこむ。カリスト様、と名前を呼びながら嗚咽《おえつ》する部下もいた。そんななかカリストは堂々と胸を張ると、大きく息を吸い込み、短剣の柄《つか》を両手できつく握《にぎ》った。ぎらりと光る銀の刃先を、勢いよく首の根元にかざした。

とそのとき。

とつぜんカリストの両手に針金のような太い毛が生《は》え出すと、手のひらが瞬《またた》く間に厚くなったんだ。爪が鉄みたいに固く鋭くなり、背骨がみしみしと音を立てて、あっというまに体まで大きくなっていった。『こ、これは……』という声が、声にならない。口が横に大きく裂《さ》けて、舌が熱っぽく膨張《ぼうちょう》していた。無理をして出した声は『ウオォォォ』っていう獣の声だった。

いまやカリストの姿は熊そのものだった。

はっとしてカリストはアルテミスを振り返った。

怒りに震えていると思っていた総長は、目を大きく見開いたまま、とめどなく涙を流してた。

『私の部下であるカリストは死んだ。お前のような獣は知らない。とっとと出て行け』

泣きながら、アルテミスは毅然《きぜん》と言い放った。

踵《きびす》を返してカリストの前から去って行く。

その場にいる誰もが総長の想いを知った。純潔であることはチーム・アルテミスで絶対に守らなくちゃいけない鉄の掟だ。それを犯した者を生あるまま許すわけにはいかない。だからこそカリストの姿を熊に変えることで『罪を犯した妖精は死んだ』としたんだよ。それがアルテミスにできる精一杯の優しさだった。総長の想いを汲《く》み取ったカリストは『ウオォォォ』と鳴きながら、アルテミスの宮殿を走って去って行った……」

☆

「カズちゃん、ほんとすっかりパパになったわよねぇ」

グラスのテキーラを喉に落として、リリーは頬杖《ほおづえ》を突いた。

開店とほぼ同時にやってきたリリーは、三十分も経たないうちに三杯目に手を出している。しかもこのグラスは一般的なものより一回り大きなリリー専用のショットグラスだ。

二年前に三軒茶屋星座館がオープンしたとき、リリーは花でも酒でもなく、この自分専用グラスをご祝儀として持って来た。「これなら私のグラスだってわかるでしょ？」とガラスの表面に彫られた百合《ゆり》の紋章を指して言ったが、そもそも特大サイズのショットグラスであるだけで、誰が使うのかは一目瞭然《りょうぜん》だ。人の開店祝いに自分のためのグラスを渡すなんて勝手な奴だと思ったが、そのグラスの本当の意味は、開店して間もなく知ることになった。

いずれにせよ、こんなもので三杯も飲めばふつうの男ならまともに座っていられない。彼女の肝臓《かんぞう》のつよさはこの雑居ビル一だろう。前日のパレードがそうとう楽しかったらしく、リリーは夏の三茶ラテンフェスにむけての選曲の話をしばらく一方的に話していた。アルコールが回って気分が良くなると、やがて最近の和真の子育てぶりに話題は移る。月子のサンバ衣装の露出の多さにやきもきする和真の姿は、リリーからすると驚くべき変化にみえたという。

「別に父親って意識はないけどね」

思ったままを答えたが、リリーはうれしそうに笑顔になった。

「愛情なんて、注《そそ》いでる本人は気がつかないものよ」

「そうかな」

「そうよ。でもまわりはみんな知ってるの」

和真は答えずに、業者から届いたおしぼりの束をキッチンに載せた。ビニール袋に入ったまま客に出してもかまわないが、星座館ではいちど希釈《きしやく》したアロマオイルに浸《つ》けてから巻き直している。

それにしても、いつになくリリーがまっとうなことを言う。彼女のことだ、なにか目的があるはずだ。おそらくサンバチーム名の直談判《じかだんぱん》がこれからはじまるのだろう。そう思って先に「サンバチームの名前、別に前のままでいいよ」と和真は切り出した。

「僕はなんだっていいんだ」

「あら、そうなの？」

「うん。うちのお店の缶バッジさえつけてくれれば」

「なお嬢よ」と彼女が笑う。すでに奏太がバッジの制作を開始しているとは言えなかった。

「じゃああいだを取って『リリーと星座館の獣たち』にしましょうよ」

「やだよ、リリーのバックバンドみたいで」

「なんでよ、むしろいいじゃない！」と彼女はけらけら笑う。もともと陽気な彼女だったが、最近はとくにエネルギーに満ちあふれている。

今日は白いチノパンにカシミアのグレーのカーディガンを着ていた。仕事時間以外はかならずジャージの上下という彼女にすれば、まるで別人のような格好だ。髭もきれいに剃《そ》られていて、さきほどから時計を確認してはにこにこ微笑《ほほえ》んでいる。ふと気がついて「リリー、もしかしてこれからデート？」と和真が聞いた。「やだあ！」とカウンターを叩いて彼女は照れた。

「ちょっとなんでわかっちゃうのお！　綺麗になったから？　そっか綺麗になったたか

らかあ！」

「いやひと言もいってないけど、なんかそわそわして楽しげだからさ」

「彼氏よ、カ・レ・シ。できたのよお！　充実してますぅ〜」

「創馬が傷つくだろうね」

冗談のつもりで言ったが「ほんとソーちゃんには悪いと思ってるの」と真顔で彼女は答える。どうやら本気の恋らしい。それを話したくてリリーはやってきたのだろう。

「しょうがないな。なんなら話、聞いてあげようか」

「ダメよ、ソーちゃんに言っちゃうでしょう？　可哀相《かわいそう》だもん。それに私、自分の恋愛はあんまり人に話さないでひっそり育《はぐく》んじゃうタイプなの。意外でしょう？」

「あはは、意外すぎる。でもそれなら聞かないでおくよ。リリーが楽しいなら僕もうれ……」

「彼、正樹《まさき》っていうんだけどね、二丁目のバーで働いてるの。これ内緒にしてほしいんだけど、まだ三十なのよ？　私の十七も下、親子みたいよね、もう可愛くて可愛くて、つまんで食べちゃいたいくらい、食べちゃって胃のなかで四、五回反芻《はんすう》したいくらい可愛いのよ。でね、これも内緒なんだけど実はもう私の部屋に一緒に住んでるの、二週間くらい前からね、さすがに一緒に暮らすと喧嘩もするけどね、でも細かいことよ、スリッパの揃え方とか、食器の洗い方とか、脱いだ服の置き場所とか、そういう細かいことね、喧嘩なんて愛情表現だもんね、それ以外はラブラブなのお！」

「そ、そっか」としか答えられずに和真は自分のグラスを用意した。アルコールが飲みたかった。

「痩《や》せすぎなくらいスラッとしててスタイルもいいの。いやもちろんマッチョであればそれにこしたことないんだけど、筋肉をおぎなってもあまりあるくらい優しいのお！　やだカズちゃん、彼も本気よお！　真実の愛よ、トゥルーラブよ、そりゃ年の差はあるけど、正樹は私の料理上手なところとか、昼も夜も情熱的なところが好きなんだって、あ、言っちゃった恥ずかしい、私も好きよ正樹だい好きよ、会いたい、いますぐ会いたい！」

黙って水を差し出すと、リリーはいっぺんに飲み干してゲップした。なにがひっそり育んじゃうタイプなの、だ。ピスタチオを小皿に出してテーブルに置く。ひとつつまんで殻《から》を剝《む》くと、リリーがすっと手を出した。まったく、と呟《つぶや》いて彼女の手のひらに載せた。

リリーと正樹は三ヵ月前に新宿二丁目のゲイバーで出会ったという。はじめに声をかけてきたのは正樹のほうだったというが、実際は怪《あや》しいものだろう。初対面の彼は体より一回り大きめのシャツを着て、凍えているように背中を丸めてバーボンを飲んでいた。口元の無精髭《ぶしょうひげ》がやたら色っぽく見えたらしい。聡明さを示す目つきの鋭さと、苦労を知っている男の姿勢の悪さが印象的だったとリリーはのろける。正樹は同じ街のゲイバーでバーテンをしている青年で、当時は同僚の部屋に居候《いそうろう》をしていたようだ。だが「肩身が狭くてかわいそう」とリリーが自分のところへ引っ越してくることを提案し、つい先日から部屋は二人の愛の巣に生まれ変わった。今夜は外で待ち合わせしてハリウッド大作のレイトショーを見に行くという。

「なんだか私ばっかり幸せで、モテない奏太が可哀相だわ～」

大きなお世話だと思うよ、と和真が苦笑する。

「ていうか、リリーそれ大丈夫なの？　もしかして幽霊《ゆうれい》とか妖怪じゃない？」

「やめてよね！　ちゃんと実在してるわよ正樹！　河童《かっぱ》やツチノコと一緒にしないで！」

「あはは。でも久しぶりの彼なんだろう。そんな急に一緒に暮らして平気かなぁ」

「八年ぶりかしら。最後の彼のときはスマホなんてない時代だったもの。それからはカリストばりの男子禁制よ。まぁ正樹と出会った私は熊じゃなくて蝶《ちょう》に生まれ変わりましたけどねオホホホ」

そうかそうかと和真はピスタチオを口に放り込む。

「彼ってバーテンのバイトしてるだけ？　なにか他にやりたいことあるのかな」

「私とずっと一緒にいたいみたい、私もよ正樹、一緒にいたい、会いたい、いますぐ会い……」

「いやそうじゃなくてさ。三十なのに友達の部屋に世話になってたんだろう？　お金ないのは夢を追いかけてるからとかなら理解できるけど、他の理由だったりしない？　僕も新宿にいたし、そのころはギャンブルにはまってヤミ金に追い回されてる奴とかゴロゴロいたからさ」

「その追い回してた側の人でしょうカズちゃんは」

まそうなんだけどね、と肩をすくめた。

「大丈夫、ギャンブルなんかぜんぜん興味ないし、借金もないわよ。バイトの時給が低いから生活は大変だけど、食事くらいなら私がよろこんで出すわ。なんてったって親ほども年が離れてるもの、むしろ当然よ。これからずーっと一緒にいてぇ、私がお婆《ばあ》ちゃんになってぇ、正樹が隣にいてぇ、二人でお店をやれたら楽しいなぁって」

うっとりとリリーが天井を見あげる。和真もつられて天井を見あげた。配管しか見えなかった。

「まぁリリーが楽しくて彼がツチノコとかじゃなければいいんだ」

「ありがとねカズちゃん。カズちゃんもさあ、そろそろちゃんと恋愛しなさいよ」

びくんと体が震えて握っていたピスタチオがこぼれた。

「なんだよ急に。僕の話は関係ないだろう。僕は子育てに忙しいんだ」

文句を言いながら散らばった殻を拾い集める。

「そういうところで月子をいいように使うんじゃないわよ。いつまで昔の女に縛られるつもり？」

「そんなんじゃない」

「あらかわいい赤くなって」とリリーがグラスの氷を指で回す。「でもカズちゃんって、ちょっとロマンチストすぎよ。プラネタリウムやってるのだって元カノのためなんでしょう？」

彼女を無視して、テーブルの皿に手を伸ばした。摑《つか》もうとしてから、もうピスタチオがなくなっていることに気がついた。

「なんでそんなふうに思うんだよ」

「オカマの勘よ。そんな理由でもなくちゃこんな儲《もう》からないプラネタリウムをつづけてるわけないじゃない。でもねカズちゃん。月子の母親はもう亡くなっちゃったんでしょう？　そろそろ新しい恋しなさいよ。恋愛って楽しいわよ、ほんとうに。ラジオの周波数かえるみたいに、一瞬で流れる音楽が変わるわ。聞こえる音がぜんぶラブソングになるの。こんな音楽があったんだって、毎日驚いてる。だからね。カズちゃんも周波数をあわせてみて」

「僕のトランジスタは古すぎるんだ。いまの周波数になんてあわない」

「あうわよ。葵はいい子よ」とリリーは小声で言った。

「……知ってるよ」

「葵の気持ちも？」

「どうかな」とテーブルの皿を下げた。

「こんどちゃんと相手してあげなさい。閉店まで寝ててもいちども送ってくれやしないってぼやいてたわよ」

「なんで僕が葵を送って行かなきゃいけないんだ」

「あらやだ。男の子が女の子を送っていくのに、理由が必要だと思ってるの？」

「リリー、デートなんだろ。それ飲んだら行っておいで」

「もう、強情っぱりね」とリリーが呆《あき》れる。今夜は客席で葵が寝ていなくてよかったと和真は安堵《あんど》のため息をついた。

「でも正樹のこと話せてよかったわ。私の幸せな姿見てたら、カズちゃんも恋愛する気になるかもしれないしねん！」

そう言ってグラスの残りを飲み干すと背筋を伸ばして立ちあがる。

「早くツチノコとデート行ってこいよ」

バカ、と笑って彼女は店を出て行った。

☆

和真が暮らす雑居ビルの一室は、もともと店舗用に作られた部屋だった。デスクであればゆうに二十席はおけるようなだだっ広いワンルームだが、シャワーや風呂、ガスコンロや洗濯機置き場といった住居用の部屋にあって当たり前のものがここにはない。そのため洗濯はコインランドリーで行い、風呂は銭湯で済ませている。創馬が月子を連れてこの部屋に押しかけてきた当初は、風呂のない不便を嫌がってはやく出て行かないか祈ったものだ。結局その祈りは届かず、むしろ二人は銭湯通いを喜ぶことになった。帰国子女である月子は巨大な浴槽の公衆浴場に興奮したし、創馬は正気を失った科学者が誤って発達させてしまったようなばきばきの筋肉を好きなだけ披露できるとあって銭湯ではご機嫌だった。

その日は大学が春休み期間のため、めずらしく創馬が平日に休みを取って三人で風呂に出かけることができた。向かった先は行きつけの富士見《ふじみ》湯だ。三軒茶屋にある銭湯のなかでももっとも浴場の広い老舗《しにせ》である。まだ午後四時過ぎで客は少なく、男湯には七十代と思われる老人がひとりいるだけだった。浴槽のへりに腰掛けて足を湯船に差し入れ、自分で持ち込んだらしい文藝春秋を無表情で読んでいた。

和真は創馬から受け取った石けんを両手で泡立てた。手のひらで肌を洗いながら数日前に聞いたリリーの恋愛話を教えると、隣で創馬は「ふん」と鼻息をひとつ吐いた。つづきの言葉があるかと思ったが、彼は無言でくせっ毛の長髪を洗っているだけだ。

「リリーに恋人ができたっていうのに、その反応が鼻息ひとつ？」

「どうせろくな男じゃやねぇ」

意外にも弟が焼《や》き餅《もち》を焼いていることを知って和真は笑った。筋肉フェチのリリーがこれまで創馬にぞっこんだったのは周知の事実だ。無論、異性愛者の創馬相手への恋が叶《かな》うことはない。だからこそ今回のリリーの恋愛は誰にとっても幸せなできごとのはずだ。

「恋愛はいいが相手が悪い。だいたい新宿の歓楽街なんかで働いてる奴にろくな人間はいねえよ」

「いちおう、僕も新宿で働いてたんだけどね」

「そんときからあの通りの連中は苦手だった。お前だって知ってるだろ」

まぁね、とシャンプーを手のひらに出して泡立てる。

「でも夜の商売してても、まっとうな人はいくらでもいるよ。正樹だってそうかもしれない。まぁそう焼き餅焼くなよ。リリーが幸せならいいじゃないか」

「あ？」と創馬が髪を掻き上げてこちらを睨《にら》む。やれやれと和真はため息をついた。

「素直にリリーのこと、祝ってやろうよ。きっとリリーも喜ぶよ」

「お前本気でそう思ってんのか？　リリーと十七も離れてんだろ？　スタイルのいいイケメンのバーテンなんだろ？　なんで場末のオカマバーの中年となんかつき合うんだよ」

「場末って言うな。そこに僕らも住んでる」

「でも事実だ。それでもつき合おうって思うには、それに見合うメリットがあるからだ」

「まぁ部屋代は浮くしね」

「それだけか？　まさか」と創馬は大げさに両手を広げた。「和真だってわかってんだろう。リリーはああ見えて意外と堅実だ。商売はきちんとやってるし、老後の蓄《たくわ》えもきっちりしてる」

「…………」

「正樹とやらがリリーの心より財布に惹《ひ》かれてるほうが、理屈が通る。だいたい、いい年して人の部屋を移動しながら暮らしを成立させてるような奴に、まっとうな人間なんていねぇよ」

「……でも、心からリリーに恋してる可能性だってある」

「俺たちはいま可能性の話をしてるのか？　それならその確率を数字で見せてみろ。それがどれくらいの数字なら祝福できるのか考えてみろ。本気で恋してる可能性が四割ならいいのか？　それとも六割か？　てかこんな話は馬鹿げてる。お前だって判ってるはずだ。リリーは騙されてる」

リンスボトルを創馬に渡した。不機嫌で力加減を間違えたのだろう、彼が握ったボトルから大量のリンスが流れる。舌打ちした創馬はそのまま白い液体を長髪になでつけた。

「お前はリリーの目を覚まして、止めるべきだった」

「創馬の言ってることもわかる。でもリリーは幸せそうだった。恥ずかしそうに、幸せだって言ったんだ。僕には止められないよ。それに正樹に直接会ったわけでもない。彼がなにを考えてるか断定なんてできない」

「じゃあ、もし正樹が金狙いだって判ったら、お前はリリーを止めるんだな」

返事をせずに立ちあがって湯船に向かった。

シングルベッドを横に二つならべたほどの浴槽で、奥にはジェットバブルがついている。客はあいかわらず文藝春秋を読んでいる老人ひとりだ。腰を沈めると彼と目が合い、軽く会釈《えしやく》する。湯温計は四十一度を指していた。天井から冷えた水滴が落ちてきて、頭皮にあたり首筋に流れた。

あんなに幸せそうだったリリーに、別れた方がいいなどと自分は言えるだろうか。

創馬の言うとおり、リリーの恋の話はできすぎているように和真にも思える。もし正樹からリリーに声をかけたのなら、よけいに違和感がある。容姿涼やかな若いバーテンがあの街で働いていたら人から放っておかれるはずがない。それこそ選り取り見取りだろう。それなのにあえてリリーを選ぶには、理由があると考える方が自然だ。

「言っとくが、俺だってリリーには幸せになって欲しいんだからな」

遅れて湯船にやって来た創馬はそう言って湯に肩までつかった。わかってるよ、和真は笑って背伸びする。創馬は創馬なりにリリーを心配しているのだろう。

ジェットバブルを腰にあて、気持ち良く両足を遠くへ伸ばした。

創馬は湯から半身を出して自分の胸筋の隆起を確認している。双子とは思えない、思いたくない過剰な筋肉だ。しばらく力んで満足したのか、次に上腕二頭筋と三頭筋のカットを彼はまじまじと観察しはじめた。力を入れるたびに肌が波打つように盛りあがる。

「切れ込みに落とし物でもしたのかい？」

「そうなったらあきらめる。カットが深すぎて二度と見つからねえよ」創馬はにやりと笑った。

「そんなことよりさ、実はちょっと話したいことがあったんだ」

ん、と微《かす》かに鼻を上げただけで、創馬はこちらを見向きもしない。

「なんだよあらたまって。あ、わかったわ」

「ほんとに？」

「いいよ恥ずかしがるな、実はもう和真のための筋トレメニューは作ってある」

「そのメニューは燃やしてくれ。違う話だ、思いあたるだろ」

「なにも浮かばん」

「月子の話だ」と言い終えないうちに「のぼせたわ」と創馬が立ちあがる。「まだのぼせるわけないだろ」と創馬の腿《もも》を叩いて湯船に引き戻した。

「月子の話は、月子がいるときにすればいいだろ。早く出ないと女湯であいつものぼせる」

「月子は長湯なんだよ。毎日銭湯に連れて行ってるんだ、僕のほうがよく知ってる」

「じゃあなんだよ話って。サッとしてくれ」

「ずっと思ってたんだよ。月子はほんとうに僕らが育てていいのかな」

やっぱ出るわ、と逃げる創馬の膝《ひざ》を裏から押した。ぬお、と声を出して巨木が倒れるようにマッチョがゆっくりと湯船に沈んだ。水しぶきが上がったが、老人は微動だにせず雑誌のページをめくった。

これで確信した。そんな気はしていたがどうやら弟は意識的にこの話題を避けていた様子だ。

去年の夏、月子が描いた似顔絵をきっかけに、彼女の母親が三枝日向子《さえぐさひなこ》であることが発覚した。サンという愛称で呼ばれた彼女は、青春時代を和真と創馬とともに過ごした、一つ年上の和真の元恋人だった。その事実を知った直後は和真も動揺したが、月子と家族として向き合おうと決める切っ掛けにもなった。

「最近ようやく父親らしくなってきたと思ったら、すぐこれか」

「誤解しないで欲しいんだ」と和真は浴槽の縁《ふち》に腰を掛ける。

もはや創馬と月子に星座館から出て行って欲しいなどとは思っていなかった。月子がどれほど愛に満ちた子供かを和真は知っている。彼女が喜ぶ顔を見れるのは自分の幸福の一部になった。正直、父親と娘の関係がどのようなものかはいまだにわからない。だが、ひとりの家族として月子と一緒に生きていく心の準備はできているつもりだった。

「だからこそ、もういちど月子の立場に立って、彼女の幸せを考えてみたんだよ」

「それで？」

「彼女は、誰のもとで暮らすのが、いちばん幸せなんだろう」

和真は言った。それだけで創馬もわかったはずだ。

月子には血のつながった父親がいる。

サンと別れた時期から考えても、月子の父親が和真ではないことは確かだった。

和真と別れを決めた後、彼女は東京を離れ大阪の美術館で働くことになった。その新天地で彼女が恋に落ち、月子を身ごもったことは想像がつく。音沙汰《おとさた》のなかった彼女が娘を連れてとつぜんボストンで暮らす創馬のもとを訪れたのは、月子が二歳のときだ。それまでの大阪時代の数年間、サンと月子の面倒を見ていた人間がいるはずだった。

どのような男性かはわからないし、すでに別の女性と結婚して家庭もあるかもしれない。だが彼もまた自分たちと同じように父親であるならば、月子のことを思わない日はないのではないだろうか。

そしてもし、月子が望むのであれば、と和真は考える。

彼女にとっての幸せとは、いつまでも血のつながらない二人の父親と共にいることではないかもしれない。

☆

店は三十分前に開店していたが、まだ客はひとりだけだった。

それも葵がプラネタリウムの客席で眠っているだけだ。

去年、はじめて星座館にやって来た頃は、まだ彼女は「ＡＯＩ」という名の人気アイドルだった。脱アイドルを掲げて、ロックミュージシャンとして再デビューアルバムをリリースしたのがつい先日の話だ。担当マネージャーの相澤《あいざわ》はいまだにバブル時代のファッションで身を固め、「マスタ〜、プラネタリウムなんて口説《くど》けるね〜、いや超口説けるね〜」などと初対面の和真に話すような軽薄な男だった。だがミュージシャン宇川葵に対する想いは相当なもので、今回のアルバムを作るにあたってついに会社から独立までしたという。宇川葵の成功に人生を賭《か》ける覚悟なのだろう。その甲《か》斐《い》あってかアルバムの売上は好調で、いまは初ツアーの準備に二人は追われているらしい。

リクライニングさせた客席で葵が寝返りをうつ。家で眠った方がよっぽど疲れが取れそうだが、彼女に言わせればプラネタリウムの客席のほうが熟睡できるという。夢でも見ているのか「うーん」とうなり声が聞こえる。本を読んでいた月子が振り返って、くすりと笑った。

本好きの月子が暗い店内でも本が読めるようにと、カウンターの奥の席には最近読書灯が設置された。目が悪くなると困る、という意見で双子の兄弟は一致し、二台の読書灯で両側から照らす念の入れようだ。そのおかげでカウンターの一席は月子専用に潰れてしまっている。親ばかだと奏太たちは笑うが、他に方法も思いつかなかった。和真の視線に気がつくと、月子は身を乗り出して和真の手元をのぞき込んだ。

「お父さん、おしぼり巻くの？」

「手伝うかい？」

うん、とスツールを飛び降りた月子がカウンターの中に入る。

桶《おけ》に湯を張って、今日はペパーミントのオイルを入れた。その中に業者から届いたおしぼりを浸していく。隣に立った月子が深呼吸してミントの香りを吸い込んだ。軽く水気を切ったおしぼりを月子に渡し、彼女は覚えたばかりの方法で一枚一枚ロールしていく。

「ほら、じょうず？」

一本巻くたびに月子は目の前に掲げて和真に確認する。両端の厚みが違う歪《いびつ》な形のおしぼりだ。「上手だよ」と答えると月子が嬉しそうに歯を見せて笑った。

「月子、もし」

ん、と幼い目がこちらを見あげた。美しい黒髪は母親譲りだった。もし、といったまま言葉を探していると、彼女はまた手元に視線を落として不器用におしぼりを作りはじめた。三つ折りに畳んでころころと台の上を転がしていく。

「お父さん、じょうず？」

上手だよ、と彼女のちいさな頭に、手のひらを置いた。

「カズちゃん、ちょっと」

　と入り口からサングラスの中年が顔を出した。なんのつもりのサングラスか知らないが、酒焼けした声ですぐにリリーだとわかってしまう。「あ、リリーちゃん！」と駆け寄ろうとした月子を彼女は手で押しとどめ、さっと店内を見渡し、「ちょっといい？」とその場でもういちど言った。なにか人前で言いづらいことでもあるのだろう。「プラネタリウム見ておいで」と月子を客席に移すとリリーはようやく安心したようにカウンターまでやってきた。

「実はお願いがあって」

「金なら貸せない。小銭すら貸せない」

「ばかね、そうじゃないわよ。ちょっと今日お店を休もうと思ってるんだけど、あとで宅配便が化粧品を届けに来ちゃうのよ。カズちゃん、それだけ受け取ってもらえないかしら。星座館で受け取るってドアに貼っとくから」

「そんなの配達所に電話を入れればいいだけじゃないか」

　あそうか、と彼女は素《す》っ頓狂《とんきょう》な声を出した。額《ひたい》にはじんわりと汗が浮かんでいる。

「それより、どうしたんだよそれ」

「いいでしょ、このサングラス、さっき見つけて衝動買いしちゃったの」

「その下にある痣《あざ》も、オマケでつけてくれたのかい？」

リリーは動かなくなった。喉仏《のどぼとけ》だけが静かに上下した。

「バレてる？」

近くで見たらね、と顔を寄せた。サングラスの縁から赤黒く変色した肌が見えている。リリーがサングラスを外すと、左目の周囲が痣で腫《は》れあがっていた。瞼《まぶた》の下の眼球も出血していて白目が赤く染まっている。顔をしかめた和真を見てさっとサングラスをかけ直す。

「こんな顔じゃお店に出れないからね。そんなことより、こんどピカ爺のやってる会員制釣り堀に行ってみたいんだけど、私も入れるかしら」

「なんだよ急に」

「ほら前にいちど一緒に行ったじゃない。カズちゃんはいまもたまに行ってるのよね？　あそこ入るのに暗証番号が必要でしょう。そういうのスパイみたいでドキドキするわよね」

「そんな話でごまかさないでよ。顔の痣の話だよ」

「このまえピカ爺に頼んだんだけどいっこうに連れて行ってくれないのよ。こんどカズちゃん一緒に行きましょうよ。なんか鯛《だい》とか平目《ひらめ》とかジュゴンとか釣れるって噂じゃない？」

「正樹にやられたんだね」

そう言うとようやくリリーは口をつぐんだ。

「今日やられたのかい？」

「うん、でも違うのよ、お互い本気じゃなかったの、ちょっとカッとしてお互い手が出ちゃって、それも当たりどころが悪かったっていうか、わざと外して殴ったところに、私の顔がたまたまあっただけっていうか、ぜんぜん大丈夫だから心配しないで、蝶に変身したつもりがやっぱりカリストみたく熊になっちゃったわね、あ、クマじゃなくてアザか、お酒ちょうだい」

話の途中から水をグラスに注いでいた。「お酒って言ったのにぃ」と口を尖らせて、彼女は両手でグラスを手にする。リリーは大酒飲みだが中毒者じゃない。抱えたグラスの水が震えているのは別の理由だ。額にはまだ汗がにじんでいる。

「手をあげられたのは初めてかい？」

「どうだったかしら」

「理由はなにかな」

「くだらないことよ」

リリーの喉を通ったぶんだけ、和真は水を注ぎ足した。

「たいへんだったね」

唇がきつく結ばれた。リリーの拳《こぶし》に傷はない。あたかも殴り合ったかのような言い方だったが、一方的にやられたのだろう。どうやらはじめての事でもなさそうだった。そう思ってふと先日のパレードのリリーの衣装を思い出した。派手好きの彼女にしては肌を隠した生地の多いコスチュームだった。

考えたくもないことだが、リリーは日常的に暴力を受けているのかもしれない。しかしそれなら今日に限ってなぜそれほど怯《おび》えているのだろう。化粧品の受け取りを頼むためだけにリリーが店にやってくるわけはない。配達物を一日遅れて受け取ったって世界が終わるわけでもないのだ。和真は足下にあるウォーマーをひらいた。ミントの香りがカウンターに広がる。おしぼりをひとつとりだして彼女に渡す。歪なかたちを見て「かわいいわね」と彼女は微笑んだ。立ちのぼる湯気を鼻先にあてながらゆっくりと両手を拭いていく。

「リリー。なにがそんなに怖かったんだい」

湯気が消えたおしぼりを三つ折りに美しく巻き直して、彼女は息を吐いた。サングラスのせいであいかわらず表情は見えづらいが、いくぶん顔色はよくなったように見えた。

「正樹はちゃんと立ち直れると思うの」

「ギャンブルかな」

「カミクズって知ってる?」とリリーは笑った。

「紙くず? なんだいそれ」

「ゴッドダスト、GD。ぜんぶ一緒。ドラッグの名前よ」

リリーがおしぼりを開き、もういちど丁寧に巻き直す。その垂れた頭を和真は眺めた。

「わかってる。でも大丈夫。正樹はやめようと頑張ってるの。私だって嫌よ彼氏がジャンキーなんて。これまでそんなものとは無縁の人生だったのに、いきなり目の前に現れて私だって面食らってるの。意外なところにいるのねぇ、クスリが好きな人って。ほらどう、この巻き方?」

「リリー」と和真が話すのを彼女は手でさえぎった。

「正樹はやめようと思ってるの。いつもは優しいし、すごく楽しい人なの。私よりぜんぜん賢くて、私の知らない漢字だってたくさん読めて、ニュースにも詳しいし、もし会社に勤めたらすぐに認められて出世もすると思うの。だからいまの自分がダメなのを知ってるし、苦しんでるの。つらいの。助けが必要なの」

「それはわかる」と和真はカウンターに両手をついた。「でもリリーは殴られてる。ジャンキーにはいろんな種類がいる。明るい奴や、静かな奴や、穏やかな奴や、荒っぽい奴。踊りたい奴や、話したい奴や、映画を見たい奴や、セックスしたい奴がいる。実にいろんな種類がいるけど、ひとり残らず全員クズだ。なかでもいちばんのクズが、会話の手段に暴力を持っている奴だ」

「そんな言い方しないで。ぜんぶクスリのせいなの。ほんとうなのよ」

目を覚ますんだ、と和真は首を振った。

「僕はさんざん見てきたんだよ。だから言うんだ。彼は自分の生活を支えている家主に暴力を振るってる。もし彼がほんとうにリリーの言う通り賢い人間だとしても、判断力はとうに失ってる。彼に必要なのは恋人の愛情じゃない。隔離をともなう適切な医療だ」

そこまで言うと自分のグラスにも水を注いだ。ふと気がついて客席を見やると、月子が腰を起こしてこちらを見ていた。目の奥に不安が滲《にじ》んで見えた。声が大きくなっていたのだろう。大丈夫だと笑顔を見せ、こちらを気にしないように手で合図した。

痩せた体型も、賢そうな鋭い目つきも、頬まで覆った無精髭も、はじめて正樹と会ったときにリリーが受けた印象はすべて誤解だ。彼は中毒のために食欲を失い、神経が過敏になり、身だしなみを気にしなくなっているだけだ。和真は指で瞼を押さえた。

「カズちゃんが新宿で働いてたとき、周りにもそういう人がいたの？」

「パブの客にいたよ。店のなかで揉《も》めごとを起こす奴のなかにね。たいていは覚醒剤《かくせいざい》だ。彼らがいちど興奮してしまえば、いくら話し合っても歯止めなんか利かない。素面《しらふ》の人間が想像する最悪の事態をかるがると越えて、手の届かない奈落《ならく》まで周囲を巻き込んで落ちてく」

「もしかして、カズちゃんの知り合いのビルの火事事件も……」

「その話はいま関係ない」

思わずつよく言い返していた。リリーがすぐに顔を伏《ふ》せる。ごめん、と和真は謝った。

「こっちこそごめんね、へんなことをきいて。思い出したくないわよね」

「このままだと正樹のことも、思い出したくない記憶になるよ」

「ならないわ。どんなに言われても、私、正樹を支えてあげたいの。あの子、ほんとうにいい子なのよ。私、この人とだったらって、はじめて思えたの」

「…………」

「愛してるって、正樹は言うの」

彼女は顎《あご》を堅くした。

和真はなにも言えなかった。

「私ね、自分がゲイだって自覚したのは小学生のときだったの」

リリーがサングラスの下に指を入れた。和真はため息をひとつ吐くと、新しいおしぼりを彼女に渡した。ありがとうと彼女の口元が笑い、それで涙を拭《ぬぐ》った。

「小学生で自覚したんだけど、カムアウトしたのは二十代半ばなのよ。それまでは周りの友達にも自分がストレートだって思わせてたし、そう見えるように努力もしてた。でも、すごく疲れるの。みんなを騙している気分になるし、なにより『みんなを騙している方が幸せなんだ』って自分を騙してたから。すごく疲れた。ずっとずっと、最低の気分だった。そんな気分で一生過ごしていくのなんて誰が耐えられる？だからカムアウトしたときに決めたのよ。もう二度と自分は騙さないって」

「サンバ踊ってる姿見てればわかるよ」

「もう、茶化《ちゃか》さないで。でもね、いったんそう決めた後は最高の気分よ。ずっとずっと最高の気分。ずっとずっと幸せよ。ただ自分がゲイだって公言して生きていくには、やっぱりそれなりに覚悟が必要なの」

「ほんとうにカリストみたいだね」

「ええ。私は覚悟を決めてるの。幸せの賭け金みたいなものね」

「幸せの賭け金」

和真は言葉をなぞった。リリーは肯いた。

「そう。この歳になるとよけいよ。その賭け金はどんどん高くなっていく。その賭け金ってなんだかわかる？　ひとりで生きていく、ていうかひとりで死んでいく覚悟よ。家族を作ることをあきらめる覚悟よ」

そこまで言って彼女はグラスに残った水を飲み干した。

「それこそ『覚悟はできてるか』って毎日自分にきくの。独身のストレートの人はそんなの俺たちも一緒だって言うかもしれないけど、ぜんぜん違う。現実として同性婚が認められていない以上、私たちはパートナーとどれだけ愛しあっていても国から家族って認められることはないじゃない？　そもそも到着できる場所が、はじめからぜんぜん違うの。気持ちでは結ばれても、公からは認められない。この気持ちってわかるかしら」

「ロミオとジュリエットみたいだ」と和真は言った。

「好きよ、カズちゃん」とリリーは笑った。

「国から認められないのはもちろん、私はみんなが想像する家族なんてとうにあきらめてたし、考えないようにしてた。この何年かなんて、恋愛すること自体もあきらめちゃったくらい。年のせいかもしれないけど、恋愛よりも老後のお金を貯めるので必死だったわ。でもね。なんの血のつながりもない月子とカズちゃんが父娘《おやこ》になっていくのを見て、たぶん、なにか変わったの」

彼女は自分の手先に視線を落として十本の指を眺めた。水仕事の宿命として、その指は荒れ放題に荒れ、あかぎれを起こし、中指はいまも第一関節に血が滲んでいた。和真はポケットから保湿クリームのチューブをとりだして「よく効くよ」と彼女に渡した。ありがとう、とリリーは礼を言った。クリームを手のひらに出して、指一本一本に丁寧に塗《ぬ》っていった。

「私ね、カズちゃんたちに感謝してるのよ。カズちゃんと、ソーちゃんと、月子。三人を見てて家族っていいなあって思うの」

「家族なんて見渡せばそこらじゅうにいるよ」

ちがうのよ、とリリーはチューブをカウンターに立てた。

「ほら、カズちゃんもはじめは『お父さん』て月子に呼ばれるの嫌がってたじゃない。ソーちゃんのことも追い出そうとしてたし。でもいろんな大変なことがあって、全員傷ついて、それでもいまちゃんと家族になってるでしょう？　私ね、家族ができていくところを、その生の瞬間を目撃した気分だったの。そんな現場、めったに居合わせることないでしょう？」

「そうだね」

「月子がカズちゃんを好きになっていって、カズちゃんが月子を好きになっていって、ソーちゃんはそれを見てニヤニヤしてて。すごく楽しかったし、すごくうれしかった。きっとそれでまた心が動き出したんだと思うの。だから、感謝しています」

「なんで敬語なんだよ」と和真は笑った。「でもね、リリーは間違ってる」

「いいわよ、どうせ私はいつも間違ってるんだから」

尖らせた口でふっと息を吐く。クリームのチューブは揺れただけで、倒れなかった。

「うん間違ってる。リリーはね、もう僕の家族だ」

彼女の口元が一瞬で歪んだ。

「たとえ世界の誰もが認めなくても」

細い喉が、上下に揺れる。

月子に背を向けたまま、気がつかれないように声を殺してリリーは泣いた。

涙を飲み込むたびに、唇をつよく噛みしめる。

「カズちゃん、ほんとうにありがとう」と千切れそうな小声で言う。「でもね、そういう家族に、私と正樹もなりたいの。私たちもいまお互いに傷ついてるの。でもきっとこの傷が二人をつよくするって思ってるの。だからもうすこし見守ってて。今日ね、正樹は自分から手元にあるクスリを全部捨てたのよ。カズちゃんの知ってる人で、やめられた人は誰もいないの？」

「みんな客だったんだ。その後のことはわからないよ」

「でしょう？　きっと立ち直った人もいるはずだわ。もしこれでダメだったらリハビリ施設に行くって正樹も言ってるの。だからあと一歩なのよ。信じてカズちゃん」

プラネタリウムの客席で、月子がスクリーンを見あげていた。

第二章 こぐま座

日本国内から一年中見える星座。
しっぽの先にある北極星は
つねに真北の空に浮かんでいる。
そのため人類は
この星で北の方角を確認してきた。
こぐま座とおおぐま座は
ペアの星座として
大昔から親しまれている。

三軒茶屋の住民は、よほど商店街が好きに違いない。

名前のつけられた商店街だけでも駅の付近に六つの通りが伸びている。

駅裏の三角州を含む「なかみち街」「エコー仲見世《なかみせ》」「ゆうらく街」、駅南側には「栄《さかえ》通り商店街」、駅北側には「すずらん通り」と「三軒茶屋銀座商店街」がある。

この銀座商店街がある茶沢通りは、抜け道として利用されるために交通量の多い二車線道路で、通り沿いにはビジネスホテルや、駐車場付きの五階建てスーパーまでならんでいる。商店街としては規模が大きく、そのまま北進すれば徒歩でも二十分ちょっとで下北沢《しもきたざわ》駅に到達する。

その茶沢通りの途中から、こんどは東へ伸びる「太子堂《たいしどう》中央商店街」という新たな支流がはじまり、ここには魚屋や八百屋《やおや》、果物屋、総菜屋といった近隣住民の台所を支える個人商店がならんでいる。休日にマグロの解体ショーが見られるのもこの商店街だ。

いくらなんでもこれだけあれば商店街もじゅうぶんなはずだが、さらに太子堂中央商店街の途中から毛細血管のように細い支流が生まれ、「下《した》の谷《や》商店会」と名づけられていた。さすがにここまでくると街の住人でも知らない者が多い。細い通りには八百屋やそば屋、ペットショップがぽつりぽつりと店を開けていて、日中でも人の姿はまばらだった。

あいかわらず、雨の降らない乾燥した日がつづいていた。

数日前から急に春めいた気温になって、薄手のニット一枚という姿で歩いていても和真《かずま》の背中は汗ばんだ。下の谷商店会の通行人は和真ひとりで、途中のそば屋「ほていや」の軒先《のきさき》に柴犬《しばいぬ》連れの老人が休んでいるだけだった。陽だまりのなかに柴犬が尻尾を丸め、気持ちよさそうに寝そべっている。すれ違うときに視線があい、老いた女性に頭を下げた。「もうすぐ春ですね」と声をかけられ「もう春かと思いました」と足を止めた。

「まださいごの雨がふってないからねえ。季節のさいごにはかならず雨がふりますからねえ」

「でもまだしばらく雨は降らないみたいですよ」

「きれいないろですねえ」という彼女の視線を追って、背後の空を振り返った。青空に、綿毛《わたげ》のようなちいさな雲が浮かんでいた。大量にあるコピーの一部のような、どこにでもある空だった。「そうですね」と老女に向き直って曖昧《あいまい》に相づちを打った。

彼女はかすかに眉《まゆ》をひそめる。老女が言っているのが自分の金髪のことだと気がついたのは、また歩きはじめてからだった。通りの先にもう人の姿はなかった。

長い間、三軒茶屋の名物だった釣り堀が閉店したのは数年前のことだ。

その後、別のオーナーが会員制の釣り堀店を開いたという噂は、三角州で飲んだくれている酔っぱらいならいちどは耳にしたことがある有名な話だ。会員制の釣り堀には夜な夜な政治家や財界人が集まって、釣りを楽しみながら悪だくみしている、などという都市伝説めいた尾ひれもついていた。

和真もしばらくの間、幻の会員制釣り堀を探して歩き回っていたことがある。ちょうど創馬《そうま》と月子《つきこ》が星座館へやって来た頃だ。現実にその会員制釣り堀が存在することを知ったときには驚いたが、それ以上にオーナーがピカ爺《じい》だったことが衝撃だった。灯台もと暗しもいいところだ。

彼の釣り堀は、人通りの絶えた商店街のさらに奥にある。

看板も出ていないため知らなければまず誰も気づかないだろう。古びたアパートビルの地下へとつづく、薄気味悪い螺旋《らせん》階段が入り口だった。蔦《つた》の這《は》う錆《さ》びついた階段を降りていくと、暗がりのなかに場違いなほど重厚なステンレス製の扉が現れる。ただし扉といっても取っ手や鍵穴がどこにもなく、傍目《はため》には壁と変わらない。

その右隣の壁は煉瓦《れんが》造りで、一部だけブロックがずれるように細工が施されている。ずらした煉瓦の奥にはデジタルのテンキーが設置され、客は八桁《けた》の暗証番号を求められる。番号を認識するとステンレス製の扉が音もなく横にスライドし、店内への道が開かれる。この暗証番号は毎日変わる念の入れようで、会員は来店前に電話をして番号を店から教えられることになっていた。

もっとも、これらはすべて、客に秘密を共有する興奮を味わってもらうための演出だ。その興奮のために会員は高額な会費を払うという。いちどピカ爺に年会費を訊いたことがあるが「信じてもらえんよ」と彼は笑って答えなかった。

はじめて訪れたときは星座館の仲間たちも一緒だった。

一同は店の場所をかたく口止めされたが、その後和真はピカ爺から会費はいらないと言われて会員登録をしてもらった。顔を出すときは和真も教えられた番号に電話をする。するとそっけない男が電話口に出て暗証番号を教えてくれる。いつも同じ男で、必ず2コール以内に電話をとる。そのくせに挨拶もしない。「ありがとうございます」も「お待ちしております」もない。来店時間と帰る時間を伝えると「ご利用できます」か「その時間はご利用できません」のどちらかだけだ。そのあと二回復唱される八桁の暗証番号を毎回頭のなかに書き留めて、釣り堀へ向かう。だが実はどんな番号を打ちこんでも扉は開くのではないかと和真は勘《かん》ぐっている。

ステンレスの扉が開くと、ひやりとした空気が店内から流れ出た。汗ばんだ背中に一瞬鳥肌が立つ。

店内は釣り堀とは思えないシックな作りだ。照明は極限まで抑えられ、深い紺色の壁がうっすらと浮き上がる程度だ。生《い》け簀《す》が四つ設置され、それぞれに椅子が四つずつ置かれている。生け簀の水は夜の海のように深く暗い。そのなかで泳ぐ魚たちは仄《ほの》かに青白く光っている。水が跳ねるためだろう、生け簀の周囲は黒いリノリウムの床で囲まれていたが、それ以外の場所は目の詰まった黒い絨毯が敷かれていた。四つの生け簀の中央には正方形のアクリル台が置かれ、その上に最新式の超高精細プラネタリウムが設置してある。見あげる天井には投影機が映し出す満天の星があった。ピカ爺によれば星座館からヒントを得て設置したらしい。奏太《かなた》は丸パクリだと呆れていたが、まず客層はかぶらないので目くじらをたてるほどでもない。それよりもこれだけ高精細なプラネタリウムの夜空をいつでも見に来られるほうが和真にはうれしかった。天井は和真のアドバイスを受けてドーム状にカーブをつけている。rが足りずに端のほうの星像は間延びしていたが、それでもじゅうぶんに美しい星空だった。

入り口にカウンターがあり、いつも同じ二十代の女が座っていた。丸顔の美人だったが電話の男と同じでおそろしいほど愛想がない。和真の顔をちらりと見ると、あらかじめ用意していた釣り竿《ざお》と餌《えさ》をカウンター越しに渡し、座席を指定するだけだ。この釣り堀では座席を選べない。和真は道具を受け取って、言われた通り右奥の生け簀の座席に座った。隣にはもう一席用意され、あいだにテーブルが置かれている。そんなことははじめてのことだった。

生け簀に糸を垂らして、S字を描いていく魚の青白い背中を追った。

間もなく隣の席にピカ爺が現れた。

入り口のドアが開いた記憶がない。別室につながる扉が店内にあるのだろう。ピカ爺はスラックスにシャツとカーディガン、頭にはニットキャップというういつもの格好だった。これだけ金のかかっている店のオーナーがこの老人だとは誰も思わないだろう。彼が生け簀へ糸を下ろすと、受付にいた女がトレイにグラスを二つ載せてやってきた。湯気が揺れるウーロン茶をピカ爺が両手で抱えた。残っているビールが和真のものだろう。礼を言ってグラスを手にした。

「珍しいですね、お店にいるなんて」

こくりと彼が肯いた。ピカ爺が無口でいることには慣れている。あらためて驚くこともない。ほかに変わった様子もなく、いたって健康そうだった。

先週末から五日間、ピカ爺の姿を見ていなかった。それまではたとえ十五分であろうとほぼ毎晩星座館に顔を出していたことを考えると、心配になる長さだった。

「この前のパレードに出てなにかあったのかと思いました」

「心配ありがとう。体は頑丈にできてる」

「安心しました」と和真は言った。「でも再開発反対デモに参加して文句言われたりしないんですか？　もう開発合意してるのに」

ちらりとこちらに視線を投げただけで、彼はすぐに糸の先に目を戻した。

「なんの問題にもなりゃしないよ」

まあそうか、と和真も同意した。いまさら小さな声があがったところで大局は変わらない。ただその声を聞いた見物客が「ここって再開発されんの？」と話していたことが、成果と言えば成果だろう。歓楽街の再開発はいつだって客の知らないうちに進んでいる。結局のところ街は地主と行政のものであって、そこに通う人々のものではない。あるいは、そう考える人々によって管理されているのだ。

またしばらく無言になった。魚の跳ねる音が向かいの生け簀から聞こえる。和真はビールを口にしてから糸を引き上げ、別の場所にもういちど下ろした。

「なにか儂《わし》に訊《たず》ねることがあって来たのかと思ったよ」

こんどは和真がピカ爺に視線を放った。

「よくご存知ですね」

ふむ、と彼は唇を曲げただけで、なにも答えなかった。

「リリーがまたこの店に来たいって言ってます。直接本人に言えばいいのに、遠慮もあるらしくて」

「ここは会員制だよ」

静かに言った。それが答えなのだろう。和真もそれ以上言うことはない。

それにしても不思議な老人だった。

この街の有力者であり、釣り堀や雑居ビル経営以外にも事業を持っているようだが、実際のところなにをしているのかは誰も知らない。星座館にボディガードのような黒スーツの男を引き連れて来たこともある。また以前、和真が服役していたという噂が流れて星座館への客足がぴたりと止まったときも、ピカ爺のひと言で客が戻ったことがあった。そのとき彼は「店子がいなくなると困るし、すこし仕事をしやすくなるように話してみるよ」と言っていただけだ。彼が誰となんの話をつけたのかは知る由もない。そんなことを考えながらビールを飲んでいると、彼が咳払いをした。

「リリーに、この店のことは話さないでほしい」

生け簀の水面《みなも》を揺らすような、低い声だった。星座館の客席でのんびり星像を見あげている老人の横顔はここにはなかった。

「もちろん和真くんのことは信用している。だがこれは大事なことなんだ」

「ありがとうございます。オーナーにそう言われたなら、もちろんそうします。このお店が大切にしているものを、台無しにするようなことはしません。でも、もし理由があれば教えていただけますか」

ニットキャップの下に指を潜《もぐ》らせて、彼はこめかみを掻いた。

「彼女はいま、面倒な男を自分の部屋にあげている。その話は聞いたかね」

ええ、と肯いてからすこし迷った。だがおそらくピカ爺も知っていることなのだろう。

「ゴッドダストとかいうドラッグにはまってる若い子みたいです」

「君が新宿にいたころはなかったはずだ」

「はい。この前はじめて聞きました」

「ここ一、二年で流行しはじめた新薬だよ。違法すれすれの脱法ハーブが世間じゃ注目されてるが、その陰で急速に利用者を増やしてる。脱法ハーブなんぞ真打を隠すための煙幕にすぎない」

和真もカミクズについては調べていた。フェニル酢酸《さくさん》から合成されるメタンフェタミン系の薬物で、純度がおそろしく高い。脳内でドーパミンの放出を大量に促し、その回収機能を麻痺《まひ》させることで利用者を快楽で満たして、気分をどこまでも高揚させる。それだけなら従来の覚醒剤と効能はほぼ同じであり、和真が新宿で働いていたときにも常習者はよく見かけた。

だが、カミクズはその覚醒成分に添加物を加え、紙に蒸着《じょうちゃく》させた新薬だった。見た目はむしろＬＳＤと酷似し、一般的な覚醒剤のように静脈注射や気化吸引する手間がない。簡単に持ち運べるうえに口に放り込むだけで成分摂取できるため、気軽に試用する若者が多く、あっという間に利用者が広がったようだ。

「ドラッグはいかんよ和真くん。とくにあれは依存性がつよい。ろくなことにならん。神の屑《くず》なんてよばれてるらしいが、文字通り紙クズのような廃人になる」

「そうみたいですね。リリーがこの前、殴られてました。加減ができてないような殴り方です」

「別れさせるんだ。それも、できればいますぐに」

答えなかった。そのかわりにビールを喉に流した。

黙っているとピカ爺は確認するように「和真くん」と名前を呼んだ。

「これは見かけよりもいくぶん深刻な問題なんだ」

「見かけより」

「ああ。時間がたてば抜き差しならん状況になる」

「リリーにとって、という意味ですか？」

「誰にとってもだ」ピカ爺の目の奥に鋭い光を感じた。「これはリリーの恋愛だけの話じゃない。このままだと儂ときみは、それぞれ違う立場で、お互いに危険を抱え込むことになる。きみが想像しているよりも、はるかに危険なものを。言っている意味はわかるかね？」

和真は言葉の意味を考えた。ビールグラスをテーブルに置いた。

「僕の聞き間違えじゃなければ、僕はいま脅《おど》されているんですか？」

水の跳ねる音がして、釣り竿の首がぐいと下に垂れた。

かかったのはピカ爺の竿だった。玉網《たまあみ》を引き寄せると苦もなく鱒《ます》を掬《すく》い上げる。ずつしりとした体格のよいニジ鱒だ。この生け簀は淡水魚が泳いでいるのだろう。隣の生け簀では前回シマアジがかかった。ピカ爺は慣れた手つきで針を外し、そのまま魚を生け簀にもどす。タオルで水気を拭うとウーロン茶をすすり一息ついた。

「すまない。そんなつもりはなかった」

ピカ爺が片手をあげる。音もなく女がやって来て、ピカ爺の釣り道具を片付けて行った。

「だが憶測で言っているわけじゃない」

「わかりました。安心してください、いずれにせよこの店のことは誰にも話しません。お店や他の会員さんの迷惑になるようなことはしません。数少ないお気に入りのお店に出禁になると僕だって困ります」

「すまんな。ところで最近リリーがきみの店に顔を出したのはいつだね」

「パレードの後に二度来ました。両方、開店から間もない時間でした。一昨日は顔を殴られていて、ひどく怯えてました。もしかしたら顔以外にも殴られているかもしれません」

「もちろん、殴られている」

「店を休むので宅配の受け取りをかわりに頼みたい、と言っていましたが、たぶん口実です。顔を殴られて動揺していたんでしょう。とにかく心細くて誰かと話したかったんだと思います」

「誰かと話したかったんじゃない。きみと話したかったんだ」

「このお店の話をきくために」

「いろんな理由があるだろう。この店の話もそのひとつだ。いずれにせよ、彼女はずいぶんきわどい場所に立っている。ひどく深刻で、孤独な場所だ。男に惚《ほ》れているだけに周りの人間の話も聞かない。しかしきみの話なら耳を傾けるかもしれない。彼女を説得して欲しい」

「もちろんそうします。でも」と言って和真は歯と歯の間に下唇をはさんだ。

「でも、なんだね?」

「彼といると、幸せだと言っていたんです」

そうか、とピカ爺は席を立った。

「だが、幸せは、不幸になるための代償じゃない」

陰になったピカ爺の表情は見えなかった。

「儂は、彼女のことが好きなんだよ」

その声は切ないくらい、か細い声だった。

☆

日曜日、サンバ練習にリリーは顔を出さなかった。

もともと参加者もパレード時の半数ほどしかおらず「リリーがいないなら」と誰からともなく口にして、結局練習自体が取りやめになった。「こういうのはちゃんと毎週やるのが大事なんだよ」と奏太は最後まで言い張って練習にこだわったが、賛同したのは月子ひとりだった。葵《あおい》もピカ爺も仕事のため不参加であり、吼《ほ》える奏太を残してあとは三々五々になった。

「リリーの奴なんなんだよ。チーム名くらいでスネやがって」

奏太はそうとう腹を立てたらしい。次の週末は必ず参加しろと文句を言うために、翌日の夜にわざわざリリーの世界を訪れたという。

そこで見た光景に寒気を覚えて、彼は営業中の星座館へやってきた。

「リリーんとこ、どうしちゃったんだよ」

忙しなく指でカウンターを叩いて奏太は言った。

「なんか見たことない客が何人かいるだけで、みんなクスクス笑ってるんだよ。ひとりはすげー早口でしゃべってんだけど意味不明でさ、巨大ロボの燃料ってどこに格納されてんのか、やっぱ股間《こかん》か、だとしたら燃料注入はどこからするんだ、とか話してんの。しかもたぶん、みんな聞いてないいんだ。俺が入って行ってもだれも気がつかねえし。あれぜったいクスリで極《き》めてるぜ。リリーはまともそうだったけど、サングラスかけててさ。その変な奴らを追い出そうともしねえんだよ」

彼女と話す気もなくなって、一瞬で店を出てきたという。

「なんなんだよあれ。リリー大丈夫なのかよ」

和真はなにも答えられなかった。オーダーのためにグラスのミントを潰しただけだ。

和真も星座館の開店前にリリーの世界になんどか顔を出していた。

たいていは鍵がかかっているか、扉が開いたときはいつもリリー一人だった。彼女の頬はこけ、体が一回り小さくなったように見えた。左目の痣は腫れがひいていたが、それでもまだ青く痛々しかった。こちらを見る目の奥底に怯えの色がうかがえた。

和真にできるのはリリーの憔悴《しょうすい》の程度を確認することと、彼女の話を聞いてやることだけだ。もし彼女が本心で別れを望んでいるのなら背中を押すつもりだった。それこそありったけの力でその背中を押すだろう。だが彼女は別れを望まず、まだ正樹《まさき》が中毒から回復できるという希望を持っていた。希望を持っている限り、どれだけ憔悴していてもリリーは絶望と無縁であり、絶望と無縁であるということがいかに他人を絶望させるかを和真は身に沁《し》みて知った気がした。

「私の愛で目を覚まさせるの。なにごとも一気になんてやめられないわよ。もう私の前だけでしかカミクズを摂《と》らないって約束したの。それだけでも前進だと思わない？　反対してる人の前でクスリを摂りつづけるなんてむつかしいでしょう？　お金だって渡してないわ。だからちゃんとすこしずつ減ってるの」

ドラッグには徐々に止めるという選択肢はない。完全に止めるか、中毒になるかのどちらかだ。リリーだってじゅうじゅうわかっているだろう。彼女はもう金を出していないという。あるいは事実かもしれない。しかしそれがあとどれほどつづくかはわからない。すでに正樹はリリーの店にまで仲間と顔を出してドラッグを摂っている。正樹はいくらでもリリーを追い詰めることができる。若者たちが店に入り浸るなら、このままリリーは店の客まで失うことになる。

「リリー。別にいますぐ別れろって言ってるわけじゃないんだ。でも正樹を追い出すんだ。家からも、店からも。本気で立ち直らせる覚悟があるんだろう？　それなら追い出す以外にリリーの覚悟を見せる方法はない」

しかし彼女は納得しない。そればかりか「しばらく星座館には行かないわ」と喧嘩別れになった。その夜のうちに「事情によりしばらくお休みします」という張り紙を彼女は店のドアに貼った。雑居ビルの入り口に置かれた立て看板も閉じ、ネオンボードの電源も入れなかった。だがリリーの世界には人の気配があった。リリーを心配する奏太や葵がこっそりと階下に降りて店の前で聞き耳を立てると、なかから笑い声が聞こえるという。


リリーの世界に入り浸る若者たちは、雑居ビル中の噂になった。

素行が悪く、そこらじゅうで唾《つば》を吐き、きょろきょろと周囲を見渡してはときおり奇声を発する。彼らがまともな連中でないことは誰もが知っていた。彼らへの憤《いきどお》りはそのままリリーに対する不満となった。いまや雑居ビルの関係者でリリーの肩を持つ人間はひとりもいなくなった。

まさかこれほど早く事態が深刻化するとは、和真も思っていなかった。

ピカ爺はそのことを予見していたのだろうか。

釣り堀を訪れた日、いつも穏やかなピカ爺とは思えないほどのつよい口調で、リリーと正樹を別れさせるように彼は迫った。もちろんリリーを心配してのことだろう。だがピカ爺は彼女と正樹の交際よりも、リリーが釣り堀について詳しく知ることを、警戒していたようにも思える。

その理由は想像がつく。

彼の釣り堀が噂通り、有力者たちの社交場ならば、その場所やシステムの詳細を知りたがる人間はいるだろうし、情報を手にできるなら金だって払うだろう。もちろんリリーが店の詳細を知ったところで情報の売り先などありはしない。だが正樹はどうだろうか。リリーがとつぜんピカ爺の店に興味を持ったことを考えると、あのとき正樹から詳細を調べるように命じられていた可能性もある。

そして、正樹は情報の売買ができるほど、裏の社会にも繋がりがある人間ということになる。

☆

パレードから二週目の日曜日、サンバの練習にチームメンバーはぱらぱらと集まった。リリーの不参加はみな暗黙のうちに承知していた。ピカ爺も集合時間に星座館を訪れた。彼は和真と視線が合うとかすかに肯いただけで、いつもどおり沈黙したままだった。練習のために音楽をかけたが、みな気もそぞろでステップは乱れ、集中力も散漫のうちに練習は終わった。その様子を和真はカウンターのなかから見ていた。

練習が終わってからも彼らはなんとなく帰りがたい様子だった。持参したスポーツドリンクを客席で飲んだり、いっこうに雨の降らない天気の話をしている。シャツとカーゴパンツに着替えた創馬は、緑色に濁った自作のプロテインドリンクを手にしてカウンターのスツールに座った。隣にいる葵がそれを見て「気持ち悪ぃなぁ」と呟く。釘《くぎ》を打ちこむような視線で創馬が睨《にら》んだ。

「プロテインは筋肉の主食だ」

「どうでもいいよ。違うって、この空気よ。だれもリリーのこと話さないじゃん」

スツールを回転させて葵が店内を見回す。ふん、と鼻息を吐いて創馬がプロテインを一気に飲み干した。空いたグラスをカウンター越しに月子に渡すと、彼女は両手で受け取ってスポンジにかける。開いた窓から風が吹き込む。昼の歓楽街に人通りはすくない。外からは鳩《はと》の鳴き声だけが聞こえていた。淡い光が星座館の床を白く切り取っていた。「この際だから言っておくぞ」と創馬はフロアに向き直って口を開いた。

「俺はもうリリーとはつき合わねえ」

　黙っていた一同が顔を上げた。やがて、俺も、俺も、と声があがった。

　導火線の種火《たねび》が進んでいくのを見つめる気持ちで、和真はその様子を眺めた。遅かれ早かれこのような話が出るのは誰もがわかっていた。せめてそれが自分の店でなければいいと思っていた。リリーに不満を抱えているのが自分だけでないとみなが知れば、そこは安心してリリーを非難できる遊び場となる。

「リリーんとこの奴のせいで、うちの客からクレームきてんだけど」

「つーか、あいつらジャンキーじゃん。このビル全体に変な噂たったら誰が責任とんだよ」

「それ俺このまえ本人に言ったけど、無視されたわ。あんな自己中な奴だって思わなかった」

「昔からリリーって超自己中じゃん。死んでもワガママは貫くし、文句は好き放題いうしさ」

「リリーの恋人らしいぜ。リリーもたぶんクスリに手ぇだしてると思う。もうアウトだろ」

　心配の声はあがらない。混ぜものの入っていない純粋な非難だ。

「なによ、この前まで一緒にサンバ踊ってたじゃない」

葵が叫んだが、いちど開かれた不満の箱はもう閉じることはなかった。

「葵さんは最近のリリー見てねえからそう言うんだよ。別人みたいだぞ。店も閉めちゃってさ」

「でも友達でしょ！　奏太だってリリーのおかげでサンバ踊るようになったんじゃない」

「友達にも限度があるじゃないっすか。クスリっすよ？　一線越えてるじゃん」

「あれって脱法ハーブなの？　通報したほうがいいんじゃないすか？」

ヤスがピカ爺を振り返った。このビルの悪評は最終的にビルオーナーの不利益になる。プラネタリウムの客席に座っているピカ爺は、膝に手を重ねて無言のまま目を閉じた。

「リリーがやってることって、全員に対して迷惑なんだしさ。責任とってもらうしかないっしょ」

「だけど通報したらリリーまで捕まんじゃね？　もしリリーもクスリに手ぇだしてたら」

「自業自得だろ。なんでリリーのせいでオレらの店まで煽《あお》り喰らわなきゃいけねぇんすか」

「和真、お前ちゃんとリリーを説得したのか？」

くせ毛の長髪をかき上げて創馬が言った。

一同の視線が和真に集まる。月子から洗ったばかりのグラスを受け取って、布巾《ふきん》で拭《ふ》いた。窓から差し込む光に透かし、乾いたのを確認してグラス棚にしまう。カウンターを出ると、窓の外を見あげた。もう何日雨が降っていないのだろう。春風と呼ぶには乾燥しすぎた午後の風だった。春が来るには雨が必要だ、と言っていたのは誰だっただろう。光は温かいのに、ときおり吹き込む風は悲しいほど冷たかった。

「和真さん、なんか知ってるんだろ。教えてよ」

「そうだよ、なんで黙ってんすか」

「和真さんがリリーに言ってくんないと、あいつ調子のったままだって」

「なによあんたたち和真にばっか頼って！　和真だってリリーんとこ行って話してるわよ。そういうあんたたちはリリーんとこに直接話しに行ったわけ？　陰で悪口言ってるばっかじゃん！」

「葵。俺らが行ったってリリーは聞く耳もたねぇんだ。あいつが誰かの話を聞くとしたら、それが和真なのはわかるだろう。俺らは和真の言いかたが甘いんじゃねえかって話をしてんだ」

「和真くん」

それまで黙っていたピカ爺が口を開いた。みな息をのみ、静かに客席の奥に視線を投げた。

「どうしたらいいと思うね」

和真は一同を振り返る。サッシに手を掛けて窓を背にした。

風に舞いあがった塵《ちり》が踊るように光る。大きく息を吸って、天井に吐き出した。

「これまでリリーとはなんども話してる。でもリリーに別れる気はないよ」

「もしリリーが別れなきゃ、俺らも縁切るって言ってみたらいいじゃん。さすがに和真さんから縁切るって言われたら考えるんじゃね？　そこまでつよく言わなきゃ聞かねぇよ」

「奏太。どういえばいいのかな」

瞼を押さえた。突風が吹き込み、入り口のほうからカタンとものが倒れる音がした。

「リリーはね。彼のことが好きなんだ」

「だからなんだよ」

「誰かの好きっていう気持ちを」と和真は言った。「誰かの好きっていう気持ちを、僕らはけっして汚せないんだ」

サッシを人差し指でなでる。ほこりの跡が指に残った。親指とこすりあわせて、息を吹きかけた。

「でも相手はジャンキーじゃん」

「それでもだよ。リリーにしか見えない、彼の素晴らしいところがあるんだ」

「…………」

「だからリリーは彼のことが好きなんだ。リリーがみつけた彼の素晴らしい部分は、リリーのものであって、僕らはなにも否定できない。信じられないことに、それは彼自身ですら否定できないんだよ。奏太の笑顔が好きだという女の子に、それは間違ってるって奏太はいえないだろう？　たとえ僕らが唾を吐いても、僕らの唾はそれを汚すことはできない」

「…………」

「僕らはその恋愛が彼女を傷つけることになるのを知ってる。もし彼女が別れるか迷っているなら、その背中を押すことはできる。でも迷っていないなら、誰にも気持ちを止めることはできない。僕らにできるのは、ただ見守ることだけだ。もういちど言うけど、彼女は彼のことが好きなんだ。彼を信じているんだよ。だから彼女は彼と縁を切れない。そして」と和真は微笑んだ。

「僕はリリーが好きなんだ。だからリリーと縁を切るなんてできないよ」

いつの間にか立ちあがっていた奏太が、力を失ったようにスツールに腰を落とした。

「僕はあきらめずに説得する。でも、そのために他のなにかを駆け引きには使わない。たとえ甘いと言われても、僕は彼女を甘やかす」

みな口をつぐんだ。おそらく今日もリリーは階下の店にいるだろう。彼女はサンバの練習のために仲間が星座館に集まっていることを知っているだろうし、そこで自分の話がでることも容易に想像がつくだろう。彼女の気持ちを考えると、胸の真んなかに冷たい風が吹き抜ける思いだった。奏太はスニーカーの踵《かかと》でスツールの脚をノックしていた。葵は携帯のディスプレイを見ていたが、その画面にはなにも映っていなかった。創馬は天井を見あげ、ピカ爺は目を閉じていた。

和真がカウンターにもどると、月子がなにやら手元を動かしていた。

知らないうちに、おしぼりが巻き直されている。端の部分があつぼったい歪なおしぼりだ。またもうひとつ、歪なおしぼりを作り終えると「お父さん」と月子は言った。

和真と創馬が同時に顔をあげた。

「私、リリーちゃんのこと好きだよ。大好き」

二人の父親が目を丸くしてお互いの顔を見やった。

月子が笑うと「私もよ、お月」と葵も笑顔を見せた。

和真が月子をそばに寄せて、その頭を優しくなでた。カウンターの奥にあるキッチン扉が目に入った。去年月子が父の日に描いた星座館の仲間の絵だ。そこには和真、創馬、月子、リリー、奏太、ピカ爺、葵、谷田《たにだ》、凪子《なぎこ》たちがならんでいる。後から「私も」「俺も」と頼まれて描き加えていったために端のほうのヤスやケンは窮屈《きゅうくつ》そうだ。彼らの上を大きなドームスクリーンが覆い、オリオン座を中心とした星座が配されている。汚れないように額縁《がくぶち》を買ってきて飾ったのは創馬だった。その彼からチッと舌打ちが聞こえた。

「しょうがねえ奴だなお前ら」

その声には先ほどまでの鋭さはない。みななにも言わなかった。外から犬の鳴き声が聞こえた。

「ちょ、待って、たんま！」と声があがる。律儀に手を上げたのはヤスだった。

「星座館はそれでもいいかもしんないけど、うちのキャバクラとかケンとこのαルームはそれじゃやたまんねーっすよ。客から文句いわれんの俺らバイトだし、売上さがったらバイト代だってさがるかもしれないじゃないっすか」

「そうっすよ、これって星座館だけじゃなくて、このビル全体の……」とケンが言いかけたときに扉が開いた。

全員が凍りついたように動かなかった。

サングラスをかけ、柄物《がらもの》のワンピースを着たリリーが立っていた。

髭は剃られていたが、髪は乱れていた。肩が細くなり、かつて彼女のお気に入りだったワンピースがひどく貧相に見えた。足下は緒が切れそうなほど履《は》きつぶされたビーチサンダルだ。

「今日の練習、ごめんなさいね。遅れちゃったわね」

サングラスを外した。痣の青みが引き、うっすらと黄ばんでいた。葵が顔を伏せた。

「遅いよリリー」と和真が笑った。

「あらなによ、もしかして私の悪口でも言ってたんじゃないのお？」

「リリーさ」と口を開きかけた奏太に「これリリーに」と言って水の入ったグラスを

渡した。プラネタリウムの奥に座っていたピカ爺が横目でこちらを見やる。このまま放っておけば、リリー本人をみなで吊《つる》し上げることになりかねない。あるいはリリー本人も、そのつもりで店に来たのかもしれない。奏太はしぶしぶといった様子でリリーにグラスを渡した。

「いまはみんな、下の店で眠ってるの」

とリリーが切り出した。プラネタリウムの客席にいる若手が殺気だった目でリリーを睨む。彼女がカウンターに座ろうか迷っていると「そっちでいいよ」と和真はプラネタリウムを指した。

「もう練習は終わっちゃったけど。せっかく久しぶりにリリーがきたんだ。星座の話でもしよう」

「そんなことより話すことあるじゃないっすか」とヤスが口を尖らせる。「いまはエロい話とかいいっすわ」

「ほんとうに？」という和真にヤスがうーんと悩みはじめる。それを見た創馬が呆れて笑った。

「どうかな、月子？」

うん、と返事をする前に彼女はもうカウンターを飛び出している。

しかたなく奏太が遮光窓を閉じてカーテンを引く。葵は入り口を閉めて、プラネタリウムの客席に移った。「ほら、お前ら」と葵が急かすと奏太たちも席を詰めてプラネタリウムに着席する。

和真はサーバーからビールを注ぐと、コンソールに手を伸ばして店内の照明を落とした。完全に暗闇になる直前、こちらを見るリリーと目が合った。和真は微笑んで彼女に肯いた。

「この前話したおおぐま座は、実はペアになってる星座があるんだ」

☆

「さて、この前の話は覚えてるかな。男子禁制のチーム・アルテミスで切り込み隊長をやってたカリストが、その美しさのあまりゼウスに襲われちゃった物語だ。ルールを破った彼女は死を覚悟したんだけど、アルテミスは彼女の命を奪うかわりに、カリストを熊の姿に変えた。それが彼女なりの愛情だった。熊の姿となったカリストはアルテミスの宮殿から走り去っていった。これが、おおぐま座の話だ」

そこまで話して和真は客席を見渡した。

中央の特等席にはいつものように月子が座り、その隣に月子の手を握ったリリーの姿があった。葵、奏太、創馬、ピカ爺の他にケンやヤスといった他店の従業員たちも座っている。和真はドームスクリーンの縁に立ち、北の空に輝く一点を指差した。北極星だ。

「おおぐま座の隣に、北斗七星とそっくりな形をした星座がある。わかるかな？　この星座はトレミー48星座のひとつで、千二百年以上前からおおぐま座とペアで語られてるんだ。名前をこぐま座という。このこぐま座も季節とは関係なく、一年中日本から見えるんだよ」

「またカリストさんが出てくるの？」

月子が客席から振り返った。きっとそうよ、とリリーが月子の手をなでた。

「こぐま座にまつわるギリシャ神話は、おおぐま座の続編でもあるんだ。

、熊の姿になってしまった元切り込み隊長カリストは、アルテミスの宮殿を去ってから、人目につかないように森の奥深くに引きこもって暮らすことに決めた。醜く無様な姿になった自分を、かつての仲間に見られたくなかったんだ。彼女はいかなる同情もかけられたくなかった。

——森での生活に慣れるのは苦労した。

僕らが森で生活するところを想像してほしい。日があるうちはまだいいだろう。でも夜になったときに、身の安全を確保しながら睡眠をとるのがどれくらい困難なことか気がつくはずだ。はじめは食料だってどこで手に入れればいいのかわからない。狩りの道具があるわけでもないからね。そのうえ彼女は熊の姿になっている。妖精のときのように体の自由が利かなかった。四つ足で歩くことさえはじめは難しくて、木の根のわずかな段差によく足を取られた。でも二本足で立つことはそれ以上に難しく、体にも負担がかかる。森に入ってからの数日間、彼女はまともに眠ることもできず、食事すらままならなかった。

そんなカリストを、さらに追い詰めるようなできごとが起こった。

彼女は自分の体がすこしずつ変化していることに気がついたんだ」

「もしかして……」と葵が身震いする。

「うん、彼女もすぐ原因に思いあたった。襲われた相手が比類なき着床率を誇るゼウスだけあって、彼女はがっつり妊娠してしまってたんだよ」

「ゼ、ゼウス先輩すげぇ」とヤスが声を漏《も》らす。

和真はビールグラスに口をつけて一呼吸おいた。

「日に日に胎児《たいじ》は大きくなっていった。男子禁制の世界で生きてきたカリストは、まさか自分が母親になる日が来るなんて想像もしていなかった。この妊娠はただでさえ不安な彼女をいっぺんに混乱に陥《おとしい》れた。

もし妖精の姿のまま妊娠したのなら、妖精仲間に助けを求めることができたかもしれない。でも熊の姿の彼女に頼れる相手はいなかった。やって来たばかりの見知らぬ森で、たったひとり不安と向かい合うしかない。

無事に産めるかどうか、それも確かに不安だった。でもそれ以上に彼女を苦しめるのは、いま自分のお腹のなかで毎日大きくなっていく命が、熊の姿をしているのかどうかという疑問だった。

『もし、自分の赤ちゃんが熊の姿をして産まれたら。

私は我が子を、一匹の熊として育てることになる。

そのとき、私の心はもういままでの自分ではいられないんじゃないだろうか……』

アルテミスのために働き、仲間を助け、毎日を夢中で生きた自分がいたことを、子供が理解することもない。子熊にとって、カリストは母熊でしかない。それまでの自分の人生は失われ、自分が自分ではなくなっていく。ただ森に棲《す》む名もない熊になっていく。考えただけでカリストは恐怖のあまり息ができなくなる。それはまるで世界の終わりを待つような時間だった」

きついね、と葵が呟いた。ああ、と和真は肯いた。

「その森のはずれに、美しいみずうみがあった。

木々に囲まれて、水は澄みわたり、いつも穏やかな風が吹いている見通しのいい場所だ。森に棲む動物たちはこのみずうみにやってきて喉を潤《うるお》し、水浴びをした。湖畔には平たくてなめらかな岩がひとつあって、熊が腰を掛けるにはちょうどいい大きさだった。そこに座ると対岸に、木々の梢《こずえ》が歌うように揺れているのが見えた。遠くに山の峰が重なり、その上には果てない大空が広がっていた。

カリストは毎日そこに座って、落ちていく夕陽を眺めた。声にならない祈りを込めて。

生まれてくる子供が、人の姿をしていますように。

たとえ熊の姿で生まれてきても、自分が自分を失わずにいられますように。

そして、たとえ自分を失ったとしても。

私はその子を、心から愛せますように」

ビールを口にふくんだ。みな息をのんで話のつづきを待った。

「やがて、彼女の子供が生まれた」

「どっちすか！」「どっちだよ！」とヤスや奏太たちがそわそわと背中をずらした。

「彼女が熊に変身する前にできた子供だったからだろう。子供は人の姿をして生まれてきた。母親に似て綺麗な顔立ちをした、元気な男の赤ちゃんだった」

よかった、とリリーとヤスが同時に声をあげた。

顔を合わせた彼らは気まずそうにまた客席に寄りかかった。

「産み落としたばかりの赤子を見て、カリストはそれまで祈っていた自分が馬鹿のように思えた。

彼女は気がついたんだよ。

たとえどのような姿で生まれようと、愛さないわけはないんだって。

まだ羊水《ようすい》にまみれた赤ん坊は泣き声を上げていた。ちいさな手を握りしめて、全身を震わせながら、自分がここに存在することをカリストに知らせてた。赤子の泣き声は、カリストがいままで聴いたことのあるどんな音楽よりも美しかった。小鳥やリスや蝶や子猿たちが、親子を囲むように集まって来た。世界が震えるように、きらきらと輝いて見えた。カリストも一緒に泣いていた。かつてのような綺麗な声はもう出ない。でも低く野太い熊の声で、彼女は幸福に打ちのめされて大声で泣いた。

私はこの子を愛するために生まれてきたんだって思った。

自分の人生にそれ以上の意味なんか要らないと、彼女は思った」

「だけど彼女の幸福は、これから味わうことになる哀しみによって支えられてたんだ。

「…………」

熊の姿になってしまったカリストに、人の赤子は育てられないからね。

熊の体から人の母乳は出ない。森に食材はあっても調理もできない。それどころか毛皮のない赤ちゃんの肌に触れるには、彼女の爪はあまりにも鋭すぎた。彼女は愛《いと》おしい我が子を、自分の手で抱きしめることさえできなかったんだ。このままでは息子が生きていけないことを、彼女ははじめからわかってた。

だからカリストは身を引き裂かれるような思いで決心したんだよ。

自分の赤ちゃんを人里近くに捨てることをね。人間に拾われて、人の子として育ってくれるように。彼を捨てることでしか、彼を生かす道はなかったんだ」

創馬がちらりとリリーを見やった。

薄闇のなかでもリリーが奥歯を噛みしめているのがわかる。

「あまりに辛《つら》い別れだったけれど、カリストの切実な願いはちゃんと通じた。大きな葉に包まれて置き去りにされたカリストの息子、アルカスは、その日のうちに人間に拾われたんだよ。アルカスを拾ったのは心優しい狩人だった。そうしてアルカスは母親の願い通り、幸せな人間の家庭で育つことになった」

「いい話だけど、切ないよ」と葵が唇を噛む。

そうだね、と和真は半歩前に進んで星を見上げた。

「カリストはアルカスが人間に拾われたところを陰から見届けると、もとの森深くへ戻っていった。いったん人間の手にゆだねた以上、もう二度とアルカスの前に姿を見せるつもりはなかった。森のなかで静かに、熊として生きていこうと彼女は決意したんだよ。

そうして、時間は過ぎていった。

春の光に氷が溶けていくような、長くひっそりとした年月だ。

成長したアルカスは、勇敢な少年になっていた。

なんせ母親はアルテミスのもとで切り込み隊長をしていたほどのエリートヤンキーだ。負けん気がつよい生意気な性格も、超人的な運動神経も、見事な狩りの腕前もすべて母親譲りだった。まだ少年にもかかわらず、アルカスは狩りの天才として村中に知られるようになった。村の人間がとうていたどり着けない平原の果てや森の奥にまで踏み込んで、毎回あっと驚くような猟果をあげるんだ。大物を抱えて村に帰ると、

『おっちゃんたち、情けねーなー』

なんて別行動していた先輩狩人たちを鼻で笑うんだよ。

『うるせぇ、俺たちの獲物ぜんぶあわせりゃお前には勝ってるだろ』

『それでさえ負けるときあるじゃんよ』

『あのな、あんまり言うとお前が何歳まで寝小便してたか女どもにバラすぞ！』

慌てるアルカスを見て、先輩狩人たちはけらけらと楽しそうに酒を飲む。

彼が捨て子だってことはみんな知っていたけれど、村の大人たちはまるで自分の子供のように彼を可愛がっていたんだ。憎まれ口をたたき合うのも、家族の絆《きずな》があるからだ。アルカス自身も口では生意気言いながら、捨て子だった自分を育ててくれた村の大人たちに心から感謝していた。

そんなある日のことだ。

彼はいつものように一人で森に入り、信じられないような脚力で木々を分け進んでいた。

到達したのはだれも入ったことがないような森の奥だった。

その場所ではどの樹も驚くほど幹が太く、高く聳《そび》えていた。深緑の苔《こけ》が巨木に張りついて、筋肉のように盛りあがっている。アルカスの村の木こりでは、十人がかりでも切り倒すことはできないだろう。空に届きそうな巨木を見あげていると、自分の体が縮んでいくような錯覚を覚えた。鳥や動物の鳴き声が遠くから聞こえる。どれひとつとっても、いままで聞いたことがない声だった。ふと立ち止まると、いくつもの瞳が自分に向かって見開かれているような気がした。

村の長老からも『決して足を踏み入れるな』と言われている危険な領域があることをアルカスは思い出した。その場所には森の主《ぬし》が棲んでいるという。主の怒りに触れるとこの巨木たちが音もなく動き出し、森そのものが迷路となって侵入者の退路を断ってしまう。話を聴いたときは鼻で笑っていたけれど、いま両腕にはびっしりとかたい鳥肌がたっている。空気が冷えていた。静けさが足下から体を這《は》い上がってくるみたいだった。

目の前には神の雷《いかずち》のように荒々しい巨木があった。

アルカスは恐る恐る、木肌に手で触れた。

その瞬間、背骨を両手で握られて、音が鳴るほど揺さぶられるような衝撃が走った。

もういちど森の四方を見渡した。土を踏みしめる足の裏から、巨木に触れる右手から、髪から、耳から、鼻から、口から、アルカスはある感覚に襲われた。

自分はこの森を知っている。

それはまだ自分が捨て子だと知るよりも前の、遠い過去の記憶だ」

「そこって、やっぱり……」と奏太がうなる。

「そう、アルカスが生まれ、母のカリストが生活している森だ。アルカスを人間の手に預けてからというもの、彼女はその森で熊として静かに生活していた。アルテミスのもとで活躍し、大勢の部下から敬愛されていたことも遥《はる》か昔だ。いまでは大きな体を丸めて四つ足で歩き、巨木を利用して爪を研《と》ぐ。天気のいい日にはお気に入りのみずうみへと足を伸ばして、ドングリのお弁当を食べることが数すくない楽しみのひとつだった。

その日もよく晴れた日で、彼女は平らな岩に座って風に波打つ水面を眺めてた。見晴らしのいいこの場所からの景色が好きだった。間もなく夕陽が見える時間だ。陽だまりが気持ち良くて、ついついうたた寝してしまいそうな陽気だった。きっとボーッとしていたんだと思う、森の気配がいつもと変わっていることに気がつかなかった。夕暮れを告げる尾長鶏《おながどり》が鳴いた。長く甲高《かんだか》いその歌声にあわせて、他の尾長鶏も先を急ぐように声を上げた。ふと我に返って森に目をやった。

少年が茂みを越えて、みずうみに向かって歩いていた。

弓を背負った若々しい狩人と、森の主の大熊は、そのようにして出会った。

カリストと少年は、百メートルほどの距離を隔てて視線をあわせた。

夕陽が赤々と燃えていた。透きとおった水面に、鮮やかなオレンジ色が滲んでいた。みずうみを歩いてきたような穏やかな風が、こちらを見ている少年とのあいだを吹き抜けていった。

自分に宿った新しい命への不安に、怯えたのもこの場所だった。

赤子が無事産まれてきたことに、感謝したのもこの場所だった。

ここから息子の健康と幸せを毎日祈った。彼が幸せなら、どんな孤独にも耐えられると誓《ちか》った。目の前に立つ少年が、その息子であることを彼女は直感で理解した。

『ウオオオォォォォ』

カリストは叫んだ。せめてもうすこしだけ近く、もう一歩だけ間近で息子の顔が見たいと、彼女は泣きながらアルカスに近づいていった。一歩歩くたびに脳の奥でバチンと火花が散る。その光に過去の記憶が浮かび上がる。最後に見たときはまだ赤子だった。そのとき赤子は眼さえ開いてなかった。いちども抱いたことがない息子だった。頬ずりしたことも、キスをしたこともだってない。自分にできたことは、彼を捨てたことだけだった。でも祈っていたとおり、祈っていたよりもずっと逞しく、美しい少年にアルカスは成長していた。

もう、自分が熊の姿をしていることなんて忘れてた。カリストは一歩、また一歩と息子に向かって歩いて行った。

――でもアルカスはそんなこと知る由もない。

彼からしてみたら、いきなり目の前に現れた熊が、自分に向かって近づいてくるんだ。それも森の主に違いない巨大な熊だった。そっと右手が矢筒《やづつ》に伸びる。弓を構えたのは狩人の職業意識じゃない。恐怖による防衛反応だった。熊はまるで泣いてでもいるかのようにオイオイと吠《ほ》えながらこちらに向かってくる。熊の動きは速い。海を泳ぐ鯨《くじら》のように迫ってくる。アルカスは落ち着いて狙いを定めた。それでも熊は止まらなかった。彼は熊と視線をはずすことなく、突進してくる熊の眉間《みけん》めがけて矢を放った。

びゅん。それは一瞬だった。

まるで定規で線を引くように、その矢はまっすぐ熊の額を撃ち抜いた。

森じゅうの鳥たちがいっせいに飛び立った。猿が狂ったように鳴きまわる。アルカスが聞いたことのないような声を出して、その熊は背中から地面に倒れた。

アルカスまでほんの数メートルだった。

『助かった』

アルカスは口にした。でも、なぜか涙がとまらなかった。どうして自分が泣かなくちゃいけないんだろう、と不思議に思いながら、それでもわけのわからない哀しみに飲み込まれて、アルカスは子供のように立ちつくして涙を流した」

リリーは涙を拭うこともせずにプラネタリウムを見あげていた。月子がハンカチを渡すと、スクリーンをみつめたまま目元にあてた。

「倒れた大熊のまわりには、森じゅうの動物たちが集まって来た。鹿や猿やイノシシ、リス、山猫の家族たちがつぎつぎと現れる。空では色鮮やかな鳥たちがみずうみの上を旋回して、水面に影を落としていた。アルカスは足を踏み出して、森の主のそばへと寄っていった。やわらかい毛布のように、夕陽が熊の体にかかっていた。熊は仰向《あおむ》けに空を見あげたまま呼吸を止めていた。

アルカスは膝を突いて森の主に抱きつくと、ついに声を上げて泣きだした」

和真は大きく息を吐いた。グラスに口をつけたが、もうビールは残っていなかった。

「この一部始終を見ていたのは、鳥や動物たちだけじゃない。

天界にいる世界の支配者もまた、涙を流しながらカリストとアルカスを見守っていた。

『子供がそうとは知らずに母親を撃ち殺すとは！　なんたる、超なんたる悲劇っ！』」

「なによっ！　ゼウスちゃんむちゃくちゃ勝手じゃない！」

「しょうがないだろう、そういう奴なんだよ。自分が蒔《ま》いた種なんてことはすっかり忘れてるんだ。カリストを哀れんだゼウスは、ふたりが永遠に一緒にいられるように、アルカスを小熊の姿に変え、夜空へと上げた。それがおおぐま座とこぐま座だよ。ようやく二人は、親子として暮らせるようになったんだ」

「よかった、救いがあってよかった」と涙声で奏太が言う。涙もろい奏太はもうだいぶ前から息を殺して泣いていた。思わず微笑んで和真はつづけた。

「そうだね。

……ただ、この結末に納得しない女神がひとりいたんだ。

ゼウスの愛人とその子供をどん底に突き落とし、引きずり回し、どこまでも追い込むことに情熱を燃やしてる女だよ。ゼウスの正妻にして、すべての女神の頂点に立つ女王、ヘラだ」

「うわぁ、ここでヘラかよ」と奏太が手で顔を覆う。

「とうぜん彼女はカリストのこともアルカスのことも面白くない。ヘラからすれば、カリストは夫の愛人だからね。カリストが息子に撃ち殺されたのを知って、ちょっとは気持ちがすっとしたんだけど、すぐに夜空に上げられてしまったことも気にくわなかった」

「このうえ、まだなにかあんすか」とヤスがうめく。

「うん。彼女はいつも冷静だけど、それは抜き身のような容赦のない冷静さなんだ。夫の愛人に対しては一片の恩情の余地もない。

『しかたないわね。じゃあ、こうしましょ』

そう言うとヘラは熊の親子の住処《すみか》を変えて、遥か北の夜空に移した。

あまりにも天高くあるために、親子は水平線に沈まない。だから親子は休むことが許されず、いつまでも北極星の周りをぐるぐると回りつづけているんだよ」

☆

コンソールに手を伸ばし、店内の照明をすこしずつ明るくした。客席に座っている彼らの顔が照らされる。月子はしっかり起きていたが、いつの間にか葵が寝息を立てていた。

「なんすかこのラスト」

ヤスがややふて腐《くさ》れるように言った。

「この話、なにが言いたいのかわかんないっす。ただカリストとアルカスが可哀相ってだけでさ」

「ギリシャ神話に寓意《ぐうい》はないよ。すくなくとも僕はそう思ってる。これは可哀相な親子の話で、それだけなんだよ」

リリーが立ちあがって、カウンターのスツールに移った。それを切っ掛けに立ちあがって背伸びをする者もいる。葵だけがすやすやと眠りつづけていた。ヤスはリリーから二席離れてスツールに腰を下ろし、手にしていたペットボトルのキャップをひねった。

「でもリリーはあのジャンキーと別れた方がいいってことっすよね。途中で言ってたじゃないすか、『彼を捨てることでしか、彼を生かす道はない』って」

リリーはうつむいたまま足下を見ていた。ビーチサンダルをつっかけている指先のペディキュアが剝がれかけている。和真はカウンターに入ってヤスに言った。

「そうだね。カリストは捨てることでしか、息子を救えなかった。たとえ愛していてもね」

「カズちゃん。それは恋愛でも一緒だと思う？」

リリーが顔をあげる。目が落ちくぼんで、疲れ切っている。だが瞳の奥にまだ希望を探すだけの力は残っていた。「恋愛も一緒だと思うよ」と和真は言って、ビーグラスをシンクに置いた。

「別れることでしか、救えない相手もいる。そういうかたちの愛情がある」

「でもアルカスを捨てたところでカリストは傷ついたままだったじゃない」

「うん。挙《あ》げ句《く》に、とどめはアルカスの手によってね」

「最悪のラストじゃね？」とヤスは足を組んだ。

「でも僕は思うんだ。アルカスに撃たれたとき、カリストは彼を恨《うら》んだかな？　赤ちゃんだった彼を人の手に預けずに、熊である自分の手元に置いて死なせれば良かったと思ったかな？　僕はそうは思わない。カリストはそれでも、愛する我が子を人の手に預けたと思う」

「…………」

「これは、愛する覚悟の問題だ。カリストはいつだって、覚悟を決めてた」

洗ったグラスの水滴を、乾いた布巾で拭き取った。

リリーは荒れた指先でカウンターの木目をなぞった。創馬も月子もピカ爺たちも彼女の背中をみつめている。かすかに音が聞こえる。リノリウムとゴムのこすれる音だった。

「覚悟を決めなよ」

カウンターを出ると顎をあげて出入り口を見やった。

「君に言ってるんだ。正樹くん」

ゆっくりとドアが開いた。しわだらけの白シャツにデニム姿の痩せた男が立っていた。

肌は青白く、三十だというのに顔には黒子《ほくろ》もしみも見あたらない。額が狭く、鼻はまっすぐ尖《とが》っていた。モデルのように顔立ちの整った男だったが、顎と頬は小汚い無精髭で覆われている。瞳が不安定な光に揺れていた。体のラインが出ない大きめのシャツだった。それでもなお、どう見ても健康とは言いがたい痩せ方をしているのがわかる。

「リリー、帰ろうよ」

やさしい声だった。想像していたような野蛮な雰囲気はない。右腕が痒《かゆ》いのか、爪を立ててせわしなく掻いていた。その姿は、クスリに飲まれたただの小者そのものだった。

正樹の姿を自分の目で見るまでは、なにも決めまいと思っていた。それまで留保していたいくつかの判断が、ドミノが進むように次々と一方向に倒れた。

「正樹」と声を出したリリーを和真は右手で制した。

「リリーは君のところには帰らない」

「…………」

「もし君がすこしでもリリーを大切に思っているなら、彼女を巻き添えにするんじゃない。ひとりで地獄へ行くんだ。あるいはもし本気で彼女と一緒にいたいなら、もうすこしまともな顔をして出直してこい。まともなものを食べて、まともな友達とつきあって、まともな眼をして彼女に会うんだ。それが彼女への敬意だ。動くな。そこから一歩でもうちの店に入るな。うちの店に君みたいな人間を一秒でも入れたくない。僕は君を軽蔑してる」

くくくくく、と木片をこすり合わせるような耳障《みみざわ》りな笑い声が聞こえる。リリーの血の気が引くのがわかった。正樹は笑っていなかった。ドアの後ろに何人かいるようだ。リリーの店に押し入っていた正樹の連れだろう。彼女を連れ戻すのにひとりでやってこれないような男だった。和真さん、と奏太が緊張の面持ちで近づいた。

「店内になにか音楽をかけておいてくれるかな。できれば楽しくて、大きな音を。会話を月子に聞かせたくない。こいつらの汚い言葉を一語だって耳に入れさせない」

和真は店を出た。後ろ手でドアを閉じようとすると、そこからリリーがするりと出てきた。

彼女がドアを閉じると、店内にサンバのリズムが流れ出すのが聞こえた。

☆

廊下には正樹の他に三人の男がいた。みなひどい身なりだったが、正樹とは対照的に肉づきがよく、体が大きかった。深刻な中毒者というわけではないのだろう。チンピラのお遊びかもしれない。眼は興奮のために爛々《らんらん》と輝いていて、両肩から好戦的な空気を発していた。ひとりは手元にビールの空瓶《あきびん》を持ち、手のひらでぴたぴたと叩いて音を出していた。だがその音を確かめるためだけに空瓶を持ってきたわけでもないだろう。この連中は人を脅すことで必要なものを手に入れた経験があるはずだ。

「リリー、これで全員かな。あとから急に増えると困るから、いちおう知っておきたくて」

「ひとり足りないわ」

「竹中《たけなか》さんは帰ったよ。待ちくたびれたんだ。リリー、早く下に来いよ。お前がいないと寂しいんだよ。酒を注いでくれる奴もいねえし」

　肩の筋肉が盛りあがった三十半ばに見える男が笑った。どうやらみなカミクズの興奮下にあるようだが、ただの小者に見える正樹とはあきらかに質が違う。

「ドラッグはほんとうに色んな種類のクズを結びつけるんだね」

「いまなんて言ったお前」

「でも、正樹くんだってリリーを殴ってるんだろう？　根っこは一緒か」

「こいつ、やっちゃやわね？」

「なんか音聞こえねぇ？　飲むならこの店でもよくねぇか」

　会話が散漫だ。彼らとはなにを話しても通じない。端に立っている正樹は様子を見ているだけで、不安そうに口元をゆるめていた。

「金髪、そこどけよ。なか見せろや」

「やだよ。ここはプラネタリウムだ。君たちみたいなクズが集まる場所じゃない」

「プラネタリウム？　マジか、見てみようぜ」

「君たちはこの店には入れない」

「おいおい、商売だろ。金払えば俺らだって客だぜ？」

「せっかくだけど、君らが見てもなにも見えないよ。まずは眼鏡を買ってくるんだ。

まともに鏡で自分の顔を見れるような、度のきついやつをね」

そう言って和真はビール瓶を手にした男に一歩近づくと「帰れ」と命じた。

「俺にそんな口をきくんじゃねえよ。いつ帰るかは俺が決める」

「そっか。でも、どうやって帰るかは僕が決めてあげよう」

そう言うと男の足の甲を、ありったけの力で踏みつけた。

みしり、という嫌な感触が自分の足にも伝わってくる。

「片足が残ってれば帰れるよね」

呻《うめ》き声とともに男が唾を吐き出した。そのときにはすでに和真は重心を移して男の側面に回っている。横っ腹を殴りつけると男の手からビール瓶が床に落ちた。男は膝を折って倒れると、ひぃぃ、という哀れな悲鳴と一緒にリノリウムの上を転がり回った。反射的に和真は右足をあげたが、泣き声を上げて助けを求める男を見て、足を下ろした。なんて見かけ倒しの男たちだろう。

ドラッグで感情が過敏になっている他の男たちは、一瞬で棒立ちになった。

モノクロ写真のなかを動くように和真は他の男たちに近づいて、ひとりずつ手のひらで思い切り頬を横殴りした。はじめの男が倒れた時点で男たちは戦意を失っている。抵抗する様子も見せず、まるでクッキーをもらう順番でも待っているように行儀が良かった。最後に正樹の前に立ったとき「カズちゃん」とリリーがちいさく叫んだ。和真はわずかに首をそらしてリリーを見やったが、前の二人と同様に正樹の横っ面《つら》を張り倒した。バランスを崩した正樹のシャツを両手で摑み、首元まで釣り上げて壁に押しつける。恐怖に顔が歪み、口の端から小さく泡を吹いていた。白目が黄ばみ、瞳孔《どうこう》が開いている。正樹の胸に押しつけた腕から、倍速の心音が和真に伝わる。こんな男がリリーを殴りつけていたのかと思うと内臓を摑まれるようなむかつきを感じた。

「いいか。二度とこの店に近づくな。君たちが喜ぶような薄汚れたものはこの店にはおいてない。あいつを見るんだ、見えたかい？　次は君の足も潰す。徹底的にやる。君は腕で這ってこのビルから出て行くことになる。それも運が良かった場合だ。そして残念だけど、僕には君が幸運そうには見えない。運悪く、興奮した君がビール瓶や金属バットやバタフライナイフを持っている可能性はじゅうぶんにある。そのときは決して自力で逃げることなんてできなくなる」

「…………」

「でもその覚悟があるならいつでもプラネタリウムを見に来るといい。わかったかい？」

真っ青な顔をして正樹が肯いた。

「もう、二度とここへはきません」

その髪を摑むとエレベーターまで引きずって、開いたドアに放り込んだ。「君たちも乗るんだ」と棒立ちの男たちに声をかけて、倒れている仲間を引きずらせた。その腰には力が入っていない。和真を振り返った眼は怯えきっていた。

「もう二度と来ないでほしいんだ。わかってもらえたかな」

和真が微笑む。理解できないものを見る目つきで、彼らはエレベーターの外に立つ和真を見た。ひとりが思い出したようにボタンを押した。老朽化したエレベーターの反応は遅い。連打されたボタンにようやく気がついたように、扉はノロノロと閉まった。


膝に力が入らないリリーを担《かつ》いで店内に戻った。

「奏太、水」

飛び上がるようにして奏太がカウンターに入る。店内に残っていた一同はじっと和真を見ていた。指一本動かさない。張り詰めた空気のなか「どうしたの？」と大きなあくびをして葵が目を覚ました。「おしぼり持って来てあげるね」と月子もカウンターに入る。

　和真はスツールにリリーを座らせると、奏太からグラスを受け取って彼女に飲ませた。それで一息つけたのだろう。吐き出すため息は地面に落ちていくのが見えそうなほど濃い。葵が「あはは、どしたのみんな怖い顔して」とあっけらかんと笑った。

「リリーの彼氏が、友達とここに来たんだよ。もう店には来ないで欲しいって頼んで帰ってもらったんだ。ああいう人たちには丁寧にお願いしないと、納得してもらえないからね」

「そうなんだ。まぁ、ジャンキーにキレられたら怖いもんね」

「うん。でももう来ないって言ってた」

「なーんだ。よかったじゃん。あサンキュお月」

　月子からおしぼりを受け取って顔を拭くと、立ちあがって大きく背伸びをした。

「ていうか、私、カリストの話、最後まで聞いてない！」と急に思い出して騒ぐ彼女を「葵さんそれ後でにしましょ」と奏太がなだめる。リリーがスツールを回転させてフロアに向き直った。和真に力なく微笑むと、唇を嚙んだまま鼻で深く息を吐き出した。

「カズちゃん。ありがとう」

「店のためだ。それ以上でも以下でもない。僕はこの店にジャンキーを入れたくないだけだ」

みんなにもなにか飲み物を出してやってくれ、と奏太に言って自分のグラスには水を注ぐ。

「でも、もし次に彼がやって来たときは、今日のようにはいかない」

「……わかってるわ」

「正樹とつき合っていれば、リリーはこれからも追い詰められていく。周りにいた奴らはあのとおりろくでもない連中だ。リリーにたかる正樹に、さらにたかってる。でもその彼らでさえ、正樹と比べたらまだいくぶんましな中毒者だ。瘦せかたと瞳孔をみればわかる。肌の痒みはメタンフェタミンの副作用だよ。正樹は彼らより一段と深い場所でドラッグと結びついてる。禁断症状が出たときにまず自制が利かなくなるのは正樹だ。それをリリーは知ってるはずだ。

正樹はね、ひとりで窮地に追い詰められて、ひとりで地獄を見ない限り変わらない。そこまでしても彼がようやく手にできるのは『立ち直れるかもしれない』という可能性でしかない。そんな可能性よりも二人で一緒にすこしずつ駄目になっていきたいというなら、それがリリーの愛だというなら、それもいい。僕にできるのは、それを見届けてあげることだけだ」

　そこまで話すと急に疲れが出たように膝が重くなった。

　額を手のひらで拭《ぬぐ》うと、汗がべたりと肌についた。遮光カーテンを開き、窓を開け放って風を入れる。空の端に黒々とした雨雲が見えた。最後に雨雲を見たのはいつだろう。「今夜から雨らしいよ」と葵が気づいて言った。春へと変わる最後の雨だ。「カズちゃん」とリリーが首を振った。「なんだい」と和真は微笑んだ。

「私、それでも正樹が好きなのよ。好き。大好き」

　彼女は肩をすくめて言った。

「ああ。知ってるよ」

　創馬が立ちあがったが、和真がおだやかに眼で制した。

「でも、別れてくるわ。私、正樹に立ち直って欲しいもの。警察にでも施設にでも行って、クスリが抜けるまで我慢すればいいわ。娑婆《しゃば》に出てくるのに時間がかかっても、私、待てるもの。二年、いや、オマケして三年までは待つ」リリーは笑った。

「でもさ、もし正気になっても――」

　奏太は最後まで言うのを躊躇した。

　その場にいる誰もが言葉のつづきを知っている。リリーは立ちあがって肯いた。

「それでもいいわ。もし正樹がドラッグをやめられるなら、戻ってこなくてもいい。きっとそのほうが彼も幸せだからそうするんだし。私はまたいままで通り、ひとりで気ままにやってくわ。カリストだってそうしたじゃない。ただ私はね、熊じゃなくて蝶に生まれ変わるスーパーカリストなのよ。森の奥じゃなくて、カーニバルの中心で暮らすけどね。だから平気。これまでもじゅうぶん楽しかったし、幸せだったし、充実して、やりたいこともできて、お店も順調で、これからはそれ以上に、すごいのよ、パワフルになって、私は」

月子がリリーに抱きついた。「みんなもいるし」とリリーはつづけた。涙がとめどなく溢れていた。泣きながら、リリーは微笑んでいた。「リリーちゃん、私もいるよ」と月子が抱きつきながら言った。葵がリリーに寄り添って背中をなでる。「葵もいるし」とリリーが笑う。そうだな、と手をひろげて呆れるように創馬が同意した。「リリー。お前は間違えてるよ。そもそも、リリーはもうひとりになんかなれないんだ。俺たちがいる限りな。たとえ、ひとりになりたくても」

やっぱりね、とリリーが涙を拭う。

「カズちゃんとソーちゃんはやっぱり双子ね。ここってときには、同じことを言う。おんなじような顔してね」

不本意そうに創馬が鼻を鳴らした。リリーは月子と葵をひとりずつ抱きしめて「ありがとう」と笑って体を離す。

「私、帰るね。たぶん正樹、怖がってもう部屋に帰っちゃってると思うし」

「お化けでも出たのか？」と創馬が和真を見やる。

「リリー、ひとりで大丈夫かい？　僕もついていこうか」

「大丈夫。子供のオカマじゃないのよ」

「でも、いま帰って彼が正気かどうかはわからない。すくなからず、さっきのことでショックを受けているとは思うんだ」

「怖いお化けが出たからね。河童やツチノコどころの騒ぎじゃないわよ。私だってビックリしたわ」

「必要なら、一緒に行くぶんには僕はぜんぜんかまわないけど」

和真が言うと、リリーは大げさに笑ってみせた。

「大丈夫って言ってるでしょう。これ以上カズちゃんにもピカちゃんにも、迷惑はかかるようなことはしないわよ。だから心配しないで。それより」とリリーは和真に身を寄せて耳打ちする。「覚悟しておきなさいよ」

「なにをだよ」

「私の恋が終わったら、次はカズちゃんの番だからね」

ちょっと、と焦る和真に笑顔を見せる。

「来週からはまたリリーとゆかいな獣たちの練習再開よ！」

「だから、そのチーム名はさー」

文句を言う奏太に向かって顔をしかめると、彼女は手を振って店を出て行った。

それまで黙っていた一同からほっと安堵の息が漏れた。みな安心したのだろう。ピカ爺と視線があった。彼は唇を結んだまま、静かに顎を引いて肯いた。

「どうせ、帰ってきて失恋パーティーとか言って騒ぐんだ。今日は日曜だが貸切オープンだな」

珍しく創馬が音頭を取る。どっと店内が沸いたが「会費制だからね」と即座に和真は注意した。

「じゃあ、せっかくだからみんなでサンバコスチュームであつまろうぜ！」

奏太の案にみな賛成する。週末の夜に騒げば周囲から苦情が入るのは間違いないが、ピカ爺まで賛成しているので大きな問題にはならないだろう。一同はそれぞれいったん戻り、リリーから和真の元に連絡があり次第、また星座館に集合することになった。

「じゃあ、あとでーっ！」

みな手を上げて店を出て行った。雨が降る前に銭湯に行こう、と和真たちも店を出た。

廊下の端に、空のビール瓶が置物のように立てられていた。

リリーが亡くなったのは、その日の夜だった。

☆

店内の照明は絞られていた。雨粒の窓を叩く音がする。

背負っていた月子をプラネタリウムの客席に寝かせた。かすかに目をあけたが、火が消えるように瞳は力を失い、すうっと瞼が閉じた。濡れた靴と靴下を脱がせて、乾いたタオルで足を拭いた。

カウンターには創馬がひとりで座っていた。

背中を丸めて酒を飲んでいる。テーブルの上にはテキーラのボトルとショットグラス、五千円札が一枚置いてあった。勝手に飲んだ分の代金だろう。和真は喪服のジャケットを脱いで、カウンターに入った。棚からショットグラスをひとつ取り出すと、出ていたボトルから酒を注いだ。琥珀《こはく》色に熟成したテキーラが薄闇のなかできらりと輝いた。いっきに喉に放り込む。熱が腹へと落ちていく。ポケットに残っていた清塩のパッケージを破り、唇にあてた。塩気が広がり、唾が口のなかに溢れた。

「ずっと飲んでたのかい？」

創馬はちらりとこちらを見あげると、グラスの残りを飲み干した。苦々しく顔を歪ませる。

「こんな酒のどこがうまいんだ。よくこんなのを馬鹿みたいに飲みつづけられたな」

「リリーはテキーラじゃないと酔えないって言ってたからね」

「どんな肝臓してんだあいつは」

そう言って彼はボトルから注ぎなおした。おい、と顎をあげて和真のグラスにも足す。和真は満たされたテキーラをまた一気に腹に落とした。熱は感じるが酔いは回らない。テキーラですらなんの役にもたたない。和真はネクタイを外すと、丸めてカウンターの上に置いた。

リリーが亡くなったという報告はピカ爺から受けた。

彼女が店を出て行った翌日の朝だった。

腹部を刺され、出血多量による失血死だった。現場は駒場《こまば》にあるリリーの自宅マンションで、室内には争った形跡があった。机が横倒しにされ、割れた花瓶と食器の破片が散乱していた。同居人である内藤《ないとう》正樹はベランダから飛び降りて自殺した。指紋の鑑定はこれからのようだが、おそらく凶器の家庭用包丁《ぼうちょう》からは正樹の指紋が出てくるだろう。この一ヵ月、二人が激しく言い争う怒声や叫び声をマンションの隣人は聞いていた。エスカレートした痴話《ちわ》喧嘩によって起きた事件とみて警察は調べているという。

葬儀は検死を終えた数日後に行われた。

互助会が主催したささやかな葬儀だ。遺体は代々幡《よよはた》斎場で荼毘《だび》に付された。リリーの店の客や雑居ビルの従業員たちが訪れた。創馬は参列しなかった。誰もそれを責めなかった。葬儀に参加している人間ですら、まだなんの実感もなかった。混乱しかなかった。「この葬式にリリーが一緒に参加しててもおかしくないもんな、ドッキリでしたー！　とか言ってさ」奏太が言うと、葵がとつぜん泣き出した。奏太自身も言い終わる前から泣いていた。互助会を仕切っているピカ爺は淡々と進行を行っていたが、焼香《しょうこう》の際には目に涙をにじませて歯を食いしばっていた。

火葬場から出てきたリリーは、ちっぽけな骨になっていた。

骨はまだ焼かれたばかりの熱気を発していた。無言でいる一同に係員が「ここはちょうど鎖骨《さこつ》の部分です」などと骨の部位の説明をしていた。肋骨《ろっこつ》、骨盤《こつばん》、大腿骨《だいたいこつ》、頭蓋骨《ずがいこつ》。おそらく誰も聞いていなかった。誰のものかもわからない、ちっぽけな白骨だった。月子は骨になったリリーを見たくないと言って、葵と一緒に待合室で泣いていた。和真はピカ爺と一緒に骨を拾い、骨壺《こつつぼ》に詰めた。そのときはじめて、ピカ爺が口を開いた。

「儂は、悔しい」

涙はなかった。だが瞳以外の全身で彼は泣いていた。

リリーに血縁の家族はいなかった。

遺骨は近くの寺に預けられることになる。

「人なんて、とつぜんあっけなく死ぬもんだな」

グラスの縁を創馬がなでた。和真は答えなかった。

「母さんのときもそうだった。あの頃のこと、覚えてるか？」

顔をあげると創馬がこちらを見ていた。

「どうかな」

ボトルを寄せて、酒を注いだ。

口元まで近づけて手を止める。手先が震えていた。

和真は一口すすってグラスを下ろした。

「今日はもうくたくただ」と和真は目を閉じた。

「リリーはお前に感謝してるはずだよ」

「ありがとう。でも今夜はその話はやめにしないか」

くしゅん、と客席で月子がくしゃみをした。

カウンターを出て月子の寝顔をのぞいた。額に汗を浮かべている。手を当てるとやや熱があった。泣き疲れたうえに雨にもあたったのだ。このままだと本格的に体調を崩すかもしれない。腰をかがめて月子の背中に手を入れると、彼女は無意識に和真の首に抱きついた。

「寝かせてくるよ」

悪いな、と創馬は小声で言った。月子を抱え上げ、出入り口のドアに手を掛けた。ドアを開けたとき「和真」と背中で声を受けた。

「この前言ってたこと、考えたんだ」

「どのことかな」

「娘は俺たちで育てる」

開いたドアから風が流れ込んでくる。青くさい、雨に濡れた風だった。

「でも、お前が父親を探したいと言うならかまわない。協力する気はないがな」

そうか、と和真は微笑んだ。

「お前、当てはあるのか？」

「ないよ。創馬はあるかい？」

「ねぇよ」

「それじゃあ、やっぱりはじめに訊くのはあのオジサンしかいないなぁ」

だろうな、と創馬は同意した。

「お前、後悔はしないんだな」

違うよ、と月子を抱え直して和真が言う。

「後悔をしたくないんだ。会ってくるよ。三枝崇《さえぐさたかし》に」

十数年ぶりにその名前を口にした。

三枝崇。月子の祖父であり、三枝日向子の実の父親だった。

第三章

牡羊座

黄道十二星座のひとつ。
3月21日〜4月19日生まれ。
十二星座のなかで最初に登場する星座。
これは古代バビロニア時代に
牡羊座が春分点にあり、
一年のはじまりが春分に近い
新月とされていたため
(現在は地球の歳差運動により
春分点はうお座にある)。
季節としては秋の星座。

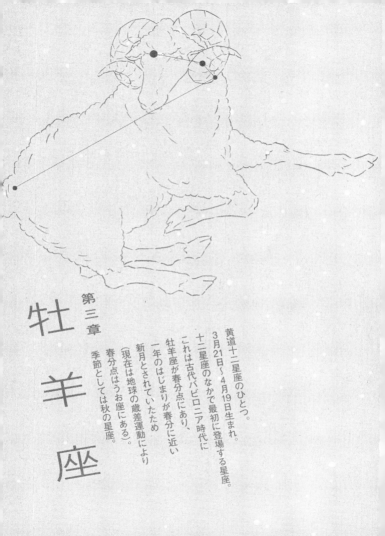

和真《かずま》の知る限り、リリーの事件がニュースになったのは新聞の地方版だけで、それも数行の小さな記事だった。そのせいか街でもリリーの事件は不思議なほど噂にならなかった。リリーの世界の閉店をただの廃業だと思っている街の人間も多いらしい。店自体は正樹《まさき》たちが出入りをはじめた数週間前から休業状態だったため、今回あらためて閉店となったことに気づかない客もいるだろう。

ビルに悪評が立つこともなく、どのテナントも客入りは以前と変わらなかった。もし誰かの手によって情報管理がされているのだとしたら、そのようなことができるのはピカ爺《じい》以外に考えられない。ビルのテナント全体のために、あるいはリリー本人のために、彼がなにかしらの手を打ったのだろう。

「ちょっと、お月《つき》遅くない？　ちゃんと送ってもらえんでしょうね？」

肘《ひじ》でつついて葵《あおい》が言った。「大丈夫だよ」とライムを絞りながら彼女に答えた。

グラスに氷を落としてジンとトニックを注ぐ。できたカクテルを葵に渡すと、彼女は飛び跳ねるようにしてフロアにでた。えっと、とつぶやいて葵は注文した客を探す。客席は半分ほどしか埋まっていないが、誰から注文を受けたか忘れたらしい。グラスを片手にしばらくうろうろしていたが、思い出すのをあきらめたようで、結局「ジントニックの人〜！」と大声で叫んだ。

「あ、そうそうオジサンだったね、え、はいはい、あんたはハイボールね、了解ちゃーん！」

まるでホームパーティーでもやっているような気安さだ。そこへ入り口のドアが開き、山本藍《やまもとあい》に手を引かれた月子《つきこ》が店にやって来た。午後九時ちょうどだった。

「門限セーフだったね！」と藍が月子に言って和真と葵に会釈する。

別に門限など決めていなかったが、藍は九時には連れて帰ると約束していた。「お月、うまかったか？」と葵が頭をなでると、月子はにっと白い歯を見せて笑った。

「そっかそっか。もう眠い？　まだ？　それならプラネタリウム見ておいで。お月の特等席に座ろうとしたオッサンどけといたからさ」

「だめだ、先に歯を磨《みが》いてからだよ」

「なんだよケチだなぁ。よし、じゃあ歯磨いたら戻っておいで。わかった？」

葵に言われると、月子はこくりと肯いて店から出て行った。様子を見ていた客たちもプラネタリウムに意識を戻した。

月子を笑顔で見送った藍は、カウンターに手をついてその笑顔を静かにほどく。とたんに眉尻《まゆじり》が下がりちいさなため息をつく。彼女も気を使ったのだろう。ありがとう、と礼を言うと「これくらいしかできないから」と彼女は首を振った。

「……月子、どうだったかな？」

「すごくよく食べてました。お母さんも月ちゃん大好きだから、子供にしてはたくさん料理出しちゃったんです。でもきれいに食べてくれました」

「ピコラノータは美味《おい》しいもんなあ。お母さんにはこんどあらためてお礼を言いに行くよ」

「はい。……ほんとに月子ちゃん、健康そうに見えるのに」

「気を使わせてごめんね。大丈夫、月子もすごく楽しかったと思う。ありがとう」

葵が藍の隣に座って彼女に手を重ねた。

「あのお月の顔は、大満足のときの顔だよ」

「だといいんですけど……。お母さんも心配してました。私たちにできることがあれば、なんでも言ってください」

ありがとう、と和真は微笑む。

「今日は創馬《そうま》さんは？」

「さぁ。仕事が忙しいんじゃないかな。なにか飲んで行くかい？」

「それじゃあ、お紅茶を」

「うわ、紅茶にオがついてる！　和真、私にもオ紅茶ちょうだい」

からからと葵は笑い、スツールから降りてカウンターに戻った。


リリーの葬儀の翌朝、目覚めたときにはもう月子の声は出なかった。

本人も当初は驚いていた。その日じゅうに創馬とともに耳鼻咽喉科《じびいんこう》へ連れて行き検査を受けさせた。だが喉に腫れや炎症はなく、発声器官にも異常は見当たらなかった。神経科にも判断をあおぎ、この失声はおそらく心因性のものだろうと医者は診断した。具体的な治療処置はなく、焦《あせ》っても症状が好転することはないという。しばらく様子を見る他にできることがなかった。

一方で、大人たちの心配をよそに、本人は気にした素振《そぶ》りを見せなかった。たいていの会話は首を縦に振る「うん」か横に振る「ううん」で済ませ、必要な場合には携帯しているメモ帳を開いて筆談する。紙に書いた文字で会話することを、むしろ楽しんでいる様子さえあった。実際、この二週間は日常生活で支障をきたすこともなかった。

今夜は音大生の藍が、母親の経営するイタリアンレストランへ夕食に招待してくれていたのだが、その場でも月子はひと言も発することはなかったという。よく食べ、藍たちの話を聴き、楽しそうによく笑う。言葉や笑い声がないだけで、それ以外はいつもの月子となにも変わらなかったらしい。

いつまでこの失声がつづくのか心配には違いないが、和真もしばらくは見守ろうと肚《はら》をくった。事件の噂が周囲で囁かれていないのはせめてもの救いだ。月子にはなるべく心の負担のすくない毎日を送って欲しかった。

ショックから立ち直れていないのは大人も一緒だ。

創馬は毎日帰りが遅くなり、酒の臭いを体から発散させて帰るようになった。奏太《かなた》や谷田《たにだ》や凪子《なぎこ》といった常連たちは星座館に足を向けなくなった。奏太がいないのをいいことに、葵はバイトを気取ってカウンターに入ることが多くなった。それまでなら追い出していただろうが、和真も話し相手がいる方が気持ちも楽だった。注文を聞き間違え、カクテルを失敗し、グラスを割られる。それでも会話がないよりはずいぶんましだ。ピカ爺はいままでと変わらず来店し、ウーロン茶を片手に無言のままプラネタリウムを見あげていた。一見なんの変化もなかったが、その瞳の奥は暗く沈んでいるように見えた。

☆

「和真さん、ちょっと訊きたいことがあるんだけど」

店に来るなり奏太は言った。午後十一時を過ぎたところだった。奏太の顔を見たのはリリーの葬儀以来だ。カーキのパーカーにデニムというふだんどおりの格好だったが、目元には緊張を孕《はら》んだ鋭さがあった。彼の後ろにはサングラスを掛けたヤスが立っている。こちらは柄物のシャツにタックの入ったチノパンで、首元にはいつものゴールドチェーンを垂らしている。古き良き時代のチンピラスタイルだ。黒蜜色の顔と、サングラスの黒が完全に一体化していた。卑猥《ひわい》な落書きをマジックで塗りつぶした跡みたいだった。

「どうしたんだよ、そんな黒い顔して」

「日サロっす」とヤスは冷静に答えると「そんなことより」と前に出た。

「リリーが最後にここ来たとき、カズさん、表に出て行ったじゃないすか。あれ何人いたんすか？」

「三人だよ、正樹以外にね。それがどうかしたの」

「どんな連中だったか覚えてますか？　顔とか身長とか服とか」

嫌な予感しかしなかった。まあ座りなよ、と席をすすめておしぼりを渡す。二人同時にスツールに腰を掛けた。ヤスが顔を拭ったおしぼりをまじまじと見つめて和真は笑った。

「さすがに色は移らないんだね」

「日サロっす。で、連中のことなにか思い出せないすか？」

「思い出したらどうするつもりなのかな」

「シメに行くんだよ」と奏太が言った。「新宿の連中なんだろ？　リリーがこんな目に遭ってんのに、あいつらだけのうのうとしてるなんて絶対《ぜつて》ぇおかしいじゃんよ。いまごろ笑いながらカミクズ極《き》めてるんだぜ？　俺らが見つけ出す。見つけ出してリリーのぶんまでぶっ飛ばす」

「それで、その後はどうするんだい？」

その後は、と口にしたまま二人は顔を見合わせる。どうやら考えてもいなかったらしい。

「警察に突き出すかい？　そのときは君ら二人も暴行でつかまる覚悟はあるのかな。それに彼らだって仲間がいるだろう。報復は報復を呼ぶ」

「そんときは迎え撃ちますよ。所詮ジャンキーじゃないっすか」

「ヤス、それで迎え撃って、そのあとどうするんだよ。報復合戦はどうやって終わらせるつもりなんだ。もうそろそろキリがいいかなぁって思うところで『お疲れさまでしたあ』とか言ってユニフォームでも交換する気かい？　だいたい相手はジャンキーだとしても、背後にいる仲間までジャンキーだとは限らない。むしろ組織だったチンピラの可能性のほうが高い」

「新宿ジャンキースのユニってどんなんだろうね」とプラネタリウムの客席から戻った葵がカウンターに入る。

「葵さんいたんすか。あ、藍までいんのかよ」

奏太は言って、ちっと小さく舌打ちをする。聞かれたくなかったのだろう。

「で、あんたらはサンバのユニで新宿乗り込むわけ？」

「冗談で言ってるわけじゃねっす」

「和真さんに手伝ってくれって言ってるわけじゃねぇ。ただ手がかりが欲しいってだけなんだ」

「奏太」と藍が小声で呼ぶ。彼は居心地悪そうに肩を揺らすと「もう決めたんだよ」と幼なじみの顔も見ずに答えた。

「相手が大勢いるからって、このまま黙ってるわけにはいかねぇよ。こっちはリリーを」

奏太は挑むような目で和真に言った。

「こっちはリリーを殺されてんだ」

藍がうつむく。奏太の声はプラネタリウムまでは届いていないだろう。中央にある席で月子は横向きに寝転がって眠っていた。

「俺たちだって二人なわけじゃない。ヤスくんの店にもケンくんの店にも仲間はいるし、俺らそれぞれにネットワークもある。絶対に見つけ出してやる」

「もう正樹だっていないんだ。奏太がやろうとしていることは八つ当たりだよ。そのために大怪我を負うかもしれない。頭を冷やせ。無意味なことはやめろ」

「俺にとっては意味があるんだよ！」

「奏太、お願いだからそんなことやめて」

肺《はい》を絞るようなか細い声だった。藍の言葉から身を避《よ》けるように奏太が背を向ける。

「藍にそんなこと言われる筋合いはねえ」

ポケットに手を突っ込み、ガムを口の中に放り込む。まるで出会ったころの奏太のようだ。自分のなかで膨《ふく》れあがっている怒りを、拳でしか制御できない。高校生だった当時はその怒りが部活や学校や、彼を理解しようとしないすべての大人に向けられていた。

「お願いだから」と泣きはじめた藍に向けて奏太は苛立《いらだ》たしく舌打ちした。その肩にヤスが腕を掛けてなだめる。「俺ら、やるってもう決めたんす」とヤスは髭を触って言った。

ため息しか出なかった。頭をかいて天井を見上げると、わかったよ、と和真は言った。

「それならもうこの店にこないでくれ」

奏太の顔が一瞬硬直した。ちょっと、と葵が和真の袖《そで》を引く。

「どういう意味だよ」

「そのままの意味さ」

「リリーのときは縁を切らなかったのに、俺のときはずいぶんあっさりと言うんだな和真さん」

「僕は本気だ」と和真は言った。

「俺らもな」

そう言って滾《たぎ》るような視線を和真に浴びせた。

☆

新学年がはじまり、月子は四年生になっていた。海外から転校してきた一年半前とくらべてずいぶん友達も増えたようだった。和真と創馬を二人とも「お父さん」と呼ぶことでからかわれていた時期もあったが、いまではクラスメイトも教師もそれを理解している。二人は学校の友人から「金髪」と「マッチョパパ」と呼ばれているらしい。なぜ自分だけ金髪と呼び捨てなのか納得はいかないものの、学校が楽しく感じるのならそれ以上望むものはない。

心因性失声症と診断が下されてから、和真はいちど学校を訪れていた。新担任はまだ二十代の男性教諭で、戸惑《とまど》いながらも事情を理解し、教室でもなるべく不自由がないようにケアしていくことを約束してくれた。当の月子は声を出さないだけで筆談は可能だし、冗談を言えば笑い、勉強や読書を遠ざけることもない。運動は不得意だが苦手という意識はないらしく、体育の授業も楽しんでいるらしい。派手な衣装を着て人前でサンバを踊る経験が、意外にも生きているのかもしれない。

失声している以外はこれまでの彼女となにも変わらない。逆に周囲が彼女の失声を大げさに扱うことで、プレッシャーを感じてますます声が出なくなってしまう可能性もある。なるべく騒ぎ立てず、これまで通りに生活することが大事だと医者からもアドバイスを受けていた。

学校から帰ってきた月子は、開店前の星座館の客席に座って本を読んでいた。

新しい本を買い与えることに創馬は際限なく金を出すつもりらしいが、月子自身は学校や区の図書館で借りてきた本を好んで読んだ。一冊の本を誰かと一緒に読んでいる気がして楽しいらしい。とくに学校図書館の貸し出し本には図書カードがついているため、誰がいつこの本を読んだのかがわかる。同じ名前を別の本で見つけたときには仲良しと街で出会ったような気分がするという。まだ日中の陽が差し込んでいるプラネタリウムの下で、月子は体を横にしながら今日借りてきたばかりの単行本を読んでいた。なんの本か訊ねると、顔を上げて本の表紙をこちらに向けた。江戸落語の傑作選だった。どうして小学四年生がそんなものに興味を持つのか皆目見当がつかない。とはいえそのうち落語が話したくて声を出すかもしれない。面白い話あったら教えてよという和真に、彼女は長い黒髪を耳にかけてから小さく肯いた。

その仕草がはっとするほど母親とそっくりだった。

あと八年すれば、月子は出会ったころのサンの年齢となる。

彼女が十八歳、和真は十七歳の冬だった。


和真とサンが交際していたのは、和真が十七歳からの六年間だった。

その頃和真は高校を中退し、新宿の歓楽街にあるオカマパブ「猫とラッパ」で働いていた。サンは同じ歓楽街でデートクラブの客を取っていた少女だった。左耳だけにあけたピアスと、夜色の美しい髪。いつも勝ち気で、生意気で、左目の下にある小さな黒子《ほくろ》が、寂しさを決して人に悟らせまいと警戒しているように見えた。

和真に両親はなく、サンも親とは不仲だった。

その代わり猫とラッパのママである慢《まん》ちゃんや、その妹分の蘭《らん》ちゃん、歓楽街従業員の仲間たちに、二人はずいぶんと可愛がられた。十九歳になって代々木《よよぎ》八幡《はちまん》に古びた一軒家を借りると、それまで別々に暮らしていた双子の弟の創馬を呼び寄せ、そこへサンが転がり込む形で三人の共同生活は始まった。

一般的な青春時代とは言いがたいが、十代後半は仲間に恵まれた幸福な時代だったと和真は思う。金はまったくと言っていいほどなかったが、自分たちに必要なものはすべてそろっていた。家から代々木公園まで散歩して、安酒を飲んでは夜空を眺めて語り明かした。派手に女遊びをしていた創馬の揉め事は、和真とサンのいい酒の肴だった。

長くは続かなかった幸福だったが、その時代の記憶は一点に凝縮された陽光のように眩《まばゆ》く思い出された。そのような幸福は、その後の人生の温度を決める熱源になる。

そのころ新宿では大規模な再開発計画が進行していた。

巨大な利権を巡って各勢力が争っていた。なかでも暴力団のフロント企業・キノグラムは歓楽街を全撤廃する開発案を掲げており、地上げに反対する慢ちゃんたちとの抗争が日に日に激化していた。慢ちゃんはキノグラムに対抗するために、歓楽街の存続案を掲げていた村上雅也《むらかみまさや》というまだ若手の事業家を後押しするようになった。和真が店を辞めて村上の会社で働くようになったのも、慢ちゃんの意向だった。

村上は一見すると品のいい優男だが、頭の回転が速く、部下に対しては面倒見も良かった。和真とサンが暮らしていた代々木八幡の一軒家を借りるときも、頭金をぽんと出したのは彼だった。村上は慢ちゃんによって歓楽街の救世主として祭り上げられ、一気に地主たちを味方につけて勢力を拡大し、やがてキノグラムと正面から対抗できるほど影響力が大きくなった。

キノグラムは零細飲食店に対して暴力的で強引な地上げ工作を連日行っており、彼らと対抗する和真の仕事も、日に日に荒っぽくなっていった。和真自身は街を守るつもりの仕事だったが、外から見ればヤクザ同士の抗争と同じだっただろう。生傷《なまきず》の絶えない日々だった。そんな和真を心配して、サンは「仕事を辞めて欲しい」と言い出すようになった。だが歓楽街と仲間のために働いている気だった和真は、彼女の声に耳を貸すことはなかった。利権を巡る抗争がいっそう激しくなると、和真とサンと創馬の三人で夜の公園に行くことも減った。村上の元で働くようになってから、彼女との関係に少しずつ距離が生まれていった。

サンが別れを切り出したのは、いまにも雪が降り出しそうな寒い冬の夜だった。

彼女が和真の子供を妊娠していたことも、自分に告げずに堕胎《だたい》していたことも、そのときになって知った。そんなことも言い出せなかったほど、二人の間には溝ができていた。彼女が家を出てからいちどだけ電話で連絡があった。大阪の美術館で働くことが決まったと彼女は言った。それ以降、和真の元にはなんの音沙汰もなかった。

サンがとつぜん創馬の暮らしているアメリカ東海岸の大学都市へやってきたのは、数年後のことらしい。創馬を頼ってやってきたサンの腕にはまだ幼い月子が抱かれていた。時期から考えても和真の子供でないことは明らかだ。サンはなぜ幼子を抱えて日本を離れたかを自分から語らなかったし、創馬もあえて訊こうとしなかったという。和真との恋の終焉とともに東京を離れたことを考えれば、渡米の理由も想像がついた。出産まで決めた大阪での新しい恋もまた、終わりを迎えたのだ。

ビザを持っていない彼女がアメリカで暮らすための方便として、創馬は彼女に籍を貸したという。創馬自身はすでに大学で働いていたし、その家族であれば滞在に問題がないばかりか、大学から手当まで出た。創馬とサンと月子の共同生活は、サンが交通事故で亡くなるまでつづいた。


「銭湯、一緒に行くかい？」

和真の言葉に月子はうんと肯いた。客席から飛び降りて用意を取りに店を出て行く。

誰もいないフロアを見回して、和真は静かに息を吐いた。閉じていたノートＰＣの画面を開くと、すこし遅れて画面が点灯した。ブラウザを立ち上げ、ブックマークのひとつを選んでクリックする。間もなく薄緑を基調とした政治家のホームページが開かれる。

民自党所属国会議員、三枝崇《さえぐさたかし》。

サンと交際していた当時は警察庁の高級官僚だった。数年前に職を辞して国政に臨んだ。当時ですら自分の人生とはなんの接点もないエリートに思えたが、国会議員となればその思いはよけいにつよくなる。サンは昔から父親を嫌悪しており、アメリカに渡る際には絶縁してきたと創馬に言っていたらしい。彼女は若いうちからあらゆる権威を軽蔑していたが、その根底には父親の存在があるのは明らかだった。デートクラブに通ったり、親の許可も取らずに恋人の住まいに転がり込んだのも父親への反発だろう。和真は面識がないが、創馬はサンが亡くなったときにいちど連絡をしたことがあるらしい。そのときの三枝の反応は「娘とは縁を切っている」のひと言だけだったという。父娘の確執は一語で表せないほど深いもののようだった。

果たして彼が大阪時代のサンの様子を知っているか疑わしいが、それでもいまあたれる先は三枝しかなく、その点は創馬とも意見が一致した。月子の父親を探すためには、まずこの細い糸を辿らなければならない。

和真はすでにホームページに記載されている事務所に、なんどとなく連絡を入れている。

毎回同じ女が電話口に出て、まるではじめて電話を受けるような対応をした。そのたびに和真は月子の話をすることになった。三枝崇の娘である三枝日向子《ひなこ》が幼子をつれて渡米し、そこで大坪《おおつぼ》創馬と結婚した。創馬は三枝日向子が亡くなった後も娘として月子を育てているが、月子の物心がついたときのために、血の繋がった父親を探して知っておきたい。もし三枝日向子が大阪で生活をしていたときのことを知っていたら教えて欲しい。なんども同じ話をしているが、電話の女は毎度冷静に「そうですか」と相づちを打つだけだ。言葉が届いている実感がなにもない声だった。「お伝えしておきます」と言われるものの、いちどとして折り返しの電話はなかった。

☆

三枝崇の事務所は中野《なかの》にあった。外観はなんの飾り気もない十階建てのオフィスビルだ。

入り口を一歩入ると磨いたばかりの大理石の床が照明を冷たく照り返していた。エントランスホールの中央に台座があり、その上に枝振りのいいしだれ桜が生けられている。壁沿いには玉石《たまいし》を敷き詰めた水路があった。上流は螺旋状に大理石が組み上げられ、水は階段を降りるようにホールの川へと流れている。そっけない外観からは想像がつかない金のかかった作りだ。水路の反対側には四人掛けの応接セットが用意されている。どこかにスピーカーがあるのだろう、ボレロの旋律が淡い霧のようにホールに満ちていた。

国会議員の平均的な一日というものを和真は知らない。直接事務所を訪れても、そもそも三枝は事務所に顔を出さないかもしれない。だがこのまま電話で連絡しているだけでは三枝崇に会える日はやってこないだろう。国会議事堂で待ち伏せしようとも思ったが、警備の厳重さを考えれば事務所を訪れた方がまだ相手にされるように思えた。

各階に入っているテナントは二つだけで、八階には三枝崇の事務所の他に会計事務所の名前があった。エレベーターで八階に降りるとグレーの絨毯が敷かれた通路が伸びている。正面に会計事務所があり、廊下の右奥に目的の事務所があった。すでに開いてある扉は堅牢《けんろう》な木製の両開きだ。受付には中年の女が座っている。信用金庫窓口に座っているような特徴のない女だった。

「約束はしていないんですけど、三枝崇さんにお話があってきました。以前にもなんどか電話している大坪と言います」

女は口元に抑制のきいた微笑みを浮かべて肯いた。和真が慣れっこになっている金髪への一瞥《いちべつ》もなかった。よく教育されているのだろう。彼女はいちど席を立ってドアの奥へと姿を消すと、先ほどと同じ微笑みを用意して戻って来た。「生憎《あいにく》、三枝は国会で本会議中でして」という返事は予想していたものだったが「二時間後に事務所に立ち寄る予定になっています」と彼女はつづけた。うっかり彼女が漏らしたスケジュールなのか、度重なる電話に根負けした三枝が会うつもりになったのかはわからない。

「二時間後ですね」と和真はもういちど確認した。

「はい。お約束されていないとのことなので、お時間をご用意できるかわかりませんが」

「いや、ありがとうございます。その時間にもういちど来てみます」

礼を言って頭を下げると、和真は三枝崇事務所を後にした。駅の近くまでいちど戻り、時間を潰すためにアーケード街を歩いた。これでもし三枝に会えたとしたら月子の父親探しは大きく動き出すはずだ。サンの大阪の勤務地や住所を知っているかもしれないし、もし知らなくても同級生の名簿やアルバムくらいはあるだろう。親しかった友人が見つかればその線から辿ることもできるかもしれない。もしすべてが空振りだったとしても、三枝崇は月子の祖父だ。孫娘に会いたいと言われれば、和真は月子に会わせるつもりだった。

　サンと一緒に暮らしていた当時、彼女は徹底して両親から距離を置いていたが、一度だけ父親に会いに実家を訪れたことがあった。大坪和真という青年と交際していることを伝えに行ったという。あとから知ったことだが、それは彼女が和真の子を妊娠しているときだった。

　三枝崇は娘の交際相手が村上の元で働いていることを知ると激怒して、いますぐ別れるように強要したという。当時警察官僚だった三枝の耳にも、新宿の事業家である村上の悪評は耳に入っていたのだろう。父親でさえ村上を知っていると言って、サンはそれまで以上につよく仕事を変えてくれと和真に迫るようになった。

　いま考えれば、サンも三枝崇も正しいことを、正しく言っていたのだと痛感する。だが当時和真は、サンが別れを告げて家を出て行ったあとも、村上の元で仕事をつづけた。村上は強引に地上げを行うキノグラムから歓楽街を守ることを公言していたし、歓楽街の仲間も彼を頼りにしていた。まさか村上が裏切るなどとは、だれも思っていなかった。

　二年後、慢ちゃんの妹分の蘭ちゃんの店が、放火にあった。

慢ちゃんと蘭ちゃんの念願だった新店のオープン記念日だった。ビル全体が炎に包まれ、隙間なく建っていた両側のビルも延焼した。

死傷者が出て街中が大混乱になるような大火事だった。慢ちゃんは放火がキノグラムによるものだと判断した。当時の新宿を知る者なら、彼女の推測は当然だと思うだろう。姉貴分の慢ちゃんは放火がキノグラムによるものだと判断した。

それまで執拗《しつよう》な立ち退き工作を行っていたキノグラムは、日に日に暴力行為をエスカレートさせていたのだ。

慢ちゃんは放火の報復を行った。

キノグラムの会社まで出向くと、鉢合わせしたナンバー2の幹部をその場で刺したのだ。

刺された幹部は、慢ちゃんを嘲笑《あざわら》いながら死んでいったらしい。

――馬鹿な奴だ。放火犯は俺らじゃない。お前はただ利用されたんだよ。

慢ちゃんが村上による罠《わな》に嵌《は》められたと気づいたのは、そのときだった。

村上はビルに火をつけてキノグラムの犯行に見せかけ、慢ちゃん個人とキノグラムの対立を煽《あお》ったのだ。キノグラムはもともと叩けば埃まみれになるような会社だ。事件に巻き込まれれば会社の社会的信用は決定的に傷つく。それを契機にキノグラムが失脚し、新宿の開発権が自分の手に転がり込むことを村上は狙っていた。

実際に、事態は彼の計画どおりとなった。村上は開発権を手にすると、これまで掲げていた歓楽街存続プランをあっさりと取り下げて、元々用意していた別の再開発案を発表した。その新規計画によって和真と仲間たちの歓楽街は、跡形も残らないまでにすり潰されることになった。

村上はキノグラム同様、最初から歓楽街を潰す気でいたのだ。

和真や慢ちゃんは、勢力を拡大し開発権を手にするために利用されていたに過ぎなかった。

サンが言いつづけていたとおりだった。

自分が街を守ろうと奔走していたことは、すべて街を壊すための仕事だったことに和真はようやく気がついた。ことの真相を知ると、和真は慢ちゃんが犯した罪を背負って、かわりに服役することを選んだ。刺殺犯が逮捕されさえすれば、キノグラムはあらたな報復には出ないと思ったからだ。慢ちゃんには逃げとおして欲しかった。

三枝は自分のことを覚えているだろうか。十年以上前の娘の恋人について、父親はどれほど記憶しているものなのだろう。犬猿の仲だった父にわざわざサンが恋人の話をする機会など多くなかったはずだ。たとえ名前は忘れたとしても、存在を覚えている可能性はじゅうぶんあった。

もし覚えていた場合、彼に残っている和真の印象はひかえめにいってもクズ同然の若者だろう。警察も警戒している男の手足として働き、娘と同居していた男。別れた途端東京にいることも嫌になるほど娘を傷つけた男。それが三枝にとっての娘の元恋人に違いなく、それはまた否定する余地もないほど厳正な事実だった。

「すみません、予定が遅れて、三枝が立ち寄るのが一時間後になりました」

受付に訪れたとき、女はさきほどの微笑みを正確に再現してそう言った。

そのときはまだ、その日じゅうに三枝に面会できる希望を持っていた。

だがまた一時間後に訪れたときも、その二時間後に訪れたときも、受付の女は動画を再生したみたいに同じ笑顔で不在を伝えた。ようやく和真も気がついた。

ここでどれだけ待っていても、三枝が現れることはない。

「委員会や本会議の都合を最優先していますのでなにとぞご容赦ください」

事務所をなんど訪れたところで、受付の女は同じ顔と同じ言葉を繰り返すだろう。内容のない映像を永遠に再生するような無力さに和真が根負けするまで、このやりとりはつづくに違いない。

「どう、着信無視ジジイと会えた～？」

星座館に戻るとカウンターのなかにいる葵に出迎えられた。

戻りが遅くなって開店準備が間に合わないと思っていたときに葵から電話があり、事情を説明すると彼女は自分が店を開けると申し出てくれていた。期待はしていなかったが意外にもちゃんと準備は整えられ、客も問題なく入っていた。どうやら勝手に「本日はビールデー」としたらしく、注文をビールとソフトドリンクしか受けつけなかったらしい。そのおかげで味の狂ったカクテルが客に渡ることもなかった。月子はカウンターの端の読書灯をつけて児童用落語集を読んでいた。和真の帰りに気がつくと歯を見せて手を振る。なにを読んでいるか尋ねると、メモ帳を開いて片側が捻《ねじ》れたみみずらしき生物の絵を描いた。顎をなで、目を細めていると、月子が似たような生物をいくつも描き、それらの上に波線を長く引く。ようやくそれが魚であることを認識する。「目黒《めぐろ》の秋刀魚《さんま》？」と首を捻《ひね》ると、月子はうれしそうに首を縦に振った。

今日ばかりは葵に感謝しなくてはならない。本人は『自称バイトから正真正銘のバイトに格上げになった』と胸を反《そ》り返して馴染《なじ》みの客に威張り散らしている。プロのミュージシャンのくせに酒場のバイトのなにがうれしいのだろう。和真は呆れて笑うしかない。星座館の客に対しては売れないモノマネ芸人ということになっていた。元アイドルのロックシンガー・宇川《うがわ》葵のソックリさんで、ミタメガＡＯＩという芸名で活動している設定だ。たまにリクエストされて数フレーズを歌うものの、似ているのは顔だけだなと不名誉な感想を言われて地味に凹《へこ》んでいる。

カウンターに入り、月子に聞こえないように三枝の件を話すと「まぁまぁ、気長に追い詰めようよ」と悪代官のような顔を作って彼女は笑った。

「向こうは孫娘にも興味はないみたいなんだ。ほかに辿れる当てもないから、どうにかしたいとは思うんだけど」

「大丈夫だって、相手もヘチマやヒョウタンじゃないんだから、しつこくアタックすれば必ずいちどは振り向くって。そのチャンスを掴めばいいだけよ。リリーが言ってたもん」

「リリーが？」

「ガールズトークよ。恋バナに決まってるでしょ」

「これは恋愛じゃないし、三枝には当てはまりそうにないね」

話題を逸《そ》らすと葵がチッと舌打ちする。

「まぁ、時間はあるんだし、あんま落ち込まずにのんびり探せばいーじゃんって話よ」

やや吊り上がったアーモンド形の大きな目が、ぱちりと瞬《まばた》く。葵なりに慰《なぐさ》めようとしてくれているのだろう。何時間も三枝を待ちつづけて精神的に疲労していたのかもしれない。「そうだね、ありがとう」と肯いて和真はエプロンを締め直した。

客席では谷田が眠っているほかに、数名の顔なじみの客がプラネタリウムを見上げていた。葵がつけていた簡易メモを元に、和真は売上伝票を起こしていく。

「そういえば奏太は顔出したかな?」

ペンを回しながら和真は訊いた。葵は首を振って「ほっときなよあの阿呆《アホ》」と肩をすくめた。

「リリーのこといちばん想ってるのは自分だ、みたいな顔してさ。いちど痛い目みればいいのよ。あのとき和真がきつく言ってくれてスカッとしたもん。言わなきゃ私が言ってたっつーの、もううちの店に来んなクソガキってね」

「えっと、誰の店だって?」

「ん?」と葵が聞こえないふりをする。和真は笑ってペンを置いた。手元のおしぼりを丸めると、葵に目がけて放り投げる。まんまと顔の正面に当たり「ぎゃ」と短い悲鳴が上がった。彼女はこちらを睨んだだけで、無言でおしぼりを使用済みの袋に入れた。そのかわりカウンターに出ている小皿を下げ、ピスタチオの空き殻を右手いっぱいに握りしめた。「ちょ、待っ」と和真が身を避ける間もなくその手の殻を投げつける。ぬおっとのけ反ったがおおかたは顔に当たり、一部はシャツの襟元《えりもと》から背中に入った。もぞもぞと肌をひっかきながら落ちていく殻の感触に鳥肌が立つ。見渡せば空き殻はカウンター内のあちこちに散らばっていた。あとで細かく掃除することを思うと気が重くなる。からからと腹を抱えて爆笑する葵に「このゴミどうすんだよ」と文句を言うと、こんどは別のおしぼりが飛んできて横顔に当たった。振り向くと月子がにやにやと笑っている。お前たちがその気なら、と和真は袋に手を突っ込んだ。ごっそりと束《たば》でおしぼりを取りだして、二人に向かって投げつける。瞬く間にカウンターは三人のおしぼり合戦場になった。葵が笑い声を上げ、月子は声のない笑顔を見せ、和真もしまいにはおかしくなって大声で笑った。

☆

藍の母親である山本有紀乃《ゆきの》が開くイタリアンレストラン・ピコラノータは三軒茶屋駅の北側、茶沢通りから一本脇道にはいった路地にある。ワインの品揃えが豊富で通が足繁く通う街の名店だった。一時は経営難に陥っていたが、有紀乃がはじめたデリバリーサービスが大当たりし、ここ一年で売上はV字回復を見せたらしい。

月子を夕食に招待してくれたお礼にピコラノータを訪れるのは、創馬と一緒に行ける日と決めていた。創馬がなかなか平日に休みを取れず、結局一週間以上も時間が経ってしまった。

昼時の混雑も和らいでいるだろうと思い、午後一時半すぎに二人は菓子折を持って訪れたが、その時間でも満席の繁盛ぶりだった。有紀乃は店先まで出てきて、席を用意できないことを詫びた。こちらこそ気を使わせてしまい申し訳ないと、菓子折を渡し和真は礼を言った。

「月子ちゃんのこと、なにか私たちにできることがあれば、いつでも遠慮なく言ってくださいね」

彼女も月子の失声の事情を藍からきいて心配してくれていた。

創馬も一緒に礼を言っていたものの、声には生気がなかった。「お具合、大丈夫ですか？」と有紀乃に心配されたほどだった。

星座館に戻る道すがら、茶沢通り沿いにある武屋《たけや》に入った。愛想のいい女主人が切り盛りしている蕎麦《そば》屋で、週にいちどは和真も立ち寄っている店だ。角の窓際に座ると二人とも天せいろを注文した。棚にならんでいる蕎麦焼酎《じょうちゅう》に創馬が視線を走らせるのが見えたが「お茶をふたつください」と和真は主人に伝えた。

「さっきの態度はなんなんだ。月子のお礼なんだぞ」

創馬は面倒くさそうに和真を見やっただけで、なにも答えなかった。

白目が黄ばみ、頰はだらしなく垂れ下がっている。彼はこの数週間、泥酔するまで酒を飲み歩いていた。帰りはいつも午前三時を過ぎるようだ。星座館を閉じて居室に戻ると、部屋のなかが酒臭かった。店に姿を見せない創馬のことを常連に訊かれるたびに、どうやら仕事が忙しいらしいとお茶を濁していたが、実際はこの為体《ていたらく》だ。

月子の父親探しに同意したものの、彼は和真からの報告を気がなさそうに聞くだけで、具体的に創馬からの提案や行動はなにもない。三枝の事務所を訪れた話をしても「残念だったな」のひと言だけだった。創馬なりに月子の失声を心配しているのはわかるが、彼女を見守る目からは以前のような積極性は失われている。

創馬は窓越しに表の人通りを眺めながら、鳥のように少量ずつ蕎麦をついばんだ。ときおり顔をしかめるのは二日酔いのせいだろう。和真が食べ終わっても、まだせいろには半分ほども蕎麦が残っている。喉元に剃り残しのひげがあった。これまでの創馬ならありえない雑なひげ剃りだ。「勝手に落ち込むのはかまわない」と和真は通りを見ながら言った。

「だけどそのみっともない姿を月子に見せるな」

創馬が煩わしそうに顎を上げた。

「いまは僕たちがしっかりしなくちゃいけない」

「そんなことはわかってる」

入り口が開き、二人連れの客が入ってくる。彼らと一緒に春の風が吹き込む。向かいの通りには水が撒《ま》かれ、アスファルトが午後の陽を浴びて清らかに輝いていた。

「毎晩どこで飲んでるんだ。三角州にある店か？」

「どこだっていいだろう」

「どこだっていい。ただ電話の電源だけは入れておけ」

「女房《にょうぼう》みたいなことを言うな」

「そんなことを言わなきゃいけない僕に同情してくれ。自分に同情するよりも先にね」

創馬が奥歯を嚙みしめた。握った拳の甲に血管が浮かぶ。視線に触れたものすべてが発火していくような睨み方だった。

あのとき「もうリリーとはつき合わねえ」と彼女を最初に突き放したのは創馬だっ

た。そこには深い後悔があるだろう。彼のひと言で仲間たちがいっせいにリリーの非難をはじめたのだ。だが後悔することと、後悔をする自分を哀れむことは違う。自分を哀れんでいる限り、後悔から自由になることはない。

　黙っていた創馬が口を開こうとしたときに「いらっしゃいませ」と声が聞こえた。開いたドアから藍が顔を出し「やっぱり和真さんたちだ」と二人の隣の席に腰を下ろした。創馬にも「ご無沙汰してます」と深々と頭を下げる。話が中断されて安心したように創馬がお茶を啜《すす》った。

「外から金髪が見えたから」

　おかしそうに藍は笑った。彼女は大学の帰りらしく楽器鞄を抱えていた。おろし蕎麦を注文した彼女に、ついさっき有紀乃に礼を伝えてきたことを教えた。「わざわざありがとうございます」と藍は恐縮して頭を下げた。

「ところでその後、奏太って星座館に顔を出してますか」

　蕎麦湯を口にした和真が首を振る。それを見て藍は困惑《こんわく》気味に唇を結んだ。

「実は昨日、西友の前でばったり奏太と会ったんです。そのときにちょっとだけ立ち話して」

「そっか。元気そうだった？」

「元気っていうか、すこし興奮してて。リリーちゃんの件で、探してた新宿の人たちを見つけられそうだって言ってました」

　創馬と視線をあわせた。

「あいつ、そんなバカなことやってたのか」と創馬が眉をひそめる。「バカにはいろんな形がある」と言う和真に彼はふんと鼻息を吐《つ》いた。

「見つけられそうってことは、まだ見つけてないんだね？」

「その人たちにクスリを売ってた人の連絡先がわかったらしくて。奏太の高校時代の仲間とかヤスさんの知り合いも大勢動いて突きとめたらしいです。心配要らないって奏太は言ってたんですけど、すごく怖くて」

「藍、携帯貸してもらっていいかな」

　戸惑いながら肯くと、彼女は鞄からミニーマウスのケースに入ったスマホをとりだした。パスワードを入力してロックを解除すると「奏太ですか？」と確認して連絡先を開く。どうせ和真の携帯から連絡を入れても彼は電話に出ないだろう。藍の電話であればその心配はないはずだ。彼女から電話を受け取って発信ボタンを押す。発信音が鳴り、七コール目で留守番電話につながった。耳から離すと「出ないですか？」と藍が弱々しい声で訊く。肯いて接続を切り、電話をテーブルに置いた瞬間、スマホが不機嫌そうに震え出す。発信者は近藤《こんどう》奏太だった。

「おうどーした、いまちょっと忙しいんだよ」

「僕だよ」

唾を飲み込む音がはっきりと聞こえた。奏太の喉元が見えるようだ。

「藍の奴、ほんと口軽ぃな」

「意外だな。僕に伝わることを期待して藍に話したんじゃないのかい？」

なぜ自分はこんな話し方になってしまうんだろう。荒れた指先を眺めながら思った。暴力の気配を発散させる相手には徹底して挑発する態度をとってしまう。そんな自分にうんざりした。

「奏太、手に入れた電話番号のメモをいますぐ捨てるんだ」

「いまどき番号を紙にメモる大学生なんかいねぇって」と奏太は鼻で笑った。

「その番号にかけても、奏太が想像してるようには物事は運ばない」

あくびをする音が聞こえた。和真に聞かせることが目的のあくびだ。

「和真さんさ、リリーの店に、まだ連中が出入りしてるのは、もちろん知ってるんだよな？」

「……リリーの店はピカ爺が戸締まりをして誰も入れないはずだ」

「ヤスくんが夜に物音を聞いたんだよ。間違いない。正樹から合い鍵を預かってたか、勝手に作ったんだ。あそこは隠れてカミクズ極《き》めるにはうってつけの場所じゃんか。ソファも酒もカラオケもある。あの連中はまだ俺たちの周りにいる。終わっちゃいねぇんだ」

「たとえそれが事実だったとして、終わらせるのが奏太である必要はない」

「じゃあ和真さんが終わらせんのかよ」

和真は答えなかった。「ほらな」と奏太が笑った。

「そんなら口出さねぇでくれよ。俺はもう高校生じゃねぇ。子供じゃないんだよ。あいつらにはきちんとケジメつけさせる。安心してくれよ、俺もう星座館には行かねぇから」

唐突に電話が切れた。携帯を耳から離したのに、奏太の舌打ちが聞こえるような気がした。画面をシャツの袖で拭いて藍に返した。うつむき加減にこちらを見やる彼女に、力のない笑顔を返した。「なんだって?」と創馬が背伸びをして訊いた。

「もう子供じゃないってさ」

窓の外に目をやった。同じ制服を着た男女の高校生が、通りの向こう側へ歩いて行く姿が見えた。クラクションが鳴り、二人は手を取って慌てて駆けていく。

「あいつ、この前は藍にもひどい態度だったね」

運ばれてきたおろし蕎麦に手をつけず「私はべつにいいんです」と彼女は言った。額にかかった前髪とほうじ茶の湯気が藍の表情を隠した。

「奏太となにかあったのかな？」

顔をあげた彼女は長い睫毛《まつげ》をわずかに震わせる。どこまで知っているのか疑っているような目だった。薄い唇が用心深く開かれ、言葉の前にため息が漏れた。

「実はこの二ヵ月くらい、あんまり連絡とってなくて」

「そうなんだ、どうして？」

「あ、そういえば奏太が遊園地で誰かにフラれたって言ってたな」

創馬が言った。和真も思い出した。ヤスが言いふらしていた噂のはずだ。創馬は当てずっぽうで言ったのだろうが、意外にも藍は顔を赤くした。「違うんです、いや違わないけど」、と首を振る。

「春休みだからディズニーランドに行こうって誘われて行ったんです。そしたら夜のパレードを見終わったあと、急に告白されて。私、そんなこと初めてだったし、奏太の気持ちなんて気づかなかったから驚いちゃって、なんて答えたらいいのかわからなくて黙ってたら、とつぜんキスされそうになって。思わず避けちゃったんです。あの、それだけです。いただきます」

割り箸を割ってから、思い出したように両手を合わせた。

「藍は奏太のこと、好きじゃなかったんだ」

「そうじゃないんです。でもこの一年はお母さんのお店のことと学校のことでいっぱいいっぱいだったし、正直、好きとかつき合うとかもよくわからなくて。奏太、前に大人の人とつき合ってたから、そういうの詳しいんだと思うんですけど……」

そんなことないと思うけどな、とほうじ茶を口にした。「なにがもう子供じゃないんだ。あいつまるっきりガキじゃねえか」と創馬が呆れる。

「だから私が奏太になにか言える立場じゃないのはわかってるんです。でもいまの奏太、ちょっと心配で……。危ない目に遭ったりしないですか」

テーブルの上にはまだ彼女のスマホが置かれている。赤い水玉のワンピースを着たミニーマウスがにっこりと微笑んでいた。

「なにが危険なのか、大人はわかっているものさ」

和真が言った。創馬はなにか言いたそうな顔をしていたが、結局黙ったままだった。

☆

深夜零時過ぎに星座館の電話が鳴った。

店がどこにあるのか確認するための電話は、週になんどかある。三角州の路地は細く複雑に入り組んでいるため、初めての客はまず間違いなく道に迷った。グーグルマップを見ながら歩いて来ても、地図の精度が現実の隘路《あいろ》についてこれないのだ。夕方から降りだした雨のせいか、客足は悪かった。店内にはピカ爺と葵がいるだけだ。電話が終電を逃した新規の客からだと思った和真は、喜んで受話器に飛びついた。

「あのー大坪和真さんはいらっしゃいますか」

間延びした声で男が言った。新宿の警察署からだった。

「和真、迎えに行こう」

率先して店を出たのは葵だった。

店の鍵を閉め、部屋で眠っている月子には書き置きを残した。ピカ爺もそれが当たり前のように和真についてタクシーに乗り込む。雨はこの十分ほどで小雨に変わっていたが、フロントガラスのワイパーは忙しなく左右に振れていた。

奏太は怪我をしているものの、立てないほどの大怪我ではないと電話口の警察官は言っていた。繁華街で数人を相手に殴り合っているところを通報されたのだ。はじめは奏太と相手の男の二人だけだったらしいが、みるみる男の仲間が駆けつけたという。最後は一方的に暴力をふるわれたようだ。警察官が駆けつけると男たちは散り散りに逃げていった。警察は親の連絡先を奏太に求めたが、彼は頑《かたく》なに拒否し、ようやく告げたのが星座館の電話番号だった。

深夜の山手《やまて》通りは閑散としていた。赤信号で止まると、隣に黒のハマーが遅れてならんだ。スモークの貼られた車内から重低音のリズムが漏れて聞こえた。

奏太はまだ十九だった。和真が新宿で働いていた頃と同じ年齢だ。彼の気持ちもわからなくはない。親しい友人の理不尽な死に、まともに呼吸できないほどの強烈な鬱《うっ》憤《ぷん》を感じている。誰かにぶつけなければ楽にはなれない。その相手として相応《ふさわ》しいのは、正樹が連れていた人間しかいない。一時はこのビルに入り浸《びた》っていた連中であり、憤りのはけ口にはもってこいの相手だった。

だが若い奏太はまだ、報復の虚《むな》しさを知らない。

正樹の仲間を探しに行くと聞いて、脳裡《のうり》を過ぎったのは十年前の記憶だった。キノグラムの幹部に報復をした慢ちゃんが連絡してきたとき、まるで地獄からつながった電話のように感じた。電話口で聞こえたのは、報復達成の満足や高揚とは無縁の、失望に満ちた声だった。

「あまり奏太くんを怒らないでやって欲しい」

ふとピカ爺が口にした。窓の外を向いたままだった。「怒るつもりなんてないですよ」と和真は言った。信号が青になり、ハマーは急発進してタクシーから遠ざかっていった。

「こんな仕返しをしても虚しいだけだって、奏太ももう気づいたと思います」

和真が言うと、ピカ爺はニットキャップごしに頭を掻いた。

「きっと彼は、はじめから気づいてたよ」

「…………」

「気づいているうえで、喧嘩《けんか》しに行ったんだ。もとから勝てるなんて思ってない」

真ん中に座る葵はうとうとと首を揺らしている。寝てていいよ、と声をかけると、力尽きたように和真の肩に頭を預けた。すぐに深い寝息が聞こえた。

ピカ爺の言う通りかもしれない。はじめから負けるのを覚悟で奏太は拳を振り上げた。ヤスを焚きつけたのも、ただ連中を探し出すのに人手が必要だったからだろう。

それ以上は誰も巻き込まず、奏太は自分だけで決着をつけるつもりだった。そうでなければなぜ、たったひとりで新宿まで乗り込んでいったというのだ。

「どうしようもないバカだな」

和真は笑った。そうだな、とピカ爺が呟いた。

「まっすぐな男の子だよ」

「ええ。ただでさえ失恋してむしゃくしゃしてただろうし」

「ありそうなことだ」とピカ爺も微笑んだ。

まだ失恋と決まったわけでもないのに、と声には出さなかった。藍が一緒に遊園地に行った思い出を、毎日使うスマホに飾っていることなど奏太は気がつきもしない。

奏太は焦りすぎだ。自分でも理解できない気持ちが胸のなかで飛び跳ねていると、すぐに取り押さえて名前をつけようとする。憎しみだとか、恋しさだとか、切なさだとか、優しさだとか。自分の気持ちに名前をつけないと不安なのだ。そのために彼は行動する。ほんとうに憎んでいることを証明するために拳を上げ、ほんとうに失恋したことを証明するために相手を突き放す。

その焦りと実直さが若さなのだ。和真はそれを羨《うらや》ましくも感じた。

井《い》の頭《がしら》通りを越えて甲州《こうしゅう》街道へさしかかった。何台もの空車タクシーが幽霊船のように走っていた。傘を持っていない若者の一団が、小雨に濡れながら、歌を歌って歩道を歩いていた。

「儂《わし》はね、息子を亡くしてるんだよ。リリーと似たような最期でね」

和真は振り返ったが、外を眺めるピカ爺の背中しか見えなかった。

「ろくな息子じゃなかった。しかたないんだ。父親がろくな男じゃなかったからな。文句は言えん。早死にしたのも自業自得だ。息子にとっても、儂にとっても。でもな、それでも悔しかったよ。あんな悔しさははじめてだった」

なにも言えなかった。葵がぶつぶつと小声で寝言を呟いていた。

「今回のリリーのことも、同じように悔しい。奏太くんがしたことはどうしようもなくバカなことだが、同時に彼の気持ちは痛いほどよくわかる。バカをしなきゃやってられないときもある。後悔があるときはなおさらだ」

そう言うと、彼は窓に長い息を吹きかけた。窓ガラスを越えて外の雨に紛れていくような重い呼吸だった。「そういえば」とその背中に言った。

「奏太が言うには、正樹の仲間がまだビルにやって来ているらしいんですが、見かけたことはありますか？」

「ないよ。他の店からも報告は受けていない」

彼らが星座館までやって来たとき、店に近づかないように和真は釘を刺した。あの怯えかたを見れば星座館どころか雑居ビル自体に足を向けないだろう。それがなくとも仲間が刺殺したオーナーの店に、合い鍵を使って忍び込んでドラッグを摂取するなど、リスクを考えれば到底ありえない。ピカ爺も知らないのであれば、リリーの店で人気《ひとけ》を感じたという話は奏太たちの勘違いのはずだ。彼らがビルに寄りつかない以上、この喧嘩沙汰もこれで終わりだろう。それが唯一の救いといえば救いだった。

「安心しました」と息をつく。ワイパーのゴムがフロントガラスにこすれる音が聞こえていた。雨はすこしずつ強まっているようだ。水滴でぼやける景色の表面をワイパーが削《けず》っていく。その瞬間だけ夜の街は鮮明に輝くが、すぐにまた雨が光を滲ませていく。そのときにふと、もうひとつの疑問が頭を過ぎった。しばらく迷ったが、結局和真は口を開いた。

「ひとつ、気になっていることがあります」

ピカ爺はシートに背中を預けた。皺《しわ》と皺のあいだに埋もれそうな目をこちらに向けた。

「釣り堀で話した内容です。あのとき、リリーが正樹と一緒に居ることは、リリーだけじゃなく僕にもあなたにも危険があると言ってました。そのときは正樹が裏社会と繋がりがあって、釣り堀の情報をどこかに流すことを言ってるんだと思ってました」

「…………」

「でも実際の正樹はあのとおりの小者でした。情報に値段をつけられるような度胸も賢さもない。それならなにがあなたにとって危険だったんでしょう？　まして僕にとっての危険なんかなにもない」

高層ビル群の明かりが見えてきた。航空障害灯の赤い明滅《めいめつ》が雨に溶ける。もう新宿だ。ピカ爺はわずかに唇の端を持ち上げた。

「和真くん。もう終わったことだ」

それ以上、彼はなにも言わなかった。


警察署で奏太を引きとった。道で肩がぶつかり喧嘩になったため相手は誰だかはわからないと、奏太は警察に説明していた。被害届が出されないため事件化しないが警官が駆けつけるのが遅かったら大怪我をしていた、今後は気をつけるようにと、担当者はあくびを嚙み殺しながら和真たちに注意した。こんな喧嘩は新宿で毎日のように起こる。いちいち注意するのも面倒なのだろう。ひたすら頭を下げる和真の隣で、奏太はふて腐れたまま立っていた。その奏太の頭を「アホ」と思い切りひっぱたいて葵がむりやり頭を下げさせた。

タクシーに乗るまで奏太はひと言も口を開かなかった。顎に擦《す》り傷があり口元も切れていたものの、それ以外に目立つ外傷はなかった。服の下には痣《あざ》もついているだろうが、もともと喧嘩慣れしている奏太のことだ、上手に身を守ったのだろう。両手の拳の腫れ方を見れば、相手も無傷ではなかったとわかる。動きやすいスウェット地のトレーナーに、カーゴパンツを穿《は》いていた。靴紐を締め上げた安全ブーツは、いかに彼が本気でこの喧嘩に臨んだのかを物語っていた。警官が駆けつけなければ、あるいはほんとうにこのままでは済まなかったかもしれない。

「満足したか」

タクシーの助手席に座った和真は前を向いたまま訊いた。

「喉が渇いた。ドクペ飲みてぇ」

「なによその言い方！　ドクターペッパーってちゃんと言え！」

また葵に頭をはたかれた奏太が「なんでそんなとこで怒んすか」とふくれた。

奏太の父親に会ったことはないが、どうやらそうとう昔気質《むかしかたぎ》の雷親父らしく、以前彼が女のために進学をやめて就職をすると言いだしたときは、機嫌を損《そこ》ねて奏太をボコボコに殴りつけていた。警察から家に連絡させなかったのも父親が怖いからだろう。「うちで飲んで行くかい?」と訊ねると「しかたねぇな」と奏太は答え、また葵に小突かれた。

時間にすれば一時間ちょっとの外出だったが、雑居ビルに戻ると店の鍵が開いていた。

創馬が帰ったのかと思ったが、プラネタリウムの客席から身を起こしたのは月子だった。合い鍵を使ったのだろう。よりによって誰もいないときに起き出したようだ。なんて間が悪いんだと思ったが、自分も幼かった頃は親の不在に敏感だった気がする。子供とはそのようなものなのかもしれない。起きたら誰もいなくて不安だったのだろう。帰った四人に月子は不機嫌そうに唇をつきだした。

「奏太が悪い。奏太に怒ってくれ」

「そうよそうよ、ほら謝んなさいお月に。そこにきちんと土下座《どげざ》して」

「ちょっと、なんで土下座まですんすか!」

「いいから謝るんだ」とピカ爺にまで言われてしぶしぶ奏太は「月子ごめんな」と顔を伏せた。月子は顔をしかめただけで、ぷいっと顎を上げるとまた客席に横になった。

「お月ぜんぜん怒ってんじゃん。反省しなさいよ反省」と葵が手のひらを差し出す。

「犬じゃねえよ！」

「猿でしょ」

「どっちでもねぇわ！　言っとくけど、和真さんたちには謝んねーかんな。俺には俺なりのケジメがあんだよ。警察《サツ》が来なきゃ全員ぶっ飛ばしてた」

「袋だたきに遭ってたってきいたんだけどなぁ」

「…………」

「だいたいね、和真にそんな口きくなら迎えに来させるんじゃないわよアホ奏太」

「いいよ葵。とにかく大怪我しなくて良かった。あの街の裏路地の人間に喧嘩を売るなんて無謀すぎる」

「だからそうやって子供扱いしねーでくれよ！」

奏太が怒鳴《どな》った。一瞬、みな息をのんだが、すぐに葵が「大声出したらびっくりするでしょ！」とそれ以上の大声で怒鳴り奏太のふくらはぎを蹴飛ばした。ぎゃっと悲鳴を上げて片膝をつく。喧嘩で痛めた場所なのだろう。

「あんたがどんだけ悔しいからってね、他の人に心配かけていい理由になんてならないわよ！」

「それが子供扱いしてるっつーんだよ。自分で責任とるっつーの！　俺にはな、俺なりのケジメが……」

「ケジメがなんだって？　その結果お月がひとりぼっちになって、怖くなって、店の鍵あけて、いつ帰ってくるかわからない和真を待ってプラネタリウム見あげてんのよ。アホが勝手に怪我しようが私はどーでもいいけどね、お月が怒ったら私も怒るからね。まだ怒ってる人ーっ！」

ぱっと客席で右手が挙がる。

「ほら怒ってんじゃん！　やっぱ土下座しろ、裸で土下座しろ、その後頭部からバリカンで刈り上げられるのを泣きながら後悔しろ！」

和真とピカ爺は思わず顔を見合わせて吹き出した。そのくらいにしよう、とカウンターに入ってドクターペッパーを取りだした。ほら、と手渡した奏太が「サンキュ」と呟いた。シャープペンシルで書いたようなか細い声だった。時計は午前一時半を指していた。和真は携帯電話を取りだしてテキストを打ちこむ。「なにしてるの」と覗《のぞ》こうとする葵を押しやって、ピカ爺と葵にもドリンクを出す。自分のためにもビールグラスを用意すると、サーバーから注いで半分ほどをいっきに喉に流し込む。

「ひとつ、星座の話をしよう。それですこしは月子も許してくれるかな」

客席から月子が体を起こし、右手でオーケーサインを出した。奏太と葵とピカ爺が客席に向かい、月子の隣に一列に座った。残り半分のビールを飲み干すと、もう一杯ビールを注いだ。

☆

「いまから話すのは、黄道《こうどう》十二星座のなかでも最初の星座、牡羊《おひつじ》座の話だ。アンドロメダ座の南に見える小さな星座だよ。いまごろ誕生日を迎える人の誕生星座だけど、見頃は秋の終わりだ」

「なんで秋の星座なのに、春生まれの人の星座なの？」と葵が手を上げて訊いた。

「二千年くらい前は、春に見えてたんだよ。その頃は春分点も牡羊座のなかにあったんだ。春分点っていうのは農業の種まきの時期を教えてくれる大切な指標だから、それを抱えている牡羊座も大事に扱われた。だから黄道十二星座のトップバッターに選ばれたんだよ」

「へぇ」

「ちなみに、昔と今で見える季節が違うのは、地球の自転の軸がすこしずつずれてるからだ。ちょうど回ってる独楽《こま》が左右に傾くようにね。これを歳差運動っていうんだけど、このずれのために二千年くらい前は春に見えてた星座が、今では秋に見えるようになったんだ。

　さて、この牡羊座にまつわるギリシャ神話の主人公は、二人の幼い王族だ。

　王子プリクソスと、王女ヘーレー。

　二人とも、それはそれは美しい子供だった。髪は黄金色、瞳は海みたいに碧《あお》く澄んでいたし、話し声は草原の風のように心地よかった。美しいのは容姿だけじゃない。どちらも賢く、気品に満ちて、思いやりがある子供たちだった」

「お月みたいじゃーん」

　葵が言うと、月子は髪をつまんで持ち上げた。自分は髪が黒いと言いたいのだろう。

「この兄妹の父親はギリシャ・ボイオーティア地方の王様で、超のんびり屋のアタマースだ。彼はこの二人の子供を溺愛《できあい》してた。父親だけでなく、宮殿中の家臣たちも王子と王女に仕えることを心から誇りにしていた。もちろん国民たちにとっても二人はスーパーアイドルだった。

　ただ、この国のなかで唯一、二人を心の底から憎んでいる人間がいたんだよ。それがこの物語のもう一人の主人公、女王イーノーだ」

「え、お母さんなのに？」と葵が訊いた。

「いや、兄妹を産んだのは前妻のネペレーで、イーノーは再婚した継母《ままはは》なんだよ。この女王イーノーは誰もが認める美女で、礼儀も正しいんだけど、残念なことに性格が激ブスだった。どれくらいブスかっていうと、

『まじ王子と王女の人気は理解できませんわ、なんですのあの二人。私の子供の頃の方が一テラ倍ほど可愛らしかったですし、それに比べたら二人なんてただ母親がいないのを売りにして大人に媚《こ》びまくってるだけの気持ち悪い子タレじゃありませんか。生まれさえ王族でなければ、地方版折り込みチラシのオーディションにすら受からなかったでしょうにねぇ。せめて私だけでも人生の厳しさを教えてあげないと逆に可哀相かしら』

と嫉妬《しっと》して、幼い兄妹を徹底的にいじめ抜くくらいの性格ブスなんだ」

「……想像以上にブスだった」と奏太が苦笑する。

「と、そんなわけでイーノーは兄妹が気に入っていた服を勝手に捨ててしまったり、食べかけの夕食をいきなり床に落とすなんてことを日常的に行ってたんだ。食器を床に落としても、本来なら王子王女の彼らが掃除する必要はない。でも、

『自分の食器なんですから、自分で片付けたほうがいいんじゃないかしら、ねぇ？』

とイーノーは二人に聞こえるように家臣に話す。家臣たちも心の中では『ブスすげー！　この性格ブスまじスゲー！』と驚いているんだけど、イーノーの怖さに『女王のおっしゃるとおりです』と肯くしかない。

結局、王子と王女は床に這うと、ちいさな手で割れた食器をひろい、言われるままにモップを掛けた。この心優しい兄妹のすごいところは、それでも継母を嫌いにならないところだった。それどころか、『お母様が怒っているのは、きっと僕らがいけなかったからなんだ』と申し訳なく思うんだ。だから二人は話し合って洋服選びに気をつけたり、食べる順番を変えたりして、なんとか継母に好きになってもらおうと一所懸命に努力した。その努力が報われることはなかったとしてもね」

「非道《ひで》ぇな」と奏太がドクターペッパーに口をつける。

「でも、二人が継母に気に入ってもらおうとする努力が、また悪循環を生むんだよ。美しい兄妹のいじらしい姿は『プリ様へーレー様が哀れすぎる』ってさらに家臣たちを萌《も》えさせたんだ。このイジメを知らないのは超のん気なアタマース王くらいなもんで、市民たちも噂をきいてはすぐに隣人を訪ねて話を広めた。やがて健気《けなげ》な二人を主人公にした人気小説が生まれ、アニメ化が決定し、いつの間にか二次創作の同人誌が信じられないような売上を上げて国中が萌え悶《もだ》えた」

「……そんなら助けてあげればいいじゃん」

「そうはいかないよ。イーノーがおっかないから誰も手出しできないんだ。家臣たちは女王にバレないようこっそりお菓子をあげるくらいが精一杯だ。そんなちいさな親切に兄妹は『ありがとうございます』といちいち頭を下げて心から感謝する。その姿でまた国民は萌え悶え、ファンページの『いいね！』を連打し、結局イーノーはさらに嫉妬で腹を立ててイジメが激化していく。

『困りましたわねぇ。いっそのこと、殺《や》っちまおうかしら』

とイーノーがついに兄妹を殺すことを考えたのはある春のことだった」

「ヘラもびっくりの実行派ね……」

「手の込みかたはヘラ以上さ。神々の女王ヘラには彼女を罰する人が誰もいないから、犯人が自分だと周囲にバレてもかまわないだろう？　でもイーノーはたんなる人間の女王でしかない。もし子殺しの主犯だと発覚してしまうと、立場が危うくなるんだよ。それも相手は国民的アイドルの王子と王女だ。だから誰にもバレないで二人を始末する必要があったんだ。彼女の殺害計画の緻密《ちみつ》さは天才的といっていい。イーノーは合法的に二人を殺す方法を考えたんだよ」

「どうやったの？」訊く葵に、ビールを一口飲んでから微笑んだ。

「まず彼女は、小麦の種を煎《い》るところからはじめたんだ。この国では畑に植える種を、国から農民へ支給していた。農民は国王から受け取った種を畑に蒔《ま》いて、小麦を育て、お礼として作った小麦を国王に献上する。そうやって小麦を通してお互いに感謝しながら国は運営されていた。その農民に与える大切な種を、イーノーは手下の女たちを使って大量に煎ってしまったんだ。そんなことをすれば、種から新しい芽が出なくなるだろう？　彼女は人為的に大凶作を作りだしたんだよ」

「性格ブスすげー！」

「当然、大凶作のあとにやってくるのは食糧難だ。まともに小麦が育っていない麦畑を見て、農民たちだけでなく国中が飢饉《ききん》を予感した。それも空前絶後の大飢饉だ。さすがにのん気なアタマース王も震え上がった。もはや人間の力で解決できる問題じゃない。こういう場合に残る手段はひとつだけだ」

「困ったときの神頼みね」葵が言う。月子が両手をこすり合わせて拝《おが》む仕草をした。

「正解。アタマース王はデルポイのアポロン神殿に、使者を向かわせたんだ。覚えてるかな、ヘラクレス座の話に出てきた神殿だよ。妻を殺してしまったヘラクレスが、罪を償う方法をアポロンに聞きに行った場所だ。太陽神アポロンは預言の神様でもあるからね。彼の預言だけが、国を飢《う》えから救う最後の頼みの綱だった」

「どうなったの？」と葵が振り返る。

「それが大きな間違いだった」と和真はビールに口をつけた。「実はね、アポロンに預言を求めること自体も、女王イーノーの壮大な計画の一部だったんだよ。神殿に向かうはずの使者は、すでに女王イーノーによって買収されてたんだ。彼女が考え出した『偽の預言』を持って帰らせるためにね。

さて。あたりまえだけど、使者がデルポイへ行っているあいだも、種は芽吹《めぶ》かなかった。

もはや国家は存亡の危機に立たされていた。

王と家臣たちは顔を真っ青にして、アポロンの預言が届くのを心待ちにした。

王子と王女も噂を耳にして、いまこの国に未曾有《みぞう》の飢饉が迫っていることを知った。二人はそれまでの食事を半分に減らして、二人で一人ぶんを分け合うことを自分たちから申し出た。家臣たちはありがたくその申し出を受け入れた。それほど危機は迫っていた。

一滴の雨が落ちてくるのを待つような気持ちで、国中がアポロンからの預言を待った。

――数週間後、ついに使者が神殿から戻ってきた。

内容は、その場にいた全員を絶句させるような残酷なものだった。

『飢饉を避けたくば、王子と王女を生け贄《いにえ》として差しだし、大神ゼウスに捧《ささ》げよ』

父親のアタマース王はもちろん、家臣たちも戦《おのの》いた。王宮内ではイーノー以外ほぼ全員が王子王女ファンクラブに入会していたし、城下町では兄妹がゲーム化された課金アプリで破産者が続出するほど愛されてるんだ。そんなのとうてい受け入れられることじゃない。

『この神託は、口外しないように』

と家臣たちに箝口令《かんこうれい》を出して、王は考える時間を持った。

でもいくら考えても、答えは出ない。もともとのんき気だけが取り柄の王様だ。国全体で大飢饉に襲われるか、愛おしい子供二人の命を差し出すかの究極の二択を決められるわけがなかった。

はじめは国家の頭脳を司《つかさど》る家臣団も決心しかねた。彼らは秘密裏に集まると、他に飢饉を避ける方法がないのか知恵を出し合った。でも他国から麦を輸入するにしても、国庫の状況を考えれば一時しのぎにすぎない。国民全体の腹を次の収穫まで満たせるほどの輸入財源はなかったし、もしあったとしても次の年に麦がちゃんと芽を出してくれるとも限らないんだ。そうこうしているうちに食糧の備蓄は減っていく。焦りばかりがつのるなか、会議はなんの進展もないまま数日が無駄に過ぎた。

一週間後、疲労しきった家臣団会議で、ついにひとりが『やむを得まい』と口にした。他の家臣たちは草笛《くさぶえ》の音を聞いたように、みないっせいに顔をあげた。

『先延ばしにしたところで、状況はいまとなにも変わらない。それどころか今回預言を実行しなければ、次回もアポロン様がご神託を下さるとは限らない。はじめから選択肢はひとつだけだ』

会議室自体が唾を飲み込んだようだった。

誰も反論しなかった。みな、誰かがそう言い出すのを待ってたんだ。

それまでの躊躇《ちゅうちょ》が嘘のようだった。すぐに会議室は賛成論で一色になった。

むしろなぜここまで賛成論を誰も出さなかったのか、責任をなすりつけあって紛糾するありさまだ。あれほど愛おしく思えていた王子王女も、いまや彼らの目には災厄《さいやく》をもたらす不吉な子供にしか見えなかった。家臣たちは『お前が王子王女を庇《かば》ったからだ』とか『はじめから兄妹の目つきには薄気味悪いものを感じてた』とか言いたい放題だ。これだけ全員が処刑賛成論を言い切れば、誰も責任を取る必要がないことをみな知っていたんだ」

「なんだか見覚えのある情景ね」と葵がため息をついた。ピカ爺が咳払いをする。奏太は黙って唇を舐《な》めた。

「その頃にはすでに、アポロンから神託が下ったという話は、国中に広がっていた。もちろんこれもイーノーが噂を撒いたんだ。民衆は凶作を回避するために何をすべきかを知ると、これまでの態度を一変させていっせいに処刑を求めるようになった。家臣団の会議と同じだよ。

『プリクソスとヘーレーを出せ！』

『大勢の国民の命と、たった二人の命とどっちが大事なんだ！』

『誰が作った麦でお前たちはこれまで生きてきたと思ってる！』

口々に叫んで人々は王宮に押しよせた。それでもアタマース王が出てこないと、王宮前広場の民衆は暴動の気配を帯びはじめる。誰かが足下の石を拾うのは時間の問題だ。ひとつでも投げ込まれれば、やがて石が豪雨のように王宮を叩きつけることになるだろう。そうなれば彼らは炎を見るまで決して満足しない。ここが瀬戸際だった。最後まで決断に踏み切れなかった王も、ついに王子と王女をゼウスの生け贄にさし出すことを決めた。

すべてイーノーの計画通りだよ。神への生け贄となれば、衆人環視のもとで二人が殺されても、誰も殺人罪を問われない。彼女は自らの手を汚すことなく子供を始末し、愛する二人を失った悲劇の女王となる」

和真は残りのビールを喉に流し込んで、プラネタリウムを見あげた。

「幼いプリクソスとヘーレーは、生け贄用の質素な白い服装に着替えて、王たちの前に現れた。

誰もが目を疑った。

幼さを微塵《みじん》も感じさせない、威厳ある王族の眼差《まなざ》しをしていた。

彼らを死に導いた継母イーノーでさえ、それを認めないわけにはいかなかった。

『なんということなの、私の、私の可愛い子供たちを！　こんなことは酷《むご》すぎる！』

イーノーは一瞬見とれてしまった自分から立ち直り、性格ブスの本領を発揮してわざとらしく取り乱した。そんな継母に、王子と王女は抱きついて微笑んだ。

『そんなに哀しい顔をしないでください』と王子はイーノーの手を取った。『お母さま、僕たちを本当の子のように愛してくださって、ありがとうございました。母親のいなかった僕たちは、お母さまと出会えたことで寂しさを忘れることができました。一緒にいられて、ずっと幸せでした。この国が救われるなら、僕たちはよろこんで命を捧げます』

二人は微笑みさえした。家臣たちは、それまで兄妹を悪魔のように罵《ののし》っていたことなど覚えていないかのように、『悲劇だ』『預言さえなければ』と叫んで頬を涙で濡らした」

「イーノーだけじゃなくて、全員が気持ちがいいくらいの性格ブスね」と葵が呆れる。

「泣き崩れる両親と家臣たちを置いて、王子と王女は王宮を出た。

用意された祭壇の前に現れると、地鳴りのような怒声が一瞬で収まった。

祭壇の周囲は数万の民衆で囲まれていた。兄妹をはじめて肉眼で見た者が大半だった。自分たちが身につけている服よりもはるかに粗末な麻服を、王子と王女は纏《まと》っていた。それでもなお、同じ人間とは思えないほど神々《こうごう》しく輝いて見えた。

風がやむと、あたりにはなにも音が聞こえなくなった。

王子プリクソスは、妹の手を引いて、毅然《きぜん》とした態度で祭壇の前に進み出た。

『一足先にゼウス様の御前に参ります。どうかみなさま、ご壮健《そうけん》で』

王子は微笑んだ。晴れやかな笑顔だった。妹のヘーレーだけが、つないだ兄の手が震えているのを知っていた。

ヘーレーは兄を見習って、涙をこぼさないように笑顔を作った。静まりかえった王宮前の広場で、誰かが鋭い声で叫んだ。

『お前たちのせいだ！』

数万人に聞こえるような大声だ。ふっと時計が進み出したように、みな我に返った。それまでの怒号よりもいっそう激しい非難が、祭壇にいる二人に投げ込まれた。

『とっとと死んでこい！』

『お前たちのせいで俺らが苦しむんだぞ！』

『もっとはやくに殺せばよかったんだ！』

『俺にも聞こえるように大きな悲鳴をあげろよ！』

彼らは血に飢えていた。それはまぎれもない獣の声だった。まるで全世界から憎まれているように二人は感じた。兄妹は手を繋いだまま、自分たちの死を願う大人たちにむかって微笑んだ。

『死ぬのって、痛いの？』と妹が訊いた。

『きっと、ちょっとだけだよ』と兄が答えた。

『私、怖いよ』

『大丈夫だよ。僕が一緒だ』

『ねぇ、死んだら、私たちどうなるのかな？』

幼い妹は、隣の兄を見上げた。

『ゼウスさまに、ご挨拶するんだよ。そして麦が育つようにしてもらうんだ』

『この人たちのために？』

『そう、この人たちのために』

『それから私たちはどうなるの？』

それからは、と兄は一瞬、言葉を詰まらせた。

『それからね、ヘーレー。それから、天国でほんとうのお母さんに会うんだ』

『お母さん、どんな人かな。優しい人かな』

『きっとそうだよ。きっと僕らのお母さんは、だれよりも優しいんだ』

プリクソスは泣いていた。ヘーレーは笑顔になった。

『お母さんと、いっぱいいっぱいお話ししようね』

ヘーレーは言った。生け贄の儀式がはじまることを告げる大鐘《おおがね》が鳴った
そんなのってねぇよ、と涙もろい奏太が嗚咽《おえつ》しながら言った。

「あんまりだろ、ゼウスなんとかしろよお！」

「ああ、あんまりだ。二人は生け贄の祭壇に登り、自分たちの胸を串刺《くしざ》しにすることになる短剣を見つめた。二人には神からの贈り物のように美しく輝いて見えた。こん

なに美しいものが、自分の命を絶つだなんて信じられなかった。屈強な処刑執行人が現れると、観客の熱狂は最高潮に達した。幼い兄妹はお互いを見つめて、覚悟を決めた。

そのときだよ。観衆のなかのひとりが、大空を指さしたんだ。

やがて空に伸びる手が一本、また一本と増えていく。

観衆だけでなく、執行人も、家臣団も、王も、イーノーも、その指が指す先を見つめた。そこには太陽の欠片《かけら》のような、強烈な光の一点があった。しかもその光は徐々に近づいてくる。異変に気がついた王子と王女も空を見あげた。

そこには、自分たちを目がけて空を駆けてくる黄金の羊の姿があった」

「おっしゃーっ！　羊でかした！」と葵がガッツポーズする。

「一方、観衆が空に気を取られていたとき、祭壇には真っ白い雲がわき出していた。濃密な雲は音もなく幼い二人を飲み込んでいく。『おいあれ！』と人々が気がついたときには、祭壇に兄妹の姿はもうなかった。

兄妹を抱えた雲は大空へと舞いあがっていった。慌てて執行人が飛びつこうとしても後の祭りだ。兄妹を飲み込んだ小型の積乱雲《せきらんうん》は祭壇の上空で動きを止める。そこへさっきの黄金の羊がびゅんと勢いよく飛び込んでいく。一瞬後、雲の反対側から飛び出したとき、羊の背には笑顔の王子と王女が跨《また》がっていた」

おお、と奏太が歓声をあげ、月子と葵が拍手した。

「こうして兄妹は空を駆けて脱出することに成功したんだ。

この金毛の羊は、ある人物から頼まれてゼウスが遣わせた羊だった。

その人物とはアタマース王の前妻で、プリクソスとヘーレーの実の母親。

雲の精・ネペレーだよ。

ネペレーはこの処刑の一部始終を、天界から見ていたんだ。あまりにも不幸な自分の子供たちの姿を見ても、妖精である自分ひとりの力では何もできない。だからゼウスに直訴したんだよ。ネペレーはゼウスが自分の手で作り上げた雲の妖精だから、ゼウスとも直接話せる立場にあったんだ。事情を聞いたゼウスは、『そんなのぉ、そんなのってないよおおおお！』と号泣し、イーノーによって自分が悪者にされていることにもぷりぷりと腹を立てた。結局いつものように、

『ちょ、ヘルメス、ヘルメスどこお⁉』

と伝令神ヘルメスを呼び出して事態収拾を命じると、ヘルメスは天駆《あまが》けの羊をネペレーに用意した。こうして二人の命は救われ、性格ブスの計画は頓挫《とんざ》したんだよ」

「よかったぁ」と葵が胸をなで下ろす。

「ただこの話には続きがある。大空を高速で飛んでいる最中、王女ヘーレーはあまりの高度に気を失って、海へと墜落してしまうんだ。助かったのはプリクソスひとりだった。でも彼は東にあるコルキスという国に到達して、そこの王女と結婚することになる。それだけじゃなくて、このプリクソスの息子はギリシャ神話における最大の冒険のひとつ『アルゴ探検隊の冒険』にも関わってくるし、黄金の羊の皮もその冒険に登場する。

いずれにせよ、助かったプリクソスはこの羊をゼウスに捧げて、『なんかいいことしちゃったー』と満足したゼウスは記念に羊を夜空に飾ったんだよ」

☆

店内の照明がすこしずつ明るくなっていく。月子は葵の手をきつく握っていた。葵がラグランの袖で自分の目元を拭う。奏太はまだ目に涙を浮かべ、ピカ爺も鼻の下を指でこすっていた。

「和真さんの言いたいことはわかるよ。家臣団みたいにあれだけみんなでリリーのこと悪く言ってたくせに、いまさら仕返しなんてダセぇって話だろ」

そんな話に聞こえたかな、と和真が金髪を掻く。カウンターに戻ると、飲み終わった自分のビールグラスにスポンジをかけて洗い流す。奏太と葵も立ちあがってスツールに移った。

「奏太にもう言うことはないよ。だって喧嘩しに行っちゃったんだし。僕はそれを止められなかった。それだけだよ」

奏太は下を向いたままなにも答えなかった。

ピカ爺はまだプラネタリウムの客席でスクリーンを見あげている。だが和真の話が届いているのはその横顔でわかった。

「僕はね、子供の頃この牡羊座の話がすごく好きだったんだ。僕も創馬も父親はもといなかったし、母親もちいさい頃に亡くしてる。ちょうど月子と同じようにね。僕らはすぐに別々の親戚に引き取られてばらばらになった。でもこの話のおかげで、死んだ母親が空から自分たちを見つめてくれてるって思えるようになった。単純だよね。でも、だからこの話が好きだった」

客席で月子がこちらを向いた。

「あ、勘違いしないでほしいんだけど、母親が早くに死んでしまったからって、不幸だったわけじゃないんだ」

「…………」

「あるいは、不幸になるのは人より簡単だったかもしれない。でも、僕は不幸になることを選ばなかった。もちろんすごく寂しいこともあったし、学校もろくに行かなかったのは確かだ。そのかわりずいぶん早くから働きに出たし、そこでいろんな大人と出会うことができた。みんなから可愛がってもらえて、すごく楽しかったんだ。でも当時『母親がいない』ってだけで過剰に同情する大人たちが大勢いた。『毎日楽しい』なんて言おうものなら『そんなことないだろう、大変だろう』なんて説得するように一方的に決めつけるんだ」

「大きなお世話ね」と葵が呟く。

「彼らからすると、もっと同情したいんだろうね。そのために、彼らは僕らの笑顔のなかに不幸の陰を見つけようとする。僕らは僕らで楽しくやっているのに、もっともっと同情したいんだ。なんでこの人たちは、僕らに同情したいんだろうって、その頃はずっと不思議だった」

そういって和真は首を回した。

「同情は、気持ちがいいから」

葵が言った。そのとおりだった。

「でもさ、そんなのにつき合う必要はないだろう？　僕らは寂しくても、楽しめるんだ。決して寂しくなかったわけじゃないけど、それでも慢ちゃんや創馬たちと一緒にいるのは、両親の不在とは無関係にすごく楽しくて幸せな時間だったんだよ。辛《つら》いことがなかったわけじゃない。空から金の羊が助けに来てくれるところを、一度も想像しなかったわけじゃない。それでも、楽しいこともたくさんあった」

そこまで言うと、ぐぅと腹の鳴る音がした。奏太の腹の音だった。なによいいとこで、と葵が笑う。新宿までひとりで乗り込んで行ったのだ、緊張でなにも食べていなかったのかもしれない。なにか用意するか訊くと、それでいい、とナッツのつまった瓶を指す。ひとまずミックスナッツを皿に載せて出し、冷蔵庫に入っていた苺《いちご》をさっと水洗いして二つのボウルにわけた。片方を葵に頼んで客席の月子とピカ爺へ運ばせる。手元のひとつを口に放り込んだ。甘ずっぱい香りが鼻から抜けていった。

「ありきたりの言葉だけど、きっとリリーは僕らを見てるよ。自分がいなくても、ちゃんと楽しくやってるかね」

「雲の上でもサンバ踊ってそうだよな」

「リリーが助けてくれるときは、金のマッチョを送り込んできそうじゃない？」

間違いない、と奏太は笑って苺のへたを手のひらに載せた。指が折りたたまれて緑のへたが手のなかに消える。その拳がうっすらと赤く腫れている。

「でもね。実際にリリーから送られてくるとすれば、金の羊でも金のマッチョでもない、別の形をしてると思うよ。それは奏太が大怪我をする前に駆けつけた警察官かもしれないし、今年食べる最後の苺かもしれないし、ずっと奏太のことを心配している女の子かもしれない」

どういうこと、という葵にさあねと首を傾げた。そのとき入り口のドアが開く。

藍にはさっき携帯から連絡を入れておいた。

「奏太。これ以上、誰も不安にさせるな。そんなこと、リリーは望んでいないよ」

走ってきたのだろう。藍はパーカーの紐を揺らして肩で息をしていた。瞼《まぶた》が赤く腫れている。

「藍」と立ちあがった奏太が気まずそうにポケットに手を入れた。

「ばかじゃないの」と言った先から、藍の目に涙が溢れた。両手で口を覆い、その場に立ちつくして動かない。「ほら行けよ」と葵に背中を押されて、奏太が一歩踏み出した。おそるおそる手を伸ばし、藍の背中を抱きしめた。

奏太の胸をこぶしで叩きながら「ばかじゃないの」と藍は泣いた。

カウンターに残っている奏太の苺を「いただき」と葵が口にする。

「和真の所にも金の羊が送り込まれてくるかもね、歌の上手な美人の姿で」

身を乗り出した葵に「どうかな」と笑った。

「僕のところにはしばらく前に届いてるから。星空が好きなちっこいのが」

そう言って客席に視線を放る。驚いたようにピカ爺がこちらを振り向いた。「え、あれのこと？」と葵が目を丸くして和真は吹き出した。

☆

あの日以来、三枝崇事務所を訪れてはいないが、日中の空いた時間に中野へ向かい喫茶店でコーヒーを飲んだ。開店して三十年になるという古い純喫茶だ。マスターは背中の丸い老人で、いつも右目に眼帯をつけていた。棚に陳列されているコーヒーカップの趣味はどれも悪くなかったが、老人の淹《い》れるコーヒーはひどいしろものだった。砂鉄を煮出したってもうすこしまともな味がするはずだ。通い出して一週間もすれば、店を訪れる客の顔は全員把握《はあく》した。この喫茶店はリタイアした地元の老人の憩《いこ》いの場だった。彼らは不平も言わず、怒鳴り声をあげたりテーブルを蹴飛ばして砂糖をばらまくようなこともせずに、そのろくでもないコーヒーを黙って飲んでいた。カップの趣味以外にはなんの取り柄もない喫茶店だったが、それでも唯一すばらしいところがあった。窓際に置いてある鉢《はち》植えのオーガスタの隙間から、ちょうど三枝崇事務所の入るビルの出入り口が見えた。

コーヒーを飲みながら、よく昔のことを思い出した。

サンが警察官僚の父親のことを毛嫌いしているのは新宿の仲間の間でも有名な話だった。他のことでからかわれてもサンは笑ってやりすごしたが、お嬢様扱いをされるとたんに口を閉ざして不機嫌になる。ひどい場合には相手が男だろうとつかみ合いの喧嘩まではじめた。

そういえばいちど歓楽街の仲間と五、六人で終電を待っていたときに、いちばん好きな缶詰はなにか、という話題が出たことがあった。他の人間がパイナップルやみかんと答えるなかで、和真は鯖《さば》の味噌煮《みそに》だと答え「シブすぎる」と一同が大笑いをしていた。別に冗談を言ったわけではなかった。パートをかけ持ちしていた母がどうしても夕食の作り置きをできないときに、食卓に缶詰がならぶことがあり、そのなかでもいちばん好きだったのが鯖の味噌煮の缶詰だったのだ。母の手料理も好きだったが、甘塩《あまじょ》っぽくほぐれた缶詰の鯖は、白いご飯に載せて食べると目が丸くなるほど美味しかった。秋刀魚《さんま》の蒲焼《かばや》きの缶詰が好きだった創馬とはそのおかげで喧嘩にはならなかった。そんな昔話を交えて説明すると一同は納得していたが、最後にサンが「どんな味がするのか食べてみたい」と言って一同を驚かせた。

「私たぶん、缶詰っていちども食べたことない」

それをきいた仲間たちは絶句して、すぐに「ありえねぇ」と腹を抱えて笑い出した。たしかに十代後半にもなって缶詰を食べたことのない生活を、和真も想像できなかった。サンが言うには家のキッチンで見たことはあるものの非常食としか見なしておらず、小中と通った私立校でも缶詰を見たことがないという。それが当たり前ではないことを、そのとき彼女ははじめて知ったらしい。「こんど買って帰ろう」と和真は会話を終わらせようとしたが、仲間たちは何度も指をさして笑っていた。電車の到着までまだ五分以上もあった。笑われてもしばらく彼女はむすっと我慢するだけだった。もういいだろうと仲間たちをたしなめるか和真は迷った。だが迷っているうちに誰かが「結局、サンってレベルが違うっていうか、イイトコのお嬢様だよな」と口にして、その瞬間サンはいきなりその男に殴りかかった。油断していた仲間はまともに鼻でその拳を受けて出血した。つづけざまに他の仲間に殴りかかろうとするサンを和真が慌てて止めて、最終的には駅員まで駆けつける大騒ぎになった。もちろん終電に乗ることはできなかった。サンのあの血の熱さが月子に遺伝しなくてよかったと和真は心からほっとする。若い頃の自分も他人《ひと》のことは言えないが、いちど頭に血が上るとサンは周りが見えなくなった。サンの喧嘩の仲裁に入って、彼女から殴られたことも一度や二度ではない。

あのとき彼女は、自分と和真の間にある育ちの違いに腹を立てていた。父親を否定するために、それまでの自分を彼女は否定していた。和真というまったく別世界の人間と一緒にいることで、ようやく父親から自由になれていたのだと思う。だからこそ、恋人と自分を隔《へだ》てる世界の境界が悔しかったのだ。

その夜、駅員にこっぴどく叱《しか》られた二人は、三十分以上歩いて代々木八幡の家まで帰った。帰り道のコンビニで鯖の味噌煮缶を買った。深夜だというのにわざわざ米を研いで、炊きたての白米と一緒に味噌煮を食べた。

「ほんとだ、おいしいね」

彼女は目を丸くして喜んだ。

おそらく自分も子供の頃に同じ顔をして食べていたのだと和真は思った。

ぼーっとしていたのだろう、向かいの席に人が座ってから和真は気づいた。

ネットで検索して出てきた顔写真よりも、いくぶん老けて、顔色も悪かった。面長《おもなが》で、髪は短く清潔に整えられている。切れ長の目がしっかり和真を見据えていた。血統のいい競走馬のような真っ黒な目だった。世代の割に身長が高く、体も大きかった。腹は出ていたが不潔さは感じさせず、幾何学《きかがく》模様のネクタイをのぞいては服装のセンスも良かった。野心家特有の誇張された冷静さが爪先にまで感じられた。

実際に顔を合わせるのはこれがはじめてだった。眼帯の老人が注文を聞きに来て、三枝はトマトジュースを注文した。この喫茶店のコーヒーの味を知っているのだろう。

「いつから気づいていたんですか」と和真は訊いた。

「目的だけきこう」と三枝は胸ポケットからシガレットケースを取りだした。銘柄はダンヒルだった。育ちのいい煙草《たばこ》だ。お決まりのデュポンのライターを鳴らせて彼は火をつけた。

「日向子《ひなこ》さんの娘の月子と一緒に生活をしています。月子の父親を探してます」

「きみではないんだろう？」

煙を吐き出して彼は言った。お前のすべてを知っているぞ、とそのひと言で彼は伝えた。

「彼女は一時期、大阪の美術館に勤務していました。そのときの子供だと思いますが、それ以上の手がかりは僕にはなにもありません。もし月子が血の繋がった父親と会いたいと思ったときに、いつでも会わせられるようにしてやりたいんです。なにか知っていたらお教え願えないでしょうか」

彼は表情を変えなかった。すくなくとも表面上はなにも反応はなかった。

「それだけか？」

「そうです」

「ほんとうにそれだけを訊くために、わざわざこんなコーヒーを何日も飲みつづけたのか？」

「そうです」

「きみの店ではコーヒーを出すか？」

「メニューには載せていませんが、注文を受ければ出します。地元のロースターから買った粉を紙ドリップで出してます。いつでも飲みに来て下さい。居留守を使う受付はうちにはいませんし、面倒な話し方をする国会議員も自由に入店できます」

彼はちりちりと燃える煙草の先をしばらく見つめた。それが煙草なのか人参《にんじん》なのか考えているようにも見えた。いっそ煙草ですと教えてやりたかった。彼はふと思い出したように煙草を口に咥《くわ》えた。和真の言葉はなにひとつ彼を苛《いら》つかせなかったようだ。

「この喫茶店はトマトジュースをメニューに載せてないが、ここで口にできるもののなかでいちばんまともだ。農家が作ってる瓶詰めのジュースを使ってる。値段もそれなりだがね」

「もしお望みなら、月子と会っていただいてもかまいません。もちろん月子が了承すれば、という条件つきですが。優しくて、賢い子供です」

三枝がわずかに目を細める。ようやく耳に言葉がかすったようだ。老人がトマトジュースを運んできて三枝の前に置いた。彼は煙草を灰皿に押しつけると、ストローを袋から取り出してジュースに口をつけた。ほとんど息継ぎなしに半分ほど飲み、紙ナプキンで口を拭う。

「私はね、娘を恥じている」

三枝は言った。和真は黙って聞いた。

「亡くなったものをいまさらとやかく言うつもりはないが、ひどい人生だった。十代で売春まがいのことをして、ヤクザの手下のような男と暮らしはじめた。別の男と勝手に子供を作り、勝手に日本を出て、気づいたら事故で死んでた。そのあいだにどんなことがあったかは知らんが、若い頃の日向子を見てれば想像はつく」

「でも彼女はあなたの娘です」と和真は言った。

「私のリスクだ」と三枝は答えた。

ストローに口をつけて残りの半分を飲み干すと、三枝は片手をあげて老人に合図を送った。

「私はね、娘はいなかったものと思ってる。ずいぶん前からだ。こう言ってはなんだが、日向子は早くに死んでよかったとさえ思ってる。もし生きていても、行き当たりばったりの惨《みじ》めな人生を送っただろう」

「…………」

「あらためてきみに言っておくよ。日向子の娘の父親が誰かなんて知らないし、興味もない。日向子の娘に会いたいと思うこともこの先ないだろう。ひどい男だと思うかね？　それでいい。そう思われても恥じ入る必要のない仕事をしてきたし、いまもしている。わざわざ私がこうしてきみと話しているのは、それでも一時期娘がきみに世話になっていたからだ」

「なぜ事務所ではなく、外に出てきたんですか」

「金髪の元服役囚《ふくえきしゅう》を事務所に入れてるなんて知れたら、世間はどう思うね？　だいたいきみの身近じゃいまだに物騒な事件が起こっているじゃないか。立場を考えてくれ、お互いのな。これから先きみとは会うこともないよ」

そう言うと三枝は立ちあがって和真を見下ろした。どこからか黒塗りのセンチュリーが店の前に滑り込んできた。「お代は必要ない」と三枝が席を離れようとする。その手首を摑んで和真は立ちあがった。

「どれだけあなたが日向子さんのことを侮辱《ぶじょく》しようと」

三枝は一歩も退かなかった。

「僕は彼女を心から尊敬して、愛してました」

まず顔を背け、それから三枝は手を払った。彼が店を出ると、間もなく車は離れていった。

和真は立ちあがったまま、ポケットから携帯電話を取りだしてメモリを呼び出した。

電話は二コール目で取られた。

「いつぞやの貸しは、まだ有効かな。あんたに頼みたいことがあるんだ」

「だろうな。そろそろ連絡あると思ってたところだ」

電話の奥で、保科《ほしな》が笑った。

第四章
牡牛座

黄道十二星座のひとつ。
4月20日～5月20日生まれ。
季節としては冬を代表する星座。
牛の背中には、肉眼でも確認できる
五個から七個ほどの青白い星の集まり
「プレアデス星団」がある。
この散開星団は和名では
「すばる」と呼ばれ、
日本でも古くから親しまれている。

「牡牛座《おうし》は四月から五月にかけて生まれた人の誕生星座で、星図では二本の角を生やした雄々《おお》しい牛が描かれています。真っ赤な一等星のアルデバランと、青白い星の集まりのプレアデス星団が目印。このプレアデス星団は日本では『すばる』という名前の方が知られてます」

客席は半分以上が埋まっていた。二人組の女性客から星座のギリシャ神話を聞きたいと頼まれ、よろこんでと奏太《かなた》が安請け合いをした。はじめて顔を見る客だったが、どこかでギリシャ神話解説の話をきいて来たのだろう。カウンターに座っていた客もプラネタリウムに移り、照明がより暗く絞られた。

プラネタリウムがもっとも良く見える中央席には月子《つきこ》が座っている。その隣では葵《あおい》があくびを嚙み殺すような顔でスクリーンを見あげていた。

「すばるって、『星はすばる』のすばるじゃない？」

女性客のひとりが小声で連れに話した。そのすばるです、と和真《かずま》は彼女に肯いた。

「千年くらい前に清少納言《せいしょうなごん》が『やっぱさ、星っていえば、すばるがいーよねーマジでラブ』と枕草子《まくらのそうし》で言ってるほど、昔から愛されてきた星の集まりです。すばるはひとつの星の名前じゃなくて、肉眼でも五個から七個は確認できる星の集合体です。日本だけじゃなくて世界各地で昔から神話の一部に取り込まれてきました。

さて、そのすばるのある牡牛座の物語は、その後いろんな星座の神話につながっていく起点になるような物語です。おおいぬ座や、ヘラクレス座、冠《かんむり》座とかにも関係していきます」

「え、ヘラクレスも出てくんの！」とヘラクレスファンの奏太が反応する。

「牡牛座の物語とヘラクレスがつながるのは、ヘラクレス第七の難業の話だよ。これは牛がらみミッションだったからね。いまから話す牡牛座の神話は、その発端になる話なんだ。

すべてのはじまりは、いつものあいつ。神々の王であるくせに、『エロ魔神』と呼ばれるとついつい振り向いてしまう三界一の絶倫男、『ゼウスとセックスって似てるよね！　意味が！』でお馴染みの我らが大神ゼウスだよ」

「ゼウスキター！」と奏太が端の席で両手をこすり合わせた。客席からも笑い声が上がる。葵が月子になにか耳打ちし、月子が楽しそうにくすくすと笑った。

「さて、その日もいつもと同じようにゼウスは下界を見下ろしながら、集中力を研ぎ澄ませていました。地上の世界に自分好みの美女か美少年がいないか、探していたんですね。

今日のマドンナはフェニキアの王女、エウロペです。例に漏れず、このエウロペもスタイル抜群、神をしのぐほどの絶対的な美貌を持っていました」

ペネロペみたいじゃん、と葵が声を出す。響きはね、と和真は笑った。

「その日、エウロペは侍女《じじょ》を従えて波打ち際で遊んでいました。海風が吹く度に、深紅の腰巻きがはだけて、ほっそりとした太腿が見え隠れします。そのセクシーな姿にゼウスは顎がはずれるほどズッキュンしちゃったんですね。『今日のアイドルはきみだ！』と天界からずばっと指さしたゼウスは、ここぞと身支度《みじたく》をはじめます。なんせ奥さんのヘラにバレたらただじゃすみませんからね。ゼウスの奥さんは恐妻ヘラ。神々はもちろん全能の神ゼウスでさえもビビッてる嫉妬深い女神です。これまでもヘラに見つかったゼウスの愛人は、ことごとく悲惨な目に遭わされてきたし、いまだって耳を澄ませると宮殿の奥からは『アーハッハッハ！』というヘラの高笑いと、『ぎゃあああ！』というゼウスの愛人の悲鳴が聞こえてきます。『いやぁ、こわいこわい』と抜き足差し足で彼は宮殿を出ると、ヘラにバレないように白い牡牛に変身して、フェニキアへと向かいました」

「牡牛座の牛って、ゼウスだったのかよ……」と奏太が呆れる。

「うん、それもとびきり美しい牛だ。角はクリスタルのように透明で、慈愛《じあい》に満ちた澄んだ瞳をもっていた。なるべくエウロペに触ってもらえるように、肌は白く、シルクみたいに滑らかだった」

「下心満載だな」

「というか、下心以外にこの男に心はないんだ。さっそくエウロペのいる砂浜に降り立つと、牛ゼウスは彼女に向かって悠然《ゆうぜん》と歩きだした。それまで水遊びをしていたエウロペも、すぐに気がついてその牛に目を奪われた。染みひとつない美しい白牛が、水色の波を踏みしめてエウロペに近づいていく。その背後には小さな虹《にじ》が架かっていた。絵画のような光景にエウロペもがぜん興味を持ってテンションが上がった。

『なんかすげー白いんですけどこの牛、すげー白いんですけどー！　なにこれ、触っていいの？』」

「なによそのエウロペのキャラ。ペネロペとぜんぜん違うじゃん！」と葵が文句をつける。

「知らないよペネロペと会ったことないし。とにかく、エウロペはちょっと変わった子なんだよ。ゼウスだって想像していたキャラと違うエウロペに戸惑《とまど》ったくらいだ。でもそんなの一瞬だよ。間近で見た彼女のあまりの美人っぷりにゼウスは見とれてしまった。神話クラスの美女だった。ぎんぎんに興奮した。『えなに、触っていいの触っていいの？』と従者たちに確認しているエウロペに向かって、ゼウスはこくんと肯いた。

『え、マジか、肯いたんですけどこの牛肯いたんですけどー！　なんか人の言葉がわかるみたい、ちょっとキモイっつーか、キモ白いんですけどー！』

そういってエウロペは牛ゼウスの背中にぺたぺたと手で触れた。こうなればあと一歩だ。ゼウスも体をこすりつけたり、跪《ひざまず》いたりして敵意がないことを示すと、恐怖心が薄れたエウロペはいよいよ牡牛の背中に跨がった。そのとき、

『いまがチャーンス！』

とばかりにゼウスは走り出し、ざぶんと海へ入って行った。恐怖したエウロペは牡牛の首につかまっているのが精一杯だ。振り向けば、浜辺の従者たちの姿はぐんぐん小さくなっていく。もはや後の祭りだった。追っ手の気配がないことを確認したゼウスは、

『んじゃ、どこで合体しよっかなー』

なんて心に余裕ができてそこら中を延々と泳いで回ったんだ。エウロペがあまりに美しかったために、合体する場所もとびきり素敵な場所にしようと思ったんだね。そのためにゼウスが近くを泳いだ巨大な大陸は、その後エウロペの名前を語源として『ヨーロッパ』と呼ばれるようになったんだ」

「……どんだけ長距離移動してんのよ」

「まぁ、それだけエウロペが特別だったってことだね。ちなみに木星は英語でジュピター、大神ゼウスのことなんだけど、その木星の衛星エウロパもエウロペに由来する」

へぇ、と客席から声が上がる。

「さて、これが牡牛座の物語なんだけど、さっきも言ったとおりこの話はその後いろいろな話に関係していくんだ。というのも、この後エウロペは案の定妊娠して、クレタ島という島でゼウスの子供を産むことになったんだ。ミノス、ラダマンテュス、サルペドンの三人だよ」

「あ！　たしか、おおいぬ座で出てこなかった？　プロクリスが愛人になってた相手がクレタ島のミノス王じゃね？」

振り返った奏太に「よく覚えてるね」と感心した。

「そのミノスは、このエウロペとゼウスの子供だったんだ。ただの流れ者のエウロペの子供がなぜ、クレタ島の王様になったかというと、当時の王様にエウロペが見初《みそ》められて、三人の子連れのまま結婚して女王になるっていうとんでもない離れ業《わざ》をやってのけたからだ。まぁ、もともとゼウスさえノックアウトするくらいの美人だからね、人間の王様だって放っておけなかったんだ。そんなわけで棚《たな》ぼた的にエウロペの子供にも王位継承権が与えられたんだよ」

「すげぇ」と奏太が声を漏らす。「でも、王位継承者って三人いたんだろ？」

「うん。ただ三人の王子のなかでも、ミノスの向上心と野心は異常なほどつよかった。

『ママのおかげで王位まであと一歩なんですけどー！　マジで凄《すご》いんですけどー！どうするどうする目指しちゃう？　王位目指しちゃう？　王位、目指しちゃうーっ！』

と彼は兄弟を差し置いて自分がクレタ島の支配者となることに決めたんだ」

「なんか、ミノスって母親似ですね」と女性客が苦笑した。

「そうなんです。母親だけじゃなくて、父親にしてもふだんからテンション高いですしね。

　さて、王位を目指すミノスは、自分が相応しい実力を持っていることを王族に見せつけなくちゃいけなかった。もちろん母親に似て顔はかなりのイケメンだったし、父親に似て体格もマッチョだったけど、それは他の兄弟も同じこと。だから差をつけるために、自分は兄弟の誰よりも顔が広い大物であることを証明することにした。彼はクレタ島で毎年神に捧げている生け贄の牛を、自分なら海神ポセイドンからもらえると言い張ったんだ」

「どういうことだよ」

「ほら、金持ちや有名人の友達がいることをやたら自慢して、必死に自己評価を上げようとする奴っているだろう？　それと同じだ。神様からプレゼントをもらえるなんて大物の証拠だからね。もちろん周囲の人間はそんなこと不可能だと思ってるんだけど、

『いやいや、俺らの仲はリアルだってー。いちおう仕事上はポセイドン様って呼んでるけどお、あいつがオフの日とかふつーにポンちゃんミノくんの仲だしー。ＬＩＮＥなんてお互い持ってるスタンプ全部知ってるレベルだしー。仲良すぎて通話したまま寝ちゃうこととかザラだしー』

って仲良しであることを強調した。一方でなにも知らないポセイドンには、『ポセイドン様ぁ、お願いしますよぉ。ね、マジ一生に一度のお願いですからぁ、牡牛ちょーだい！　ね、ちょーだい！』

と媚びに媚びまくって祈りを捧げたんだ」

「すげーなミノス……」

「とうぜん、海の支配者ポセイドンは『なんだこいつ？　キッショ』と無視してたんだけど、あまりにも『本気で尊敬してますぅ』とか『美容院ってどこつかってんですかぁ？』とか『名前の語尾がドンってのがカッコイイっすよねー、西郷《さいごう》どん、みたいな男らしさっていうかー』とかとにかく毎日褒め殺しされると、キャバクラ好きでおだてにめっぽう弱いポセイドンは、

『そこまで言うならしかたないなあ、ちゃんと生け贄にす・る・ん・だ・ぞ』

と機嫌を良くして、結局一頭の牡牛をミノスに与えちゃうんだ。ちなみにこの海神ポセイドンはゼウスの兄だよ」

「やっぱり……」と客席からため息が聞こえた。

「ミノスの父親はいちおうゼウスだし、ポセイドンからしたら彼は甥《おい》にあたる。『まあいっか、牛くらい』とも思ったんだろうね。あとチヤホヤしてくれたし。とにかく

海が真っ二つに分かれた間を、ポセイドンの牡牛はゆっくりと歩いてきた。それを見た観衆たちはさすがにどよめいた。ここぞとばかりにミノスは、

『ほら！　ほらあああっ！　ポンちゃんとミノくんの仲はリアル、まじリアルですうー！』

と自分の偉大さを王族にアピールした。

こうして実力は認められ、ミノスはクレタ島の王に即位したんだよ」

「めでたし、めでたしね」と呆れた葵が手を叩く。

「いや、ところが話はこれで終わらなかったんだ。狙い通りミノスはクレタの王様にはなったんだけど、見れば見るほど美しいポセイドンの牛に感心してしまうんだ。彼の母親のエウロペも牛に連れ去られてきたくらいミノスは牛と縁が深かったし、牛を見る目だけは確かだった」

「牛を見る目ってなんだよ」と奏太が笑う。

「そしてポセイドンの牛は手放すにはあまりに惜しい、美しい牛だった。そこで彼はポセイドンとの約束を破って、生け贄に使う牛を別の牛にすり替えることにしたんだよ。ミノスほどの目利きじゃなければ、それが別の牛だってわからないほどそっくりな牛にね。そうしてポセイドンの美牛を自分の手元に置いておくことにした。

だけど牛マニアなのはミノスだけじゃない。

ポセイドンもまた『牛を見る目なら誰にも負けない』と自負している神だった。彼は生け贄の牛が、自分の牛と似ているだけの別ものだってことにすぐ気がついた。とうぜん『あのクソガキ、俺の牛を見る目をバカにしやがって！』とミノスにブチ切れたんだよ」

「なにを張り合ってんのよこの二人は」と葵が呆れた。

「ほんとだよ。とにかく怒りに怒ったポセイドンは壮絶な罰を思いつく。ミノスではなく、ミノスの妻のパシパエに、呪《のろ》いをかけることをね。それも『牛を愛してしまう』っていう呪いだ」

「もう春の牛祭りだな」

「可哀相なパシパエは、美しいポセイドンの牡牛に恋することになった。それも正気を失うほどの激しい情熱で。

『これが、これがほんとうの恋なのね！』

と胸が張り裂けそうになった彼女は、発明家のダイダロスに頼んで自分も牛に見える道具を作ってもらう。自分が牛の姿に見えれば、恋しい牛と愛を交わすことができると思ったんだね。その作戦はうまくいった。そしてついにはポセイドンの牡牛の子供を彼女は宿してしまうんだ」

「えーっ！」と客席全体から声が上がる。

「パシパエから生まれてきた子供はなんと、人間の体に牛の頭をもった怪物だった。それも恐ろしく凶暴で、人肉を食べる化け物だ。国の人たちはこの怪物のことをミノスの牛、ミノタウロスと呼ぶようになった」

「その名前聞いたことがある！」

「うん、その姿がショッキングで怪物界のなかではかなり有名だからね。結局ミノタウロスはその後、英雄テセウスの手によって退治されることになる。

一方でポセイドンの牡牛も、ポセイドン自身の手によって凶暴化されたんだけど、その退治をすることになったのがヘラクレスなんだよ」

☆

終電の時間まで残っていた客が帰った。月子はすでに部屋に戻っており、朝から講義があるという奏太も、ピカ爺《じい》と一緒に午前一時過ぎに店を出た。

葵一人がカウンターに突っ伏して眠っていた。二週間後からツアーがはじまるという。九州出身の彼女はツアーのオープニングを博多《はかた》のライブハウスで行うことになっていた。準備のために何ヵ月も前から忙しくしていたはずだが、直前になってこんなところで油を売っていていいのだろうか。三十分ほど放っておいたがいっこうに目覚める様子はなく、肩を揺すって家で寝るように言うと、時計を見てしぶしぶ葵も席を立った。

零時過ぎに客が誰もやってこないのは珍しいが、こんな日もあるだろう。昼間外はすっかり春の陽気で、セーターやトレーナーを着ている者はもういない。昼間に外を歩けば街路樹が緑を取りもどし、青空には早くも夏の訪れを予感させる肉感的な雲が湧いていた。深夜のこの時間でも冷え込むことはなく、窓を開ければやわらかい夜風が吹き込んでくる。

冷凍庫を確認すると、ロックグラス用の氷玉のストックがなかった。和真は氷ブロックを取り出して牛刀で割り、アイスピックを使って七センチ角の氷を丸く削っていった。破片は床のそこらじゅうに散らばるが、いずれ溶けて水になる。急げば一分ほどでつくれる氷玉を、数分掛けて丁寧に作った。ちょうど三つ目の氷玉ができたときに、外の通路で音がした。ジップロックに氷を入れて、紙をちぎるように指で封をする。荒れた指先が痛んで一瞬顔を歪めた。

タオルで両手を拭き、店を出る。

廊下の反対側でごそごそと鍵を探している創馬《そうま》の姿があった。

「話がある」

振り向いた目はアルコールで赤く濁っていた。彼がこちらに向かう姿を確認して和真は店に戻った。エプロンを丸めてランドリーバッグに放り込む。シャツのボタンをひとつ外し、創馬のために水を用意して、自分もスツールに座った。ドアを開けた創馬がポケットに手を突っ込んで「手短にしてくれ」と端のスツールに腰を掛けた。

「来週、何日か店を空けることになる。大阪へ行く。サンが勤めていた美術館がわかった」

創馬はこちらを見ないままグラスに手を伸ばして水を飲んだ。

「三枝崇《さえぐさたかし》と会えたのか？」

「会えたけどなにも情報はなかった。彼は月子とも会う気はないらしいよ。サンの勤め先は保科《ほしな》に調べてもらったんだ。電話したその夜にはもう突きとめてたよ」

去年、秋葉原《あきはばら》での一件が片付いた際「借りはいつでも返せるから連絡してこい」と保科が言っていたのを覚えていた。夜逃げした人間を追うのもヤミ金の仕事だ。保科なら人捜しのための有力な情報網を持っているのではないかと思って相談した。それでもなにかしらの手がかりが見つかるまで数ヵ月はかかるだろうと覚悟していたが、信じられないことに保科はたった数時間で、十年以上前に三枝日向子《ひなこ》が勤めていた大阪市内の美術館を探し当てた。もともと把握《はあく》していたのではないかと勘ぐりたくなるような早さだった。「お前が必要なものは知っていると言っただろう？」と保科はいつもの含みを持たせる口調で笑い、電話を切った。

「来週から大阪に行って、サンの元同僚に話を聞いてくる。月子の父親を知っているかもしれないからね。その間、月子のことを頼む。日中は奏太やピカ爺が面倒を見てくれることになってるけど、夜はそうはいかない。僕の言っている意味はわかるよね？」

拳が入るほど大きな口を開けて、創馬はあくびをした。

創馬が夜に飲み歩くようになってから一ヵ月以上が経っていた。それまで日課にしていた筋肉トレーニングもしなくなり、週末も仕事だと言って外に出ては、深夜にアルコールの臭いを蒸気のように発散させて帰ってくる。ここまで酒に浸っている弟を和真は見たことがなかった。

「月子が夜に目を覚ましたとき、そばに誰もいないようなことはしたくない」

「そうか。それならどうして大阪に行くんだ」

酒で腫れた瞼を重そうに持ち上げて、創馬が言った。

水の入ったグラスに和真は手を伸ばし、いったん口をつけると、中身を勢いよく創馬の顔にぶちまけた。顔だけでなく髪やシャツまでびしょ濡れになった。とつぜんのことに創馬はなにが起きたかわからない様子だった。我に返って顔を拭う。その肘から水滴が落ちる。「なんのマネだ」と立ちあがった創馬に「目が覚めたか？」と和真は言った。

「僕が訊きたいよ。創馬、これはいったいなんのマネだ。僕らは娘のことについて話してるんだ。酔ってあくびをしながら話す話題じゃない。月子の父親を探すことにお前だって同意したはずだ。探すのを協力してくれって言ってるんじゃない。月子のそばにいてやってくれって言ってるんだ。お前が酒に逃げ出してから一ヵ月以上経つ、もうじゅうぶんだろう。それ以上、自分に同情するんじゃない」

「もういちど言ってみろ。俺が誰に同情してるだと？」

「お前の姿は見苦しいよ。そんな姿を月子に見せるな。月子に親を心配させるな。いいかい創馬、いまの創馬には信じられないかもしれないけれど、リリーが死んでいちばん傷ついてるのはお前じゃない」

創馬が一歩詰め寄って和真のシャツを掴んだ。

「図星だったかい？　自分がいちばん傷ついて、可哀相で、慰めが必要だとでも思ってたかい？　でもね創馬、このビルの人間はみんな多かれ少なかれ、リリーの死に責任を感じてるんだ。なんでこう言わなかったんだろう、なんでこうしなかったんだろうって、苦しんでるんだ。その気持ちを抱えたまま、どうにか前を向こうとしてるんだ。それをお前はなんだ？　連絡は避けて、酒に逃げ込んで、自分の娘まで放ったらかしだ。この一ヵ月は僕も我慢した。でもこれ以上酔って帰るのは許さない。お前が酔ってるのは酒じゃなく、自分に起きた悲劇だからだ」

創馬の顎が固くなる。怒気のあまり耳まで赤く染まっている。殴りたいなら殴らせるつもりだった。三十半ばの男兄弟の殴り合いが美しいわけもない。そこには勝ちも負けもない。ただお互いが惨めになるだけだ。その惨めさに自己嫌悪を感じてくれるなら、殴られるだけの価値はあるだろう。怒りに唇を歪めた創馬が話し出すまで、和真は本気でそう思っていた。

「そう言うお前は、いったい何だ？」と創馬が言った。「お前はなんでそんなにふつうにしていられんだ？　何事もなかったみたいに平気で笑っていられんだ？」

「……どういう意味かな」

「なんでお前はそんなに平気でいられんだよ？　怒りもしねぇ、泣きも騒ぎもしねぇ。お前を見てるとまるでリリーなんかはじめからいなかったみてぇだ。そりゃお前なりに落ち込んでるだろう、だがな、人んちの植木が枯れただけでももっと悲しむ奴がいる。その程度だ。俺は覚えてるぞ、母さんが死んだときのこと、あのときだってお前は涙ひとつこぼさなかった。大人たちはお前を見て怖がってたよ。俺だってお前のことが理解できなかった。なぁ教えてくれよ、お前の心はどうなってんだ？　なんでそんなに冷静でいられんだ？　リリーが死んだんだぞ？」

答えられなかった。ただ自分の腕に鳥肌が立っているのはわかった。

「いま自分がまともじゃないのは俺だってわかってる。だがな、お前を見てると、リリーが死んだことを平然と乗り越えられない自分のほうに誇りを持てる」

和真を突き飛ばすようにして、摑んでいたシャツを離した。

創馬が出て行った後も、しばらく一歩も動けなかった。

☆

「昨日教えたあれもう食べた？　イカ焼きよイカ焼き、梅田《うめだ》の阪神《はんしん》百貨店の地下にあるやつ、私はじめて食べたとき感動したんだよねデラバンのほう、食感がモフって感じでさー、モフ、わかる？　なんかデパ地下なのにお祭りの最前線にいる気分になる立ち食いだしね、だからー、違うよそれはイカの丸焼きじゃん、じゃなくてクレープみたいになってるやつ、スイーツじゃないってオヤツなのオヤツ」

　食べ歩きに来たわけじゃない、と呆れて電話の葵に言った。大阪に来てからというもの朝、昼、晩と日に三回は電話連絡がある。ＬＩＮＥを入れれば数え切れない。ふだんから彼女は「形が羊みたい」と言って空の写真を送ってきたり「信号が長い」と言って横断歩道の写真を送ってきたりする。はじめはいちいち返信していたが、いい加減どう返事をしていいのかわからないＬＩＮＥメッセージには、既読無視するのがふつうになった。すると最近は「既読になってますよね？」とか「既読スルーですか？」などと珍妙なキャラクターがわざわざ確認してくるやっかいなスタンプが現れて、ついに和真もスタンプで対抗するようになった。キャラクターが喜怒哀楽を表現するスタンプひとつで会話の句点《くてん》を打てる便利さに、ようやく和真も気がついた。

　そんな意味のないＬＩＮＥに加えて電話まで来るようになったのは、葵なりに月子の父親探しを気にしてくれているからだろう。ツアーまで二週間を切って準備や練習は佳境を迎えているらしいが、時間が許せば月子に会いに行ってその様子を教えてくれた。おかげで和真もずいぶん安心することができた。もっとも、彼女は電話で月子の様子を伝え終わると、決まって「じゃ、今夜から私も大阪入りするかな」などと和真を焦らせるひと言を忘れなかった。

「東京大阪走り回るなんて牛ゼウスみたいじゃーん。エウロペ役が必要でしょ？」

「ヨーロッパほど広くないし、子作りするつもりもないよ」

いいから仕事しろ、と笑って会話を終える。すこしだけ心が軽くなる。


保科に教えてもらった美術館は、大阪の市内にあった。

美術館を訪れて、受付の老いた女性に三枝日向子のことを尋ねると、彼女自身がサンのことを覚えていた。たしかにサンはその美術館に勤務していた。

——東京からやってきた係員で、線が細くて礼儀正しく、黙っているとどこかのお嬢様のようだったが、挨拶《あいさつ》するときは誰よりも声が大きかった。

老女はサンの印象をそう語った。はじめに声をかけた人間がサンのことを知っていたため、当時の恋人にも意外と早く辿り着くのではないかと期待した。だがそううまくことは進まなかった。

彼女が和真と別れてからボストンの創馬の元を訪れるまで五年ある。

その間は美術館に勤めていると勝手に想像していたが、実際に彼女がそこで働いていたのは一年半に過ぎなかった。それも十年以上も前のことで、当時の彼女を知っている職員は限られていた。

その数少ない当時の同僚に話を訊きたいと願い出たが、予想していたとおり、個人情報を簡単に話すことはできないというまっとうな理由で断られた。和真は夫でも親族でもなく、サンの娘の同居人という立場に過ぎない。美術館の対応を非難はできない。

唯一、和真に情報を与えてくれたのは、堀田《ほった》という四十代の学芸員の男だった。善意と言うよりも、受付であまりにもしつこく頭を下げていた和真を目立つ場所から遠ざけたかったのだろう。彼は事情を聞くと、プライベートなことは知らないし知っていても話せないと前置きした上で、三枝日向子が学芸員志望の係員として働いていたことを教えてくれた。美術館で働く学芸員は、そのほとんどが大学院で美術史の修士課程を修める高学歴者であるという。四年制大学を卒業しただけの彼女では学歴が担保する専門性が足りず、学芸員としての雇用はかなわなかったらしい。そのため彼女は案内係として美術館に勤務していた。

「でも、すごくやる気のある人だったんで覚えてます。とにかく元気で、声が大きくてね。退職直前には学芸員の手伝いみたいなこともしてくれてましたよ。辞めた後はどこかの大学院に入ったんじゃないかってみんな話してました」

サンの退職時期は、月子を身ごもった時期と一致する。おそらく仕事を辞めた理由は学業ではなく妊娠だろう。そのことを伝えると堀田は和真の顔をあらためて眺めた。

「なるほど、それで急に辞めたんですね。たしか送別会も開かなかった気がします。僕はあまり彼女の私生活を知りませんが、でも彼女と同時期に働いていて、転職や結婚で離職した者なら何人かわかります。彼女たちなら、なにか知っているかもしれません」

その夜に彼は三名の連絡先を送ってくれた。堀田が前もって連絡をし、三枝日向子の娘の保護者が、当時の彼女について話を聞きたがっていると伝えてくれていた。

それから三日間、和真は彼女たちと会うために躍起《やっき》になった。

ひとりは結婚して家庭に入っており、他の二人は映画宣伝会社と、市内にあるカルチャーセンターで働いていた。はじめに電話をかけた時点では三人ともサンの私生活はほとんどなにも知らないと言って、電話に時間を割くことすら嫌がった。堀田の頼みなので仕方なく電話だけ受けているという印象だった。

だが話しているうちに思い出すことがあるはずだと和真は信じていた。毎日電話をかけて、ようやく面会の約束を取りつけられたのは、熊倉《くまくら》というカルチャーセンターの美術講師だった。

喫茶店にやって来た熊倉は四十を過ぎた背の高い女だった。彼女から渡された名刺には美術講師、イラストレーターという肩書きの他に、司会、ｗｅｂラジオパーソナリティー、カラーコーディネーター、野菜ソムリエ、世界遺産検定四級、などといった紹介が羅列《られつ》されていた。当初から三十分だけという約束だった。その前半の十五分を、熊倉は自己紹介に費やした。

「三枝日向子と一緒に働かれていたと、堀田さんから伺いました」と和真が言うと、

「それはあまり正確な表現ではないですね」と彼女はサファイアのはめ込まれた自分の指輪を眺めた。

「彼女は案内係だったから、そこまでお付き合いはありませんでした。まぁ、とはいっても私みたいな学芸員の仕事って作業の範囲が膨大だし、力仕事だってあるんです。とくべつ知識の必要がない仕事で、かつどうしても人手が必要なときに、なんどか三枝さんに手伝いをお願いしたことがあります。たとえば作品の運搬設置業務のときとかですかね。でも高額な保険のかかっているような重要作品については、やはり

私たちのような学芸員が直接作業を行うことが多いです。たとえばもうすこし規模のちいさな美術館だと……」

その話しぶりに和真は胸中で落胆《らくたん》した。彼女はサンの個人的な連絡先や交友関係、転職先はもちろん、具体的な当時の仕事内容ですらほとんど把握していなかった。唯一手がかりらしき情報といえば、サンが大阪天満宮《てんまんぐう》の付近に住んでいたことだった。熊倉はそのころ地下鉄谷町《たにまち》線の沿線で暮らしており、通勤路で鉢合《はちあ》わせしたときに住まいの話題になったという。

「なにかお力になれたかしら」

「ええ、ありがとうございます」と落胆を出さないように和真は礼を言った。

よかったわ、と熊倉は満足そうに自分のハーブティーに口をつけると「ところで」とテーブルに健康食品の資料を広げだした。ネットワークビジネスの案内だった。彼女が自分と会ったのは営業目的のようだった。

堀田から教えてもらった残りの二人には、ひきつづき電話で連絡をいれた。どうか会う時間をもらえないかとしつこく頼み、三日連続で電話を掛けた夜に堀田から「いいかげんにしてほしい」と苦情が入った。和真に協力しようとしたのを後悔している様子だった。

「ちょっとなにしてんのよ、嫌われたら知ってることも教えてもらえないじゃん」

電話口で葵はほとほと呆れたように言った。

「落ちついて調べなって。月子の父親のことがわかるのが一週間後だろうが一ヵ月後だろうが、そんなに違いはないいんだしさ」

葵の言うとおりだと思う。だが資金的に東京を離れていられる期間には限りがある。どうしてもこの一週間で有力な手がかりを見つけたかった。


大阪を訪れた日から、美術館のある中之島《なかのしま》近辺を歩いて回った。サンの旧住居の目安がついてからは、大阪天満宮周辺もあてもなく何時間も散歩した。通天閣《つうてんかく》、大阪城、新世界、道頓堀《どうとんぼり》、サンが行ったことのありそうな観光地へも足を伸ばした。歩いたところで手がかりが落ちているわけでもない。だがかつて彼女が目にしていた風景の光を浴びてみたかった。

無心で歩いているときに、ふと頭に思い浮かぶのは創馬との会話だった。

――なんでそんなにふつうにしていられんだ？　何事もなかったみたいに平気で笑っていられんだ？

創馬に言われるまで、和真は気がつかなかった。あのとき、創馬の言葉に鳥肌が立ったのは、自分でもなぜリリーの死に対してこうも平然としていられるのか、わからなかったからだろう。それまでは、冷静でいることが当然だと思っていた。

月子は声を失い、創馬が酒に逃げ、奏太が怒りに身を任せて報復に走った。もちろん彼らの気持ちは理解できた。後悔と喪失を共有できた。だがおそらくリリーは自分たちがいつまでも哀しみに暮れていることを望まない。そう思っているからこそなるべくあの事件について考えを巡らせることをやめて、冷静を保ち、仲間の背中を押して、前に進もうとしてきた。

でも、それは真実だろうか。

彼らの哀しみの深さを、果たして自分は共有しているのだろうか。

もし彼らと同じ深さの哀しみに足を取られていたら、自分だって同じように酒や報復に逃げたのではないだろうか。

どうして自分は冷静でいられるのだろう。

――いま自分がまともじゃないのは俺だってわかってる。だがな、お前を見てると、リリーが死んだことを平然と乗り越えられない自分のほうに誇りを持てる。

創馬の声が耳元で聞こえる気がして我に返る。

気がつくと何時間も歩きっぱなしで、自分が今どこにいるかもわからない。空には爪の破片のような三日月が浮かび、通りはネオンサインで煌《きら》めいていた。人通りの多い繁華街でそこらじゅうから足音が聞こえた。日本有数の観光名所を歩いているのに、なんの地名もない場所の真ん中に立っている気がする。ポケットの中の電話が震え、ディスプレイに見知らぬ番号が映る。

「私、三枝さんの元彼を知っています」

電話の奥で、知らない女がそう言った。

☆

電話を掛けてきた霜山《しもやま》は、三枝日向子と同時期に美術館に勤務していた案内担当の係員だった。堀田経由ではなく、和真が美術館で最初に声をかけた受付の老女から連絡を受けたという。いまは夫の地元である滋賀《しが》に戻り、二児の子育てをしていると言っていた。

霜山が勤務をはじめた二ヵ月後に三枝日向子がとつぜん仕事を辞めてしまったため、社外での個人的な交際はほとんどなかったが、担当している案内フロアが同じだったために、仕事前や仕事後のわずかな時間によく会話していたらしい。そのなかで霜山からなんどか恋愛相談をしたことがあり、話の流れで三枝日向子の恋愛についても訊いたことがあった。そのときは「なにもない」とそっけない返事で話が終わったものの、後日梅田の和食屋で彼女が男とデートしているところを目撃したのだという。

「座ってたから身長はわからないし、正直顔もぜんぜん覚えていないんですけど、すごく爽やかな印象で、お似合いの二人だと思ったのは覚えてます。日向子さんが私のことを後輩だって紹介してくれると、サッと名刺を出してくれました。黒木徹《くろきとおる》さんって人です。いや、物覚えは悪い方なんですけど、私の旧姓が黒木で、兄の徹也《てつや》と一字違いだったんで記憶に残ってるんです。恋人かどうか直接確認したわけじゃありません。でも女の勘っていうか、この人が彼氏なんだって一瞬でわかりました。昔から、そういうのすぐ気づいちゃうんです。黒木さんが日向子さんを見る目もなんていうか、すごく優しくて、大好きなのが伝わってきて、見てた私まで幸せな気分になったんです。美術館辞めるって知ったときは、すぐに寿《ことぶき》退社なんだって思いました」

話しながら思い出しているのだろう、途中でなんどか話を途切れさせつつ、霜山は語った。すでに名刺はどこかにいってしまったが、勤務先はその後霜山が仕事でなんども名刺交換することになる大手広告代理店だった。

「日向子さんとは二ヵ月しか一緒にいなかったけど、美人で、かっこ良くて、すごく頼れる先輩でした。いまでも覚えてるのは、まだ仕事をはじめたばかりのときのことです。私、立てつづけに三日くらい寝坊して遅刻しちゃったことがあって。ようやく決まった美術館の仕事だったし、フロア担当の部長の女性もすごく厳しい人だったから、緊張しすぎて毎晩ほとんど眠れなかったんです。しかもそのときはまだ試用期間だったんで、三日目の寝坊のときにはさすがにクビになるって覚悟してました。でも私が出勤すると、部長よりも先に日向子さんが私のところに飛んできて、むちゃくちゃ怖い剣幕《けんまく》で叱ってくれたんです。それがね、ちょっと周りの人がひくくらい、ほんとうに怖くて。私、生まれてはじめてグーで殴られるって思いました。たぶん、周りの人もそう思ったんだと思います。それで思わず部長が止めに入っちゃったんですよ」

「彼女が怒ったときの怖さは、よく知ってます」と和真は笑った。

「でも、おかげで部長からは『今後は気をつけるように』って言われただけで終わったんです。ほっとしました。その後休憩中に、さっきのが嘘みたいにふつうに日向子さんに話しかけられて、『寝る前にゆっくりお風呂入ってる？　時間あるなら今夜一緒に行こうよ』ってホテルのスパに誘われたんです。けっして安い値段じゃないけど、ぜんぶ日向子さんが出してくれて。そのときにようやく、日向子さんがわざと部長の前で怒ってくれたんだって気づきました。部長がそれ以上なにも怒れないように。プライベートで一緒だったのはそのいちどだけでした。でも日向子さんにはすごく救われたんです。この先輩と、もっと仲良くなりたいなって、ずっと思ってました」

和真は天王寺《てんのうじ》まで戻ると、ホテルの近場にあった定食屋に入り、夕食を食べながら黒木の会社の情報をネットで調べた。和真も名前を知っている大手広告代理店で、子会社を含めると社員は三千人を超える大企業だ。関西支社は大阪駅にほど近い高層ビルに入っていた。

葵に黒木のことを報告すると「すごいじゃん！」と彼女は興奮した。飛び跳ねて喜んでいる姿が目に浮かぶようだった。「ホッシーもお手柄だね」と言われて保科のことを思い出し、葵との電話を切った後に保科にも連絡を入れた。あらためて礼を言って黒木のことを伝えると「どうやって調べたんだ」と彼は素直に感心した。おそらく保科自身も黒木までは辿り着かなかったのだろう。

「てっきり保科はもう知ってるのに、わざと教えてくれなかったのかと思ってたよ」

嫌味を言うと「そこまで興味がなかっただけだ」と電話の奥で煙草に火をつけた。

近所のスーパー銭湯で汗を流してホテルに戻った。

体が温まり、深い眠りの予感があった。

だがいざベッドに入るとその予感は波が引くように遠のいていった。外の車の走行音が気になり、窓がほんとうに閉まっているのか確認した。エアコンを切って送風音が途絶《とだ》えると、こんどは隣室のテレビの音が気になりはじめた。

真っ暗な天井を見上げた。霜山が語った男の姿が浮かんでくる。

大阪に来るまでは、なんとなくサンの恋人が美術館に勤務している者ではないかと考えていた。新宿でヤクザ同然の仕事をしている男と別れ、心機一転環境を変えた職場で新しい出会いがある。その男は穏やかで優しく、美術に対する造詣が深い。同じ絵画を見たときの第一声が一緒でお互いに顔を見合わせる。二人の関係はそのようにしてはじまる。やがて二人は仕事後も食事を共にするようになる。テーブルのうえでやり取りする話は、いままで食事中に話したことがないような話題ばかりだ。古典西洋絵画の再評価について、近代画家の不幸と挑戦について、最新の展覧会の課題について。彼女は慎重に、これまでの東京の生活を口にする。彼は否定もせず、肯定もせず、経験を尊重することを示す相づちをうつ。そのうちに、この人とはこれまで築いてきたどのような関係とも違う、あたらしい関わりができることを彼女は発見する。

なにより、その発見を彼と二人で行ったことに彼女は気がつく。まるでひとつのレンズを二人でのぞき込むように。拡大された一年後の景色のなかに、ちいさな女の子をかかえた三人の姿がある……。それが大阪に来るまで考えていたことだ。

　そのイメージがあるからだろうか。権威的な華やかさを嫌うサンが、大手広告代理店の男と一緒にいるところをうまく想像できない。

　寝返りを打つたびに頭が冴《さ》えていった。

　起き上がってベッドから抜け出した。冷蔵庫には缶ビールが二本とウィスキーの小瓶が三種類入っていた。二本目の缶ビールのプルタブを開けたころには、和真は眠りをあきらめていた。


　ホテルのエントランスホールに併設されたレストランで、新聞を読みながら朝食をとっていた和真は、顔を半分ほども覆う大きなサングラスを掛け、ピンクのスーツケースを転がして自動ドアを抜けてきた女を見て、飲んでいた味噌汁を吹き出しそうになった。

　サングラスをずらし、こちらに気づいた葵が思い切り手を振った。

「和真、寂しかったーっ？　エウロぺちゃんが来てあげたよ！　会いたかったでしょー？　なに食べてんの私も食べようかな、でも駅弁も食べて来ちゃったしなー、ハンブルグステーキ弁当」

お椀を片手に唖然《あぜん》としている和真をよそに、葵が向かいの席に座った。

「な、なにしに来てんだよツアーあるんだろ」

「毎日練習ばっかじゃつかれるでしょ、息抜きも必要なんだって。月子は奏太と藍《あい》が見てくれてるから安心して、あいつ恋愛うまく行ってるもんだから最近なんでも言うことききくんだよ、あ、今日は泊まってくからね。ここで部屋も取ってあるし。いちばん大きなエクスクルーシブなんちゃらって部屋しかなかったからそこにしたんだけど、たぶんひとりじゃ大きいんだよな、いいよ、和真も私の部屋に移ってくる？　牛のかっこうして。あは、なに赤くなってんの、もうチェックインできるかな、行ってきまーす！」

ぜったい赤くなんかなってない、という反論もきかずに葵は受付に走って行った。この間に出発してしまうか。そう思って受付を見やったが、彼女も警戒してか半身をこちらに向けて用紙に記入していた。和真はあきらめて胡瓜《きゅうり》の浅漬けを噛んだ。

大阪駅前にならぶ超高層ビル群の一角にその会社はあった。低層階には小売店や飲食店が入っており、オフィスフロアへは専用エレベーターで上がっていくようだった。せっかく来たんだから、と目に入る店すべてに寄っていこうとする葵を無視して先へ進んだ。広大な敷地内では隣接する複数のビルが地上フロアで連結している。目的の高層階用エレベーターを探すのに手間取った。

ようやく辿り着いたエレベーターホールはホテルを思わせる豪勢な作りで、中庭に面した巨大ガラスパネルから光が燦々と降り注いでいた。学生や子連れも多く見られるショッピングゾーンとはうって変わり、Tシャツを着ている男などまずいない。小脇に抱えていた安物の麻ジャケットを羽織ったが、居心地がいっそう悪くなっただけだった。気づけば手のひらだけでなく脇にも背中にも汗をかいていた。通り過ぎる誰とも視線は合わないが、彼らが振り返って自分の背中を笑っているような気になった。

昨夜眠れずに頭に浮かんだ考えがいまも離れなかった。代々木八幡にある古い木造一軒家で、玄関にかかっていた蜘蛛《くも》の巣をぎゃあぎゃあ言いながら取り払っている三枝日向子のイメージが、この空間と重ならない。だが現実に、月子の父親はここにいるかもしれない。サンと黒木の会食現場に霜山が鉢合わせたのは、サンが退職をする直前だ。現時点ではもっとも可能性が高く、そして唯一の父親候補だった。

もうすぐ月子の父親に会える。三枝日向子が自分と別れて、大阪で出会った男と会う。

高揚と緊張が、なんども目まぐるしく切り替わる。喉が渇く。背中にTシャツのタグがこすれて、ちくちくとした痒みを感じる。

「霜山さんが黒木と鉢合わせしたとき、すぐ名刺を渡されたらしい」

定員が三十名以上の大型エレベーターのなかで、ほとんど無意識で呟いた。

葵はちらりと和真を見あげると「嫌な奴」と小声で言った。

「名刺渡すだけで『すごーい』とか言われ慣れてんでしょ。ほかに面白い話もできないから、名刺渡すくらいしか興味のひき方しらないのよ。飲み屋でチヤホヤされて、帰った瞬間に爆笑されるタイプね」

葵に言われてどこか気持ちが楽になる。そのつもりで葵が言ってくれているのもわかる。そしてそんな自分が嫌になる。いつから自分はこんなに卑屈《ひくつ》になったのだろう。

月子の父親を探そうと思えたのは、おそらく父親として自信があったからだ。

誰よりも彼女と向かい合う覚悟を決めたからだった。

それがどうだろう、いまや自信と呼べそうなものはポケットのどこをさがしても残っていない。自分以外の人間であれば必ず月子を幸せにできそうな気さえする。エレベーターが上昇していく。早く見つけたいと懸命になって探したが、土壇場になると見つかるのが早すぎる気がしてしょうがない。心臓が喉元までせりあがってくるような吐き気を覚えた。そのときだった。

隣の葵がドンと思い切り背中を叩いた。

「しっかりしなよ。私はプラネタリウムやってるほうがよっぽどすごいと思うよ。和真はね、すっごく魅力的で、月子にとって自慢のパパよ」

エレベーターが開く。エントランスにはスーツだけでなく、ポロシャツやデニムやハーフパンツといったカジュアルな服装の人間もいたが、そのコーディネートには一分の隙もなかった。これから全員で雑誌のスナップ撮影に向かうのだと言われても、和真は信じることができた。立ちすくんでいる和真の腕を葵が取った。

「おし、白黒はっきりさせに行こうぜ、金髪」

そう言うと、葵は歩きだした。

☆

ラッコはじめて見たラッコ、と葵が興奮して水槽の奥を指した。

世界最大級の屋内水槽を誇る海遊館《かいゆうかん》は、平日の午後でも若いカップルで賑わっていた。大阪に来るにあたり、葵はあらかじめ下調べしていたという。時間は午後三時を回っていた。

「二人でこうして旅行に来るの、はじめてだね！」

オウサマペンギンを見てはしゃぐ葵に「旅行じゃない」と答えるが、それ以上の言葉は出てこない。疲れのあまり頭がうまく働かなかった。

「でも、私が来て良かったでしょ？　でしょ！」

そう言われれば肯くしかない。

広告代理店の受付で黒木徹に会いたいと伝えても、和真はまともに相手にされなかった。先日のように押し問答をする必要がなかったのは、和真の隣にいるのが宇川《うがわ》葵であると受付嬢が気づいたからだ。急遽《きゅうきょ》葵は黒木の従姉妹《いとこ》だと嘘をつき、とつぜん来て驚かせようと思ったとでまかせを言った。自然と和真はマネージャー役になり、年齢に不相応な金髪にも受付嬢はなぜか納得したようだった。社員名簿を検索し黒木徹の籍がないことがわかると、受付嬢は仲のいい社員に黒木の転職先を尋ねてくれた。そのおかげで、すぐに二人は黒木の転職先へと向かうことができた。

そのようにして、和真と葵は半日かけて四社を回った。

同業の中堅広告代理店、スポーツ系イベント会社、ベンチャーシステム会社、まるでオリエンテーリングのようだった。最後に訪れたゲーム開発会社は、黒木の転職先を把握していなかった。

「黒木さんが辞めたのは二年以上前です。うちの在籍も数ヵ月でした。ええ、黒木さんは独身でした。以前結婚してたって話も聞いてません。お力になれずすみません」

部長と名乗って出てきたのはまだ二十代半ばの若者だった。すまなそうに頭を下げると、葵にサインと写真をねだった。それで黒木徹に繋がる最後の線は切れた。霜山の電話を受けたときの期待が大きかっただけに、落胆と疲労もまた大きかった。

「ねぇ、オウサマペンギンって卵を温めるとき、足の上に載せるらしいよ」

「あぁ」

「それじゃあ動けないじゃんね。つっ立ったままなのかな。てか南極でしょ？　足の裏とかちょー冷たそうじゃない？　ねぇきいてるの？　ちょっと、もっと集中してよ、私に！」

立っていられないほどの疲れを膝の裏に感じた。

葵がこちらを見てため息をつく。近くのベンチに腰を掛けた。和真の鞄を勝手に開けてペットボトルを取りだす。ん、と差し出されたボトルの水を言われるがままに飲みこんだ。すこしだけ頭のなかの靄《もや》が晴れた気がした。二人の目の前を、月子くらいの子供が三人、楽しげに水槽を指さしながら歩いて行った。そのうちの一人は月子と似たような白いワンピースを着ていたが、マシュマロのようにむくむくと太っていた。それはそれで可愛らしかった。

「絶望すんな金髪」

「してないよ。すこし疲れただけだ」

「しょうがないじゃんか、見つかんなかったもんは見つかんなかったんだから」

「せめて顔写真だけでも見せてもらえればな。街ですれ違ったときわかるのに」

各社で社員証なり履歴書なりを見せてもらえないか頼んだが、会社側も転職先を教えるようには簡単に写真を見せてくれなかった。そもそも従姉妹だと言っているのに写真を見せて欲しいとは相手にしても変な話だろう。

「仕方ないって。よくやったよ和真。中野で張り込んで、三枝に会えたのになんにも教えてもらえなくて。ホッシーから美術館教えてもらって、大阪来て、嫌がられるまでいろんな人に話きいて、ようやく会社がわかったと思ったら転職してて、そのあと四社も突撃して。すごくない？　何週間も頑張ったじゃん。いつか月子がこのこと知ったら感謝するって」

「でも、なにもわからなかった」

「やれることぜんぶやったんだしさ。胸張って帰ろうよ」

そうだな、と息を吐くと、指を組んで背伸びをした。みしみしと背中の伸びる音がする。

そうだよ、と葵が微笑んで和真のペットボトルに口をつけた。

「それに、黒木の会社の同僚からはまだ話が聞けるかもしれない。明日はまた、今日行った会社を回ってもう一回話をきくよ」

葵が飲みかけの水を吹き出しそうになった。信じられないものを見る目で「まだ探す気なの？」とこちらを見やった。

「まだできることはあるしね」

「は？　もうみんなに事情は話したじゃん。それでようやく教えてくれたのが転職してたってことでしょ。もうそれ以上なんも出てこないって。もしかしたら霜山みたいに、事情を聞きつけた人が後になって連絡してくるかもしれない。でもこっちから動いたら相手も嫌な気するよ」

「やってみなくちゃわからない」

「ちょっと和真、いいかげんにしなさいよ」

肩を摑んで葵が睨んだ。目の前を歩いていたよちよち歩きの幼児が二人を振り返り、すぐに母親に手を引かれて歩いて行った。

「まだ月子の父親のことはなにもわかっちゃいない」

「そんなこと言ったら、その黒木って男だって父親かどうかもわかんないじゃん」

「現場を見た霜山さんが恋人だって直感したんだ。妊娠の時期にも符合してる」

「なに言ってんの？　言わせてもらうけどね、正直、私その話自体信じてないから」

「わかった、もうこの話はやめよう」

和真は深く息を吐いた。

「しっかりしてよ、和真だってわかるでしょ！　霜山って知り合って間もない日向子さんに恋愛相談してたような恋愛トーク好きなんだよね？　そんなこと言ってる女の直感が当たると思う？」

「もう黙ってくれ」

「黙らないわよ、霜山なんて結局なんでも恋愛に結びつけて悦に入ってる噂好きじゃん。それこそ日向子さんは黒木に転職の相談したり引越しの相談したりしてただけかもしれないよね？　数週間後に退職してるんだからそっちのほうがよっぽどリアルだし」

「……でも可能性はゼロじゃない」

「ガキみたいなこと言わないで。もともと和真と何年も付き合ってたような人なのよ、それでも子供を産まなかったんでしょう？　そうよね？　それとも女に名刺配って歩いてるような男の子供を、結婚もしないままホイホイ産むような人だったわけ？」

「黙ってくれって言ってるだろう！」

周囲にいる児童たちが凍ったように動きを止めて和真と葵を振り返る。ガラス窓の奥のペンギンたちまでが目を丸くしているようだった。

「……どんな男であれ、月子の父親の可能性があるなら探すって言ってるんだ」

大声を出さないでいることにすくなからぬ努力が必要だった。

「ほんとうに月子のために探してるって言うわけ？　日向子さんが選んだのが自分よりつまんない男なのを確認するために探してるんじゃないの？」

「もういい。ここまでだ。これ以上、葵は関わらないでくれ」

一瞬、葵が言葉を失った。

「僕が来てくれって頼んだわけじゃない。そもそも葵にはいっさい関係のない話だ」

「……関係ないわけないじゃない」

「葵にどんな関係があるって言うんだ」

「私がどんな気持ちで大阪に来たか和真にわかるの」

「これは僕の問題だ」

「私がいなかったら……」

言い出したときにはもう葵の両目から涙が溢れていた。

「私がいなかったら黒木が転職してることすらわからなかったくせに！　私がいなかったら……」

大粒の涙だった。絶え間なく頬に流れていく。濡れているのは頬だけなのに、洋服までびしょ濡れに見えた。

「私が関係ないわけないじゃない」

あのお姉ちゃん泣いてるよ、と帽子を被《かぶ》った幼児が葵を指さした。

「もう、放っておいてくれ」

そう言って和真は立ちあがった。

☆

しばらく歩いた。いっこうに食欲は湧かなかった。

天王寺のホテルに戻って熱いシャワーを浴びた。ハーフパンツとポロシャツに着替えると、補充された缶ビールを冷蔵庫からだしてプルタブを立てた。鞄からガイドブックが飛び出していた。今朝出発前に葵がむりやり押し込んだものだ。部屋を出るまでに二本のビール缶が空になった。

ガイドブックを丸めて片手に持ち、最上階にある葵の部屋に向かった。シングルルームが十数部屋ならぶ和真のフロアとは異なり、最上階にあるのは四部屋だけだった。ドアの前に立ったが部屋から物音はしない。呼び鈴を押す指を直前で止め、そのかわりドア横の新聞受けに丸めたガイドブックを差し込んだ。

一階まで降りると、ベルボーイを呼び止めて近くで星が見える場所があるか訊いた。

「どうですかね。このあたりで星が見えると言っても、地方と比べるとぽつぽつとしか見えませんしね。あでも、夜景だったら綺麗な場所がいくつかあります。もし車で移動されるんでしたら十三峠がおすすめです。ここからだと一時間弱はかかりますが」

タクシーで移動すると告げると「それだったら」と言って彼は梅田の空中庭園を教えてくれた。礼を言って外に出た。西に淡く雲が出ていたが、それ以外は晴れ渡った夜空だった。ベルボーイの言っていたとおり、空には欠けた月とベテルギウスが見えているだけだった。

道は空いていた。天王寺から二十分とかからずに、梅田スカイビルの下にタクシーは横付けされた。まるで巨大なU字磁石を大地に突き刺したような建物だった。空中庭園展望台はその最上階三フロアにわたって広がっており、三百六十度パノラマの夜景を眺めることができる。閉館時間が迫っているせいか、客の姿はほとんどなかった。

ホテルマンが勧めるだけあって、その夜景は素晴らしいものだった。高層建築物の煌びやかな明かりだけでなく、北側の眼下には淀川《よどがわ》がのぞめ、その奥に北摂《ほくせつ》山系の丘陵《きゅうりょう》の影が薄く浮き上がって見えた。夜空のなかを飛行機が高度を落としていく。その先にあるのは大阪国際空港だ。次々と夜空に現れては着陸していく飛行機の明かりに、和真はしばらく立ったまま見入った。

カップルの笑い声に気づいて我に返ると、屋外の展望台に足を向けた。風は穏やかだったが、すこし肌寒い。腰に巻いていたニットの袖に腕を通した。

空中庭園の名にふさわしく、屋外の通路は夜景だけでなく、地面に埋められた蓄光《ちっこう》石《せき》で通路自体が星空のように光っていた。青白い小さな光の粒が、濃淡を繰り返しながら天《あま》の川《がわ》のようにつづいていく。見るより体感するための景色だ。屋外展望台は弧《こ》を描きながら大阪の夜を一望させる。ところどころに三脚を立てて夜景を撮影しているカメラマンもいた。カップルは冷えた風から身を守るように寄り添って、耳元でなにか囁いている。眼下に溢れる街の光は、つよい風が吹けばそのまま舞いあがって夜空を飾ってくれそうな気がした。

天の川の通路を歩いて行ったその先に、一人で手すりに手をついている影があった。彼女は和真に気づいてわずかにキャップの鍔《つば》を上げたが、そのまま夜景に視線を戻した。

葵の隣まで歩いて行くと、彼女と同じように手すりに肘をついた。「ガイドブックみたの？」と彼女は夜景を見ながら訊いた。「ホテルの人に教えてもらった」と和真も前を向いたまま答えた。風が吹いて、肩にかかる葵の髪が揺れる。Tシャツの袖から出ている細い二の腕を彼女は手のひらで覆った。和真は着たばかりのニットを脱いで、彼女の肩に掛けた。

「さっきはごめん」

そう言って夜景を見やった。平坦な大地の奥に、光の海がはるか果てまで広がっている。このような景色を和真は見たことがなかった。耳には風の音しか聞こえなかった。

「僕はひどいことを言った」と和真は呟いた。

「私、傷ついたよ」

なにも答えられなかった。なぜ水族館で、あそこまで過剰に反応してしまったのか、自分でもよくわからなかった。どれだけ弁解を試みたところで、自分はろくでなしだった。風の音に合わせてさざ波のように光が揺れた。

「月子の父親探しができるのは、ぜんぶ葵のおかげなんだ。無関係なわけがない」

かぶっていたキャップを外して、葵は長い髪をかき上げた。

足下の蓄光石の光を受けて、黒髪が藍色に輝いた。

「葵が東京で月子の様子を見てくれなければ、僕はこんなに安心して大阪に出てこれなかった。葵がいなければ、回った会社で門前払いもされてた」

「そう言って欲しいって、私が思うと思ってるのかな」

「…………」

「なんでそうやって、鈍感なふりをするの」

かすれそうなほど小さな声が風のなかで聞こえた。

間近のビルの窓に、オフィスに残っているスーツの男が見えた。広いオフィスだったが、彼以外に人気はなかった。男は背もたれに体重を預け、隣のデスクチェアに足を投げ出している。考え事をしているようにも、考えるのを放棄しているようにも見えた。そのままあともうすこし背中に寄りかかれば、椅子ごと倒れてしまいそうだった。「あるいはほんとうに鈍感なのかもしれない」と彼を眺めながら和真は言った。

「この前、創馬に言われたんだよ。リリーが死んだのに、なんでそんな何事もなかったみたいに平気で笑っていられるんだってね。みんな傷ついてるのに、なんでお前だけ平気なんだって。最近、そのことをよく考える」

「…………」

「僕は自分なりに哀しんでる。後悔してる。でも一方で創馬の言うとおり、どこか自分は平気なんだ。怒りに突き動かされたり、哀しみに溺れたりしなくても平気なんだ。醒《さ》めてるんだよ。朝起きてから、リリーが死んだってことを思い出すまでに時間がかかることだってある。もし気持ちを胸からとりだして、ひとつひとつ机にならべることができたら、僕は自分の感情の貧相さに驚く気がする。あるいは僕から取り出せるものなんて、なにひとつないかもしれない。まるで心だけがそっくり空《から》っぽの怪物みたいだ。怪我するのを承知で新宿へ乗り込んで行った奏太の方が、よっぽど人間らしい」

そう言ってうつむいた。

「そのことに自分で気づいたとき、ものすごく怖かったんだ。結局のところ、僕は誰のことも理解していないどころか、そもそも誰のことも心配していないんじゃないかって思ったんだよ。心配しているつもりでも、自分が傷つくほどは真剣に考えていないんだ。リリーが死んだことも、奏太が新宿に乗り込んだことも、創馬が酒に逃げてることも、月子の声が出ないことも」

さきほど椅子に腰を掛けていたスーツの男が、いつの間にかオフィスから消えていた。照明はついたまま、無人の社内を照らしている。上のオフィスも、その上のオフィスも、明かりはついていても人の気配はない。

ふと、見渡す限りの光のなかに、人間など誰もいないんじゃないかという気がした。

「今日『お前には無関係だ』って言葉がどれだけ葵を傷つけるか、おそらく僕は知ってた。あの場に葵を置き去りにすることが、どれほど孤独にさせるかを、僕は知ってた。それでも、僕にはそれができた。僕は平気だったんだ」

「和真ってさ」とニットの前を閉じながら葵がいう。「和真って、意外と馬鹿だよね」

「……意外なんかじゃないよ」

「じゃあ、自分で思っている以上に馬鹿だよ」

「なんでそう思う」

「和真、ぜんぜん平気なんかじゃないじゃん」

葵は和真の腕を取る。右腕に葵の温《ぬく》もりが伝わってくる。

いままで寒さを感じていたことに、その温もりで気がついた。

「逆に、なんで自分が平気だなんて思えるのか、そっちのほうが私不思議だよ。だって和真、平気どころか超混乱してんじゃん。正気の瀬戸際じゃん」

正気の瀬戸際、と和真も呟いた。

「なんで気づかないの？　月子の父親探しにこれだけ没頭してるのなんて、明らかにふつうじゃないよ。いつもの和真ならもっと冷静に、確実に進めてくでしょう？　相手が嫌がるのも構わずになんどもしつこく電話したり、勝算がないのに会社押しかけたりしないじゃない。和真はいま、誰よりも、平気じゃないよ」

葵は大きく息を吐き出した。

「つよがらないで。和真はリリーの一件で、誰よりも深く傷ついてるよ。リリーをひとりで正樹のところへ行かせた責任を感じてる。自分がこんな結果を招いたんじゃないかって」

「…………」

「もし自覚がないなら、正気を保つために頭のストッパーが働いてるのよ。創馬のバカにはほんとうに和真が笑っているように見えるのかもしれないけど、私には最近の和真は悲鳴をあげたいのに、それを必死で我慢してるみたいに見える。気が狂いそうだから、月子の父親探しに、日向子さんの恋人探しに逃げ込んでる。まるで今から目を逸らして過去に逃げ込むみたいに」

言葉が出なかった。葵が腕をきつく抱きしめた。

「私はそれでもよかったの。それですこしでも気がまぎれるなら。私はそのために、力になってあげたいと思ってた。和真がこれ以上、苦しくならないように、助けてあげたいと思ってた。叫び声をあげたいなら、一緒に叫んであげたかったから。でも」

そう言って葵は和真を見あげた。

「ねぇ和真。私も苦しいよ。私、くじけそうだよ」

月のように白い頬をしていた。奥歯を噛みしめて、唇がかすかに震えていた。和真は目を逸らして大阪の夜景に視線を向けた。砕いた星を撒き散らしたような、眩い光で溢れていた。

「和真のこと、いちばん助けてあげたいのに。こんなに好きなのに。私じゃ、だめなのかな」

　葵、と名を呼ぶ声がかすれた。振り返ったとき、葵の目には涙が溢れていた。

「葵のこと、好きだよ」

「…………」

「でも、きっと葵が考えてくれるほど、僕はまっとうな人間じゃないんだ」

「それのなにがいけないの？」

　ごうと音を鳴らして風が吹く。

　うすく引きのばされた雲が、月の端をなでるようにして流れていく。

　ごめん、と和真は声を出した。俯《うつむ》いている葵の表情はキャップに隠れて見えなかった。

「ヘアピン落ちた」と葵が言った。「私のやつだ」

　和真はいちど息を吐くと、その場でかがみ込んで、髪留めを探した。手すり台の硝子《ガラス》が風をさえぎって、周囲の音が消える。何千という蓄光石の青い光が、葵の白いスニーカーを照らしていた。半袖では身震いするほど、いつのまにか空気は冷えていた。このまま目を閉じれば、天の川のなかに体ごと沈んでいきそうな気がした。

　葵のヘアピンはどこにもない。「どんな形の？」と立ちあがろうとすると、その両肩に手を置かれて、屈んだまま動けなくなった。ふと顔を上げると、口に葵の唇が触れた。

唇だけが温かかった。

頬の上を葵の髪が流れていく。

唇を離した彼女が、まじまじと和真の顔を見下ろす。

いったい、自分はどんな顔をしていたのだろう。

「こんなのって、ひどいよ」

地上はこれだけ光に溢れているのに、欠けた月以外なにもない夜空だった。

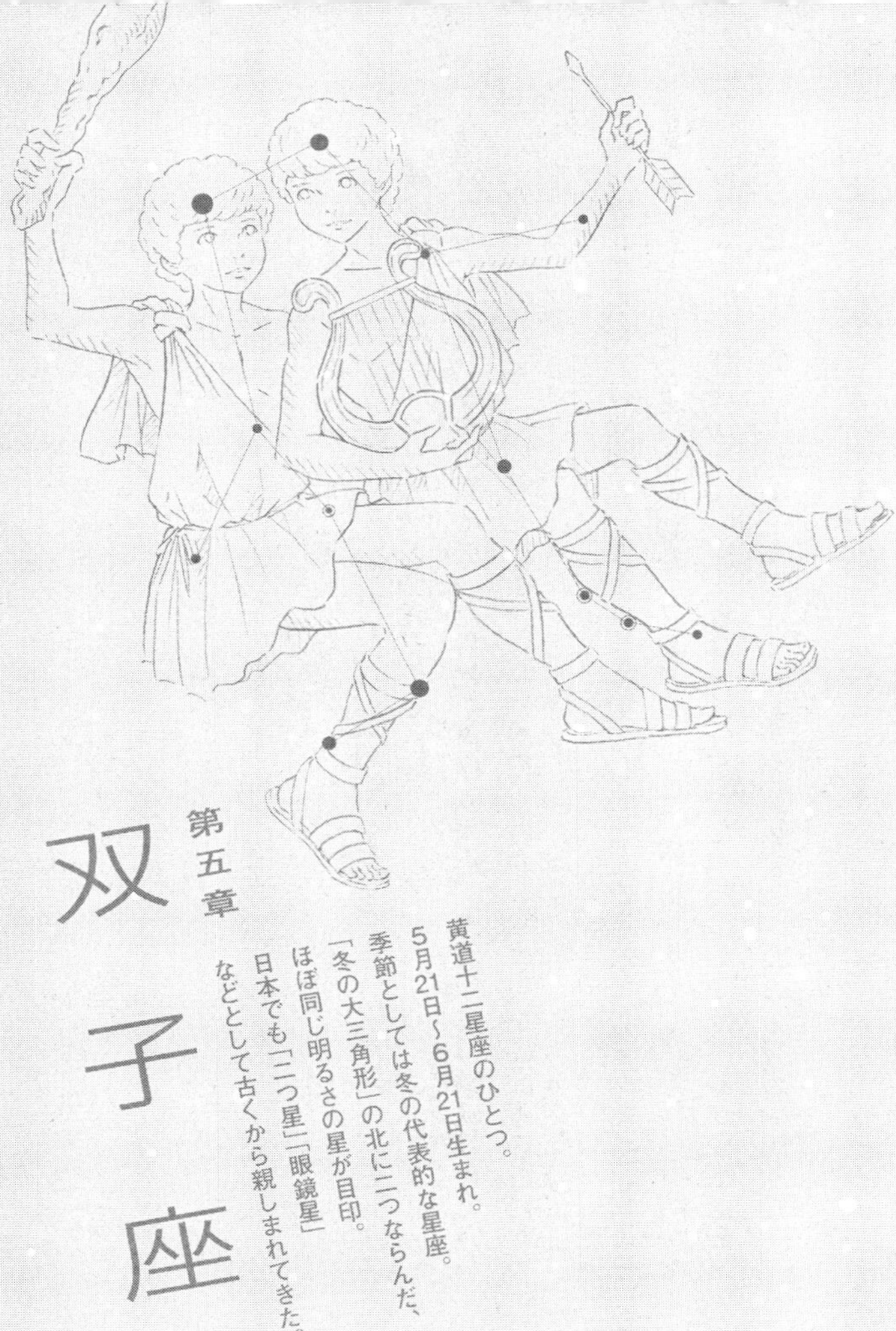

第五章

双子座

黄道十二星座のひとつ。
5月21日〜6月21日生まれ。
季節としては冬の代表的な星座。
「冬の大三角形」の北に二つならんだ、
ほぼ同じ明るさの星が目印。
日本でも「二つ星」「眼鏡星」
などとして古くから親しまれてきた。

朝食の時間にカフェテリアへ降りたが、葵《あおい》の姿はなかった。フロントに確認すると、彼女は夜中にチェックアウトを済ませていた。

それから二日間、黒木《くろき》が勤めていた各社を再度回った。みな和真《かずま》の顔は覚えていたが対応はそっけなく、結局有力な情報はなにも得られないまま東京に戻ることになった。

数日離れていただけなのに、東京はまるで自分のことを忘れてしまったようによそよそしかった。知っている人間などひとりもいない街に見える。自分には目的がなく、友人がなく、住所がなく、体すらない気分だった。どこかで似たような感覚を味わったことがあった。しばらくして、それが出所直後であったことを思い出した。

「どうだ、黒木には辿り着いたか？」

保科《ほしな》から電話があった。東京に戻ってきた夕方だった。保科が挑発的な口調をするときは、必ず切り札を持っている。すべてが振り出しに戻ったと思っていただけに、その声は金色に輝く蜘蛛の糸で繋がっているように感じた。

「なにか掴んだのか？」

「お前に黒木徹《とおる》の名前と勤務先をきいてから、俺のほうでも調べた」

「すまない。こっちはぜんぶ空振りだった」

「知ってるよ。お前、焦りすぎだ。まるで素人《しろうと》みたいじゃないか。金髪の男が黒木を探ってると噂になって、俺のツテも警戒されて仕事がやりづらかったらしい」

「……で、なにがわかった」

「銀行通帳に打ちこまれてる最新の数字も、知りたいなら教えてやるぞ」

徹底的に調べ抜いたのだろう。「黒木はいまどこにいるんだ」と尋ねると、ピンとライターの開く音が聞こえた。保科が煙を吸い込むのを我慢づよく待った。吐き出した紫煙《しえん》が和真の顔にかかりそうなほど近く聞こえた。

「関西から戻って来たところ悪いが、黒木はいま名古屋にいる。ネット広告を専門にした小さな代理店で働いてる」

「住居もわかるか？」

「まぁ待てよ。あいつはこの十年近くで都合六社を転々としてる。たいしたもんだよ。理由はほとんど金がらみだ。社内でならまだしも、取引先の人間にまで金を借りる。会社の金を使い込んで訴訟寸前になったこともある。ギャンブルはしないかわりに、車、服、酒、女に浪費する。まるで札束を蒸発させるような使い方だ。後に資産と呼べるものは何も残らない。隠れた浪費家に見られる傾向そのままに、プライドが高く、嘘が得意で、同情心を煽《あお》るのがうまいために人から愛される。まぁそうでなけりゃ取引先の人間から個人的に金なんて引き出せないけどな。そんなわけで、俺の同業者も黒木にたんまりと貸し付けてる。壺から蜂蜜《はちみつ》があふれんばかりの貸し付けっぷりだ。本人に弁済能力は皆無だが、こいつの親は大阪府内に相応の固定資産を持っていて、貸付側はそれが狙いだ。いまはまさに回収時期を見計らってる状況で、余所から手出しされるのを警戒してる」

「僕には会わせないってことか？」

「さっきも言ったとおり、黒木について怪しい金髪が大阪で嗅《か》ぎ回ってるのは噂になってる。宇川《うがわ》葵を名乗る偽者を引き連れてな。まさか本人だとはあいつらも思ってない」

「…………」

「いまお前が押しかけてみろ、いくら取り立て目的じゃないと言い張ったって、向こうの業者がはいそうですかと信じるわけがない。だが、俺が一緒に行けば話を通してやれる。黒木の情報をくれたのは昔の俺の弟分だ。お前は俺と一緒に名古屋へ行き、向こうの業者に会って事情を説明してから、黒木と接触することになる」

保科の言っていることを吟味《ぎんみ》したが、妥当《だとう》な話に思えた。「俺の予定に合わせてもらうが、それでかまわないか？」と訊く保科に「もちろんだ」と答えた。

「おそらく名古屋で待ち合わせになる。詳しくはまた連絡する」

保科に礼を言って電話を切った。現地のヤミ金業者にマークされているのであれば、黒木の居場所は常に把握されていると思って間違いない。今度こそ黒木との接触が可能だ。

その夜からまた星座館の営業を再開した。

一週間ぶりの営業で、すぐには客も戻ってこなかった。翌日になって奏太《かなた》とピカ爺《じい》が訪れて、彼らから話をきいたのか谷田《たにだ》や凪子《なぎこ》、その他の常連たちもすこしずつ顔を出すようになった。だが、そのなかに葵の姿はなかった。

出発前の言い争いのためか創馬《そうま》も零時前には戻ってくる。酔いかたも以前よりはましになっているようだ。足取りも確かで、酔眼も澱《よど》むほどではない。彼は星座館を訪れると常連たちに挨拶し、プラネタリウムで寝入っている月子《つきこ》を部屋に連れ帰る。和真との会話はほとんどなかった。

一週間もすれば営業時間中の客入りはもとどおりになった。外気温が上がればドリンクの注文も増える。そのぶん店では話し声と笑い声が大きくなる。

それなのに、ときとして和真は店内が閑散としているように感じた。

いま他の客が座っている席には以前、リリーが座り、葵が座り、創馬が座っていた。酒焼けしただみ声と、店中にとおる高い声と、皮肉たっぷりの野太い声が聞こえていた。彼らはカウンターで新しいサンバ衣装の相談をし、ＡＯＩのモノマネが似ないと本人なのに笑われ、毒々しいプロテインドリンクを誇らしげに飲んでいた。たった二ヵ月で、それぞれが、それぞれの理由でその席を立って離れた。自分は彼らの背中を見送ることしかできなかった。そして再開発がはじまる一年後は、この店自体が街から消えることになる。夢のように、煙のように、跡形もなく一瞬で消えてなくなる。奏太が去り、ピカ爺が去り、自分も去ることになるだろう。雑居ビルの跡には地上四十三階の高層ビルが建つ。街が生まれ変わる。その頃には月子の父親も見つかっているかもしれない。

また振り出しに戻る。

また、誰も知らない街になる。

それもいいのかもしれない。キッチンの扉に掛けられた額縁を眺めながらそう思った。開店直後の店内で、月子がひとりプラネタリウムを見上げていた。どうせしばらく客は来ない。和真は月子の隣の席に座り、二人でドーム型スクリーンに映る春の夜空を眺めた。定期的に流れ星がスクリーンを横切っていく。おおぐま座とこぐま座が北極星の上で寄り添っていた。

「僕がいないあいだ、創馬はちゃんと帰ってきてたかい？」

月子はポケットからメモ帳とペンをとりだして、さらさらと文字を書きつける。

——ときどき
読んだ自分の表情が険しかったのだろう、月子はすぐにメモ帳を手に取ると、

——わたしはへいき
と書き足した。そっか、と和真は息をついた。

「創馬がずっとどこに行ってるのか、月子は知ってるんだね？」

彼女は、ただ微笑んだだけだった。メモ帳とペンを持ったまま、靴を脱いで裸足を客席の端に載せた。片手で摑めそうなほど細い足首だった。白いワンピースの裾を直すと、またメモ帳に文字を書く。

——お父さんは、おおさか楽しかった？

どうかな、と曖昧に笑う。月子には昔の友人に会ってくると誤魔化していた。土産に買ってきたたこ焼き用のホットプレートを喜んで、毎晩のようにカウンターで作っている。具は買い出しの際に一緒に買い込み、タコだけでなくエビやイカ、蒟蒻《こんにゃく》や蒲《かま》鉾《ぼこ》やチーズを自分で選ぶ。一度やり方を覚えると意外なほど上手に作るようになった。

月子はペンの端を唇にあてて、しばらくスクリーンを見つめた。

彼女はもう十歳になる。歌も運動も不得意だが、勉強は得意で、自己流のたこ焼きだって焼ける。出会った一年半前にはできなかったことだ。彼女は毎日、大人になっている。和真とはもちろん、創馬とも血のつながりがないこともこの少女は知っている。自分には血の繋がった父親が別にいることも、おそらく彼女は気がついているだろう。それでも彼女は和真と創馬をお父さんと呼びつづける。二人の前では一度として実の父親のことを口にしない。細くちいさな体のなかで、彼女はいったいどんなことを考えているのだろう。

ふと月子は思い出したように真新しいページを開く。

——お父さんたちは、けんかしてるの？

「そうだね。大丈夫、兄弟げんかは昔からよくしてるんだ」

——どうしてけんかしてるの？

「どうしてだろうね」と和真は頭の後ろで指を組んだ。そのまま背中を反らして背伸びをする。「最近、いろんなことがよくわからないんだ。きっと僕がもうすこし人の気持ちがわかったら、こんな風にならなかったかもしれない」

——こんなふうって？

「こんな風っていうのは」と言ったものの、鉄鋏《てつばさみ》でちょきんと切られたように言葉はそこで途切れてしまった。切り落とした言葉は、とても大切な言葉だったように思えた。この感覚は初めてじゃない。いつも知らないうちに鉄鋏は用意されていて、歳を取るごとに出番は増えていく。サンに対して、創馬に対して、リリーに対して、葵に対して、和真は鋏を使ってきた。いったい切り落とされたほうの言葉はどこへ行ってしまうのだろう。不思議に思うが、見つけられたことはない。和真に見えるのは、その痛々しい切り口だけだった。透明な滴《しずく》が滲み出て、二度と乾くことがない。その切り口には名前がある。でもなんと呼ぶのかはわからない。

またさらさらとペンの走る音が聞こえた。迷いのない、気持ちのよい音だった。音が止まってから、隣を向いた。月子がメモ帳をこちらに向けた。

——お父さんは、さみしいの？

不意に床が抜けたように感じた。思わず肘掛をつかむ。体がこわばり、息が詰まると、胸の奥底から熱いものが急速にこみ上げてきた。唾と一緒に熱を飲み込む。唇をわずかに開いて深呼吸した。

「月子と一緒ならさみしくないよ」

和真は言った。かろうじて水面から顔を出したような声だった。

月子はメモ帳を閉じてプラネタリウムを見上げる。

自分の手の上にそっと月子の手がのせられるのを和真は感じた。

☆

宇川葵のマネージャーの相澤《あいざわ》が、ふらりと店にやって来たのは夜の九時前だった。ようやくまともな客が来たとでも言うように、奏太がスツールから飛び降りてカウンターに入った。その日は開店してから月子、ピカ爺をのぞいて客はいなかった。

相澤はピンクのポロシャツに白いチノパン、首元にはプラチナに見えるネックレスを巻いている。席に着くなり、

「いやぁツボちゃん、ご無沙汰だねー」

と相変わらず調子の良い笑顔を見せて、おしぼりで顔を拭いた。去年会ったときはツボちゃんなどと気安く呼ばれていなかったはずだが、こうも堂々と呼びかけられると思わず返事をしてしまう。

去年相澤が企画したアイドルライブを葵がぶち壊し、二人の関係が決裂寸前だったときに、間に入ったのが和真だった。相澤は葵と和解した後、結局会社から独立して彼女のための事務所を立ち上げた。いまはアイドルのＡＯＩではなく、ロックミュージシャン宇川葵として売り出している。三ヵ月前に発売された再デビューアルバムは当初の予想を超える売上を見せているらしい。

「相澤さん、この前はサンキューね」

カウンターに残っていた自分のグラスを下げながら奏太は言った。

「いいのいいの気にしなくて、楽しみにしててよ盛り上げるから」

にっと相澤が歯を見せて笑う。事情が飲み込めない和真に、奏太はポケットから財布を取り出し、丁寧に畳まれたライブチケットを見せた。

「いやね、ツボちゃんいなかったけど、先週末にお邪魔したのよ、葵のライブチケット渡しにさ」

「すごくねすごくね？　五分で速完したプラチナチケットだぜ？」と奏太が胸を反らした。

「そりゃまー、俺が仕切ってるからなぁ」と相澤がにやにや笑う。

「さっすが相澤さん！」

「言って言ってもっと言って！　てかま実はね、そもそも箱が小さいのよ。いままで万単位の客が入る箱でやってたのを、今回は数百人、マックスでも二千人だし。出直し再デビューみたいなもんだからファンとの距離感が近いほうがいいと思ってねー。そのぶんちゃんと、伝説のライブに仕立てるよ。あそれ、ネットで売らないでよん」

「売るかよ！」と奏太はチケットをライトに照らした。「奏太ひとりでいくの？」と質問をすると、客席に座っていた月子もメモ帳の間からチケットをとりだしてひらひらと揺らせた。その奥でピカ爺が顔を真っ青にして、ズボンやシャツのポケットをひっくり返している。「ちょっとお！」と相澤が文句を言うと、ようやく財布の内側に小さく折りたたまれていたチケットを発見し、立ちあがって両手で高く掲げた。スポットライトをあてたらラッパを持った天使が両肩に舞い降りてきそうだ。

「ちなみに最終日の東京のチケットね。ツボちゃんのぶんは創馬くんに渡してあるんだけど、まだもらってない？」

「いや、えっと、最近あんまり顔を合わせてないもんで」

「あらまなんで」

「なんていうか、方向性の違いで」

「バンドみたいだね」と相澤が笑う。

「創馬にはあとで訊いてみます」

「ちなみに初日のチケットは葵からもらった？」

「え初日のも和真さんもらったのかよ！」と奏太が不服そうに口を尖らせる。「ＡＯＩから宇川葵になって一番最初のライブだっつって、初日の福岡ライブは発売前から完売なんだぜ？」

「ばか。発売前から完売なわけないだろ。だいたい僕は葵からチケットなんてもらってないよ」

和真が言うと相澤が眉をひそめた。腕を組んで黙り込む。

「なにか飲みますか」と訊くと我に返ったように「あごめん、なんでもいいや、バーボンをロックで」と気もそぞろに答えた。和真はうなずいてハーパーのボトルに手を掛ける。冷凍庫から氷玉をとりだしてロックグラスに落とした。とくとくとボトルが音を鳴らし、グラスの氷にひびが入る。差し出されたバーボンに視線を落としたまま

「おかしいなぁ」と相澤は口を開いた。

「葵はチケット渡しに行くって言ってたんだけど、大阪まで泊まりで」

「お、おい、なんだよ泊まりって……。ちょ和真さん俺きいてねーぞ！　なんか怪しいと思ってたらいつのまにそんなふしだらな関係になってんだよ！」

「声が大きいよ月子に聞こえるだろう。葵には会いましたよ。僕の仕事を手伝ってくれました。でもまぁ、こっちもまたちょっとした意見の食い違いっていうか、僕の器量の小ささが原因で、仲違《なかたが》いして。その夜中に東京に帰ったみたいです」

やっぱりかぁ、と相澤は息を吐いてバーボンを呷《あお》る。

「ここ何日かむちゃくちゃ気落ちしてんだよねー、いやーこっちも困っちゃってさ、来週からタフなツアーがはじまんのに、飯食わないわ声でないわで、はっきりいって人前に出れる状態じゃないのよマジで。いやね、本人はやる気をみせようとしてんだけど、周りにいる人間からすると、いつ糸が切れるかわかんないようなギリギリな感じなわけ。こりゃなんかあったなーと思ったんだけど、やっぱりフラれたかぁ」

「ちょ、フラ、フラれたって、おい金髪テメェ」

「いちいち挟まってくんなよ、僕にもグラスとってくれ」

ぶつぶつ言いながらも奏太は素直にグラス棚に手を伸ばす。

「ちなみに初日っていつなんですか？」

「今週の土曜だよ。福岡の……」

「いや、その日はどっちにしろ行けないんです」

保科が指定してきた名古屋行きの予定日だった。相澤に振り返った和真は「すみません」と謝ったが、どこかでほっとしている自分もいた。

「謝ることないよ。そりゃ大人同士の恋愛だし、他人がとやかく口出すことじゃないからさ。恋愛けっこう、失恋だって歌詞のネタだよ。薔薇《ばら》には雨が必要なように、詩人には痛みが必要だっていうだろう？」

ただね、と相澤は右手の指輪を回しながらカウンターの和真を見上げた。

「葵はちょっとばかり痛みすぎてる」

「……僕に対する気持ちなんて、春先の通り雨みたいなものです。彼女は表現者だし、彼女の才能に相応しい人が必ずいます。僕が去年見たライブでの葵はほんとうにすごかった。あれだけのエネルギーを抱えてるアーティストなんです、本番までには雨で濡れた土も乾いてますよ」

相澤は人差し指から指輪を外し、顔の前にかざす。輪のなかから和真を覗いてわずかに首を傾《かし》げた。

「ツボちゃんって不思議だよねぇ。まさかツボちゃんがそんなこと言うなんて思わなかったよ」

「どういう意味ですか」

「葵がなんでわざわざ大阪まで行ったと思う？」

「…………」

「俺も聞いたんだ、リリーちゃんの不幸のこと。びっくりしたよ。楽しい人だったよね。うん、楽しい人だったし、みんなを楽しませようってしてくれる人だった。去年はライブも来てくれたしさ、葵からもしょっちゅう名前を聞いてたから、すごく身近な人に感じてたんだ。だからショックだった。俺がこれだけショックを受けてるんだから、仲良かった人たちがどんな気持ちかなんて想像もつかないよ。奏太くんの話もきいた。無茶だとは思ったけどさ、それくらい辛い出来事だったんだと思う」

そうですね、と肯いた。奏太が気まずそうに耳を掻いた。

「でも葵、意外とケロッとしてたんじゃないかな？」

そう言われて、思い起こした。

創馬や月子や奏太がそれぞれのかたちでリリーの不在に苦しんでいるなか、葵だけはそれまでどおり笑うにも文句を言うにも大声だった。リリーが亡くなった直後、どうしても沈みがちになる空気が湿っぽくならなかったのは葵がいてくれたからかもしれない。リリーの思い出話もからっと明るく話していたし、落ち込む人間にはよくよくよすんなと励ました。奏太が警察に保護されたと連絡が入ったときも、「迎えに行こう」と真っ先に言い出したのは葵だった。

「確かに、はた目には元気でした。というかそれまでとなにも変わりませんでした。自分まで気落ちしちゃいけないと思ってたんだと思います」

「やっぱりそうだよね」

グラスの氷を指で回して、相澤は微笑んだ。

「でもね、葵、いまでも仕事場では泣いてるよ」

「…………」

「あいつ、両親もお祖父《じい》ちゃんたちも元気だし、身近で誰かが亡くなった経験がないんだ。それもリリーちゃん、あんな最期だっただろう？　練習してても、とつぜん涙が溢れて歌えなくなるんだ。俺たちもなにも言えないよ。いくらプロだからって言ってもさ、葵とリリーちゃんがどれくらい仲良かったのかを思えば、仕事中なんだからその涙止めろなんて言えないだろう」

肩をすくめ、相澤は頬杖をついた。

「ばかだよなぁ葵、声あげて泣けばいいのにさ、静かにいろんなもの飲み込むようにして泣くんだ。あいつ知らないんだよ、声を上げて泣いたほうが楽になれるって。見てるほうはさ、それがつらくてな。……でもさ、練習が終わって、星座館に顔出しにいくときは、気合い入れんだよ。顔洗って、ほっぺた自分で叩いて『ぜったいにみんなの前で泣かない』ってさ。生意気なくせに、かわいいんだ、あれで」

「……気づきませんでした」

「いいんだよ、それくらいツボちゃんだって必死でそこに立ってたんだろ？　葵が言ってたよ、葵も創馬くんも月ちゃんも他のみんなも、誰もがつらいけど、いちばんつらくて悔しいのはツボちゃんだってさ。だから、リリーちゃんのかわりに隣で笑っててあげる人がいないといけないってさ。つよがってたよ。

ただね、葵は自分の仕事のプレッシャーもある。なんてったって、あいつがアイドルを卒業して、子供の頃からずっと目指してた音楽をようやく今回できるんだ。だいたい大勢の観客の前に立つってのは、どんなベテランだって震えるほど怖いんだよ。ひとつのライブを作るのに、信じられないくらい大勢の人間が関わってる。その人たちの想いを背負って舞台に立つんだ。目の前にあるのは、わざわざ金を払って来てくれた人たちの期待で輝いている目だ、どんなスポットライトよりも強烈な光だ。再デビューしてはじめてのツアーのプレッシャーは計り知れないよ。

だから葵はその初日に、好きな人に来てもらいたかったんだ。そこにツボちゃんがいるだけで、心強いんだろうな。初日は福岡だからチケットを渡すのは悩んでたよ。でもツボちゃんとのこと、リリーちゃんにも応援してもらってたみたいだしね、どうしても来て欲しかったんだろうな。とつぜん一日休みをくれって言って、大阪に行ったんだ」

相澤がカウンターにあるボトルを指さした。それでグラスが空になっていることに気がついた。ハーパーを注ぎ直し、自分もビールに口をつけた。

「そんな気持ちを、通り雨だなんて、言わないであげて欲しいなあ」

「…………」

「ツボちゃんもいま大変なのはわかるよ。そんなときに告白するなんて、ほんとばかだろあいつ。いやね、葵だっていまが最悪のタイミングだって知ってたとは思うよ。でも、他にどうすることもできなかったんだろうなあ。葵も葵で、必死なんだよ。こんなこと俺から言うのもなんだけどさ、福岡、来るだけ来てやってくれよ」

答えられずにいる和真の前で、相澤はカウンターに手をついて頭を下げた。伸びた髪が耳から落ちる。相澤の頭の向こうに、客席からこちらを見ている月子がいた。隣で奏太のため息が聞こえる。じっと自分の手を見つめ、和真はちいさく首を振った。

「行っても、僕にしてあげられることはなにもないんです」

「いいじゃんか、和真さん。行くだけなんだからさ。応援しに行くのといっしょだろ」

「葵にはひどいことを言っちゃったんだ。これ以上会わないほうがいい」

「もし葵さんが星座館に来なくなったらどうすんだよ！」

「違うんだ」と和真は言った。「もう来ないんだよ」

グラスの表面についた水滴が、流れ落ちるのを和真は眺めた。

ようやく相澤が頭を上げた。肩をすくめると「そっか」と彼は笑った。

「じゃあ、しょーがないね。それもいつか葵の音楽の肥《こ》やしになるよ、いやごめんごめん変なこと頼んで。もうこの話はやめよう」

ちょっと、とまだ文句を言う奏太をなだめて「来たついでにさ」と相澤は背伸びをする。

「せっかくだから、なんか星座の話でも聞かせてよ。ツアーはじまったら俺もそうそうこの店には来れないし」

な、と彼はグラスを掲げた。ツアーに関係なく、もうここには訪れないつもりだろう。そう和真が気づいていることを、相澤もまたわかっている。「そうですね」と和真は微笑んだ。奏太はまだ不服そうだったが、それ以上なにも言わず、カウンターを出てプラネタリウムの客席に向かう。相澤もスツールを降りて前列の客席に腰を掛けた。コンソールに手を伸ばし照明を絞る。たちまち夜より暗い闇が店内に満ちた。

☆

「なにか相澤さんの興味のある星座はありますか」

和真が訊くと彼は即答で「双子座」と答えた。

「俺、こんど誕生日なんだよねー」

あぁやっぱり、と笑う和真に「なんでなんで」と食いついた。

「星座占いだと双子座の性格は愛想が良くて口のうまい人気者なんですよ」

「そのまんま俺じゃーん」

「口がうまいから嘘も上手で、二重人格的な側面もある。言い方を換えると軽薄なお調子者」

「うわー相澤さんそのまんまじゃーん！」

笑った奏太に「チケット返せ」と相澤が手を伸ばした。

「この双子座は、似たような明るさの二つの星が目印です。冬の大三角形の上に浮かんでるやや明るい一等星がポルックス、二等星がカストルという名前です。見える？」

ぱっと月子が手を上げてポルックスを指さした。

「この双子座が持つギリシャ神話は、実は白鳥座の話ともつながってます」

「え、俺と葵が前に訊いたキグナスの話？」

「いや、白鳥座にまつわるギリシャ神話は、実は二つあるんです。キグナスとパエトーンの友情物語とは別に、ゼウスの性欲にまつわる話が。まぁ早い話、レダっていうスパルタの王妃を見たゼウスが下半身をキュンキュンさせて、白鳥の姿に変身して突撃したって物語なんだけど」

「もうそれだけでだいたい想像つくわ」奏太が笑って足を組んだ。

「たぶん想像通りだよ。さて、ゼウスにキュンキュンされた結果、レダから生まれたのがカストルとポルックスという双子なんだ。この二人は鏡をあわせたみたいにそっくりな双子なんだけど、ゼウスの血を引いているのは弟のポルックスだけで、兄のカストルはレダの夫・スパルタ王の血を引いていた。つまり、ポルックスは半神で、カストルは人間なんだ。どちらにせよ、由緒正しい双子であることには違いない。くりくりっと癖のついた髪を持つ美しい子供たちだった。

ちいさい頃かわいかった子供に限って、成長するとけっこう平凡な容姿になって、さらに中年になると顔がたるんで腹も出て小汚いおっさんになった挙げ句『俺のちいさい頃の写真出てきたぞー』なんて言いながら、『いいね！』欲しさに黄金期の写真をフェイスブックにアップして周囲の失笑を買うのはよくあることだけど」

「よくあることかよ……」と奏太は笑ったが、相澤は気まずそうに咳払いしただけだった。

「とにかく、この二人に限っては、少年になっても変わらずに美しかった。まつ毛は長く、瞳は好奇心で爛々《らんらん》と輝いていた。すらりと伸びた手足にはしなやかな筋肉がついていて、必要となれば二人は誰よりも速く遠くまで走ることができた。でも、双子とはいえ性格や得意なことはやっぱり違うんだ。僕と創馬がまったく別のタイプの人間のようにね。

兄である人間の子カストルは、戦略と乗馬が得意な頭脳派だった。

一方、ゼウスの血を引く弟のポルックスは、喧嘩ならだれにも負けない肉体派だった。

彼らは幼馴染《おさななじ》みの野球部の女子マネージャーから、カッちゃんとポッちゃんって呼ばれてた」

「パクリじゃんか」と奏太がすかさず指摘する。

「人聞きが悪いな、パクッてないよ。とくかくこのカッチとポッチは」

だからパクリだろ！　と相澤が笑った。つづけます、と和真が冷静に答える。

「このカッチとポッチはすごく仲が良くて、勇敢な青年に成長すると二人で一緒に様々な冒険を経験するんだ。ギリシャ神話のなかでも有名な『アルゴ探検隊の冒険』にも参加してる」

「その探検隊って、この前の牡羊座のときもちょっと出てきたやつ？」

「うん。アルゴ探検隊は五十人からなるスーパースター集団が、大冒険をする物語だよ」

「アベンジャーズの巨大版みたいじゃね？」と奏太が振り返る。

「むしろスーパー戦隊大集合だろ」と相澤が腕を組む。

「ウルトラマン一族」と声を出したのはピカ爺だった。一同がいっせいに振り向いたが、ピカ爺はドームスクリーンを見あげたままだった。

「なんでもいいけど、この参加メンバーはアルゴナウタイって呼ばれる超ヒーロー集団だ。あのヘラクレスも参加してるし、伝令神ヘルメスの息子だっている。太陽神アポロンの子・アスクレピオスもいれば、牡牛座で出てきた怪物・ミノタウロスを倒した大英雄テセウスもいる」

「すげーなそのチーム」

「そのなかでもこの双子が大活躍するといえば、二人の実力はわかるだろう？

さて、双子座にまつわるギリシャ神話は、この二人の喧嘩の話だ。と言っても兄弟喧嘩をするわけじゃない。二人は彼らの従兄弟《いとこ》とガチ喧嘩するんだよ。ちなみにこの従兄弟も双子だった」

「双子だらけじゃん」

「ギリシャ神話に双子は多いんだよ。カッチとポッチの従兄弟は、イーダスとリュンケウスという同年代の双子だった。従兄弟同士の四人はふだんから仲が良かった。この従兄弟たちはカッチたちに負けず劣らず運動が得意で、よく四人でスケジュールを合わせては狩りに出かけてた。とくにその日は狩猟場で牛の大群と遭遇して、彼らは半日がかりで大量の獲物をしとめたんだ。まるで底曳《そこび》き網で魚を引き揚げるような、景気のいい狩りだった。

でも獲物をすべてしとめた後で、問題が起きた。四人のなかでもいちばん体の大きいイーダスが『捕まえた牛の取り分、賭けで勝負して決めね？』って言い出したんだ。

ノリのいい肉体派ポッチは『やるっきゃないっショー！』とか言って盛りあがったんだけど、いつも落ちついてる頭脳派カッチは『うーん』と悩んだ。そもそも四人で分けてもじゅうぶんなほどの収穫があったからね。それにこの従兄弟たちはずる賢いことで有名だった。彼らが積極的になにかを提案するときは、いつも必ず裏がある。

『いや、このまま四等分して帰ろうよ』

嫌な予感がしてカッチは弟を説得するんだけど、ポッチはもうスイッチが入っていてテンションもマックスだ。

『いーじゃんか、ぜったい楽しいって！　やろーぜカストル！』

と弟はいっこうに聞く耳を持たない。しかたなくイーダスになにで勝負するか尋ねると、巨漢の彼は『フードバトル』と答えた。いわゆる早食い競争だね。捕まえた牛のなかから一頭を選んで、それを四等分してみんなで早食いするんだ。一位と二位が、獲物を半々にして持ち帰る。

『待って、そんなの僕できないよ。急ぐときれいに食べられないし、咀嚼《そしやく》回数が減ると胃腸に負担もかかるんだ。太りにくい体を作るためにはまず消化のことを考えて……』

　とカッチは辞退しようとするんだけど、弟のポッチは彼を押しのけて『マジかよ！　くそウケる！　やろーぜ早食い！』とノリノリで返事をした。

『二人して負けたら手ぶらで帰ることになるけどいいの？』

『安心しろってカストル、ぜったい俺は勝てるからさ。一勝一敗ならどのみち半々だろ？』

『まぁそうだけど……』

『もしお前が負けても、俺の取り分ちゃんとやるから』

『僕ら二人とも負けても、ポルックスはちゃんと納得できる？』

『あーったり前だっつーの！　それが勝負だろ！』

　ポッチが勝てるとは到底思えなかったけれど、楽しそうな弟を見て、彼が楽しいならそれでいいか、とカッチは思うことにした。『じゃあ、やろっか』とカッチが微笑むと、ポッチは『よっしゃあああ！』と両手をつきあげて気合いを入れた」

　気合い入れすぎだろ、と奏太が笑う。

「ポッチがふだんからテンション高いのは父親譲りだね。勝負事になると特に熱くなっちゃうタイプなんだ。客観的に考えれば、従兄弟のイーダスたちが有利なのは目に見えていた。なんといってもイーダス兄弟は見上げるような巨漢だったからね。彼らと比べれば線の細いカッチとポッチには分の悪い勝負だ。

『じゃ、ちょっとお前らが有利になるように、ポルックスにスタートの合図出させてやるよ』

『え、マジかよ！　くっそいい奴だなイーダス！』

『ポルックス、でもそれ……』

『いいからカストル位置につけよ。じゃあいくぜ、よーい、スタートォォオ！』

とポッチは試合開始の雄叫びをあげた。そんな合図を出してるもんだから、イーダスたちのほうがスタートを切るのが早かった」

「ポッチ、バカすぎる……」と奏太が首を振る。

「だよね。ポッチはノリだけで生きてるんだ。

フードバトルで使われる肉は、イーダスとリュンケウスが仔牛をばらして調理し、一見きちんと四等分に分けて皿に載せられてた。ざっとみて一皿につき二、三十人前はありそうな山盛りだ。でも食べはじめてカッチはすぐに異変に気づいた。一皿に盛られた量は四人とも同じなんだけど、イーダスたちのほうが明らかに骨が多くて、食べる部分が少ないんだよ。そのことをポッチに伝えようとしたんだけど、当のポッチは『うひょ〜、美味《うめ》ぇ〜』と大興奮しててまったく気がつかない。まぁはじめから勝負は決まっていたようなものだし、それでもいいかとあきらめて、カッチは自分のペースで肉を食べることにした。

この勝負を持ちかけただけあって、イーダスたちの食べるスピードはとんでもなく速かった。肉をほとんど噛むことなく、喉の奥に押し込んでいる。肉を骨から引きはがす手つきも慣れたものでタイムロスがない。絶対量がすくない彼らの皿からは、瞬く間に肉が消えていった。

一方、ポッチも両手で交互に肉を摑むと、せっせと口へと運んでいく。途中なんども嘔吐《えず》きながら彼は猛然と追いつこうとした。もし肉量が公平だったら、いい勝負だったかもしれない。体格差を考えれば、信じられないような健闘といえる。でも現実にはイーダスたちと似たようなペースで食べても、差は縮まるどころか離されていくだけだった。

『はい、俺らの勝ちぃ〜』

結局終わってみたら勝敗は歴然だった。

ポッチがようやく半分を食べ終えたあたりで、従兄弟二人の皿は空になっていた。カッチにいたっては四分の一も食べ切れていなかった。

『お前ら情けねーな、そんだけしか食えねぇのかよ。ま勝負は勝負だ。牛は俺たちがもらってく』

そう言って立ちあがったイーダスに『ちょっと待てよ！』とポッチは食ってかかった。まぁある程度カッチも予期はしていたけれど、負けず嫌いのポッチはやっぱり納得いかなかったんだね。巨漢のイーダスを指さすと『お前、卑怯《ひきょう》だぞ！』と怒気を露《あら》わにした。

『なんだよ、いちゃもんつけんのかよポルックス』

『俺が負けるわけねぇ！　お前がインチキしたんだ！』

『おうおう、言ってくれんじゃねェか。どんなインチキだっていうんだコラ？』

『そりゃあ……』とポッチは口ごもり、隣のカッチに助けを求める視線を投げた。しかたなくカッチはイーダスの皿を顎で指さす。皿の隣には、食べ残された大量の骨が山積みされていたんだ。反対に、自分たちの肉には骨がついていないから食べ残しがない。これだけでも充分な不公正の証拠だった。はっとして気づいたポッチは、自信満々に胸を反らして巨漢の双子に言い切った。

『ぜったい、そっちのほうが美味しかった！　だから早く食えたんだ！』

「やっぱ、バカすぎる……」と相澤が苦笑する。

「そこがいいとこでもあるんですけどね。

とにかくポッチの文句をきいて、イーダスたちも喧嘩を買うとばかりに腕まくりしはじめた。カッチは焦る一方だ。

『ほらポルックス、僕らは負けたんだ。しょうがないって、帰ろうよ』

『ビビッてんじゃねぇぞカストル、このまま引き下がれるかよ、あいつらの方がうまい肉食ったんだ！』

『いまさらなに言ったたって無駄だ、僕らは負けたんだよ！』

『嫌ならそのへん隠れてろ腰抜け！　俺はこの小汚ぇイカサマ山猿に一発お見舞いしなきゃ気がおさまらねぇ！』

とポッチが言った瞬間に、イーダスたちの目の色も変わった。

『いまなんつった？　イカサマ呼ばわりされて黙ってねぇのはこっちだポルックス！』

とイーダスとリュンケウスは同時に大地を蹴ってポッチに殴りかかった。

丸太のような双子の腕が二方向から伸びてくるのを、さっとポッチは飛び退いて避ける。

『待て、イーダスとリュンケウスも落ちつけ！　僕ら帰るから、牛は持っていきなよ！』

そう言ってカッチは懸命に従兄弟たちをなだめた。でも頭に血が上ったイーダス兄弟はまったく相手にしないんだ。むしろ『ビビりのお利口さんは黙ってろ！』とカッチに飛びかかってくる始末だよ。カッチの顔面を最初に殴りつけたのはイーダスだ。すんでの所でカッチもスウェーバックしたんだけど、避けきれず白い頰に拳がかすってしまった。

『痛《い》って！』

叫び声が上がった。カッチは頰を押さえて、狩猟場の脇にあるタイムの草むらにかがみ込んだ。

そのままカッチが草陰で黙ってしまったものだから、イーダスとリュンケウスはまさか彼が泣き出すんじゃないかと思って、お互いに顔を見合わせた。風が吹いて低木がさわさわと葉を揺らした。ハーブの香りがあたりに漂っていた。『マジか、泣くのかよカストル』とリュンケウスが煽って、イーダスがおかしそうに笑い声を上げる。神経を逆なでする甲高い笑い声だった。ようやく立ちあがったカッチの肩は小刻みに震えていた。泣いているようにも、笑っているようにも、トイレを我慢しているようにも見えた。でも、どれも正解じゃなかった。

カッチが振り返ったとき、その顔つきは怒りに歪んでたんだ。

『テメ誰に喧嘩売ってんじゃゴルァァアアアッ！』」

「……やっぱり兄弟だな」と奏太が満足したように肯いた。

「血は争えないからね。結局、四人入り乱れての大バトルだよ。これまで仲の良かった四人にとってははじめてのことだった。

だから、イーダスたちは知らなかったんだ。

どれくらい二人がつよいかってことをね。

腕力のあるポルックスはもちろん、敏捷《びんしょう》なカストルのつよさも半端じゃなかった。本気を出したポッチとカッチは、あっというまにイーダスとリュンケウスを圧倒した。ギリシャ神話のなかでも伝説の勇者として数えられる双子だしね。フルボッコと言っていい。イーダス兄弟はポッチとカッチにほとんど一発も拳を入れることができなかった。ほんとうならイーダス兄弟が背中を地面についた時点で、『まいった』と声をかければそこで喧嘩は終わったかもしれない。これはお互いを殺し合う決闘じゃなくて、従兄弟とのただの殴り合いだった。カッチはそのつもりだったし、実際、転がったリュンケウスに追い打ちを掛けなかったんだ。

でもプライドの高い従兄弟たちは、自分たちよりも小柄な二人にこのまま負けっぱなしで済ませるわけにはいかなかった。

リュンケウスは倒れたまま、腰に下げていた剣の柄にすばやく手を伸ばした。

そのために、事態は一瞬で変わってしまった。

「……どうなった？」と相澤が眉をひそめる。

「ポッチが駆けつけたとき、カッチの胸を長剣が貫いていた。

口から血を吹いて、倒れていくカッチと目があった。

肺を潰されていたカッチはもう声が出なかった。あっという間の出来事だった。

『カストルーッ！』

叫ぶポッチの足下が、大きな影で覆われていく。

気がついて見あげると、イーダスが巨大な岩を抱え上げてた。

『お前ら、誕生日も命日も、仲良く同じにしとけ』

そう言って彼はポルックス目がけて岩石を投げ落とした。ふだんならそんなものすぐに避けられる。でも、ポッチは動けなかった。足下にはカッチが倒れていて、このまま逃げたら彼の亡骸《なきがら》は潰されてしまう。そんなこと、ポッチには耐えられなかったんだ。

これまでの冒険はいつも一緒だった。いつもノリノリのポッチに、口では嫌がりながらも、カッチはずっと隣にいてくれた。自分たちは、二人で一人だった。イーダスの言うとおり、誕生日と命日が同じでもいいのかもしれない。そう思って、ポッチは目を閉じたんだよ。

天空から聞いたこともないような轟音《ごうおん》が鳴り響いたのは、そのときだった。

ポッチが空を見あげると、落ちてくるはずの岩石はどこにもない。砕けた小石がパラパラとふってくるだけだ。それどころか、イーダスとリュンケウスも丸焦《まるこ》げになって、ぷすぷすと香ばしい音を立てている。すぐにはなにが起きたのかわからなかった。

もちろんこんな雷を落とせるのは、大神ゼウス以外にいない。天上界で様子を見ていたゼウスがあわてて雷撃を落として岩を砕き、イーダスたちを瞬殺したんだよ。ゼウスにとって、ポッチは自分の血を引いた子供だったからね。

ふと、我に返ったポッチは、カッチの亡骸を両手に抱えた。最愛の兄は、もう呼吸をしていなかった。でも腕にはまだ彼の温かさが伝わっている。

『なんで、なんで俺じゃなかったんだよ！　俺が悪かったのに、どうしてお前が死んじまうんだ！』

彼は大声を上げて泣いた。ポッチは半分ゼウスの血が流れているから、ちょっとやそっとのことじゃ死なないんだよ。そのことを知ってるからこそ、彼はいままで無茶できたんだ。反対にカッチは簡単に死んでしまう人間だからこそ、ポッチよりも慎重だったんだ。

カッチを臆病者だと笑ってた自分を、ポッチは心から悔やんだ。

『カストル、俺が馬鹿だったよ！　お前が死ぬなんて知らなかった、考えもしなかったんだ！　俺たち、ずっと一緒だと思ってた、永遠に生きられるって思ってた！』

そう叫んで、彼は兄の亡骸に抱きついた」

和真は手にしていたビールを喉に流し込んだ。

奏太と月子がちらりとこちらを振り返る。咳払いをして口を開いた。

「兄の死に嘆《なげ》き悲しむポッチを見て、ゼウスは息子に声をかけた。

『我が息子ポルックスよ。カッチは死を怖れたことはないぞ、たぶんいちどもね。もしなにかを怖れていたとすれば、それは死そのものじゃない。ただ、カッチはお前と一緒にいられなくなるのを怖れてたんだ』

『父上、お願いします、カストルの命を蘇《よみがえ》らせて下さい！』

ポッチは天にいる父親のゼウスに向かって、号泣して訴えた。でもいくらゼウスが全能とはいえ死人までは蘇らせることはできない。

『ま気持ちわかるけど、いくらなんでもそれは無理だって』

『それならどうか、俺の命と引き替えにこいつを助けてやって下さい！　俺なんかよりよっぽど賢くて、やさしくて、心のつよい奴なんです。どうか、兄を……』

『だからさ』

『どうかお願いします！』

『だから無理だって！　けっこうしっかり死んでるし！』

『……なんだよ、全能の神なんじゃねえのかよ！　それじゃ不能の神じゃんかよ！』

『ふの、不能とか言うなよ！　誤解されたらどうすんだよ！　ぜんぜん不能とかじゃないし！』

『じゃ助けてみろよ！』

『この、お前、どうなってもいいんだな！』

そう言うと、ゼウスは一瞬真顔に戻ってため息をついた。

なにも手がないわけじゃなかったんだ。ただゼウスだって、自分の息子の命を削るようなことはしたくなかっただけだ。でも息子がそこまで望むならしかたがないと彼も思った。

ゼウスは両手を三十センチほど離して向かい合わせにする。間もなく両手のあいだに黄金色に輝く球が浮かんだ。球は少しずつ大きくなり光も徐々につよくなる。それはポッチの体のなかにあった半神としての運命だった。ゼウスは球をちょうど半分に切り分けると、ひとつをポッチの体に戻し、残りのもうひとつをカッチの亡骸に入れてやる。

ポッチは自分の体のなかにある熱いものが、裂かれるようにして体から出ていったのを体感した。そのぶん、体が冷えていく。一方で、腕のなかで青ざめつつあったカッチの頬に、すこしずつ赤みがさしてきたのがわかった。作業を終えたゼウスは両手をこすり合わせると、額に浮かんだ汗を拭った。冷たいビールが飲みたかった。

『これでお前とカストルの運命は同質であり、同量だ。これからはカストルもお前と同じ、天上界に属する人間となる。望みどおりずっと一緒にいられるだろう。だが……』

『俺たちどうなるんですか』

『天上界に属しているとはいえ、すでにカッチは死んでいる。かなりしっかり死んでいる。もう冥府《めいふ》の住人なのだ。だから今後は二人とも、一年の半分を冥府で過ごすことになる。冥府には僕の兄貴のハデスがいる。冗談のわからないヅラ疑惑のある男だ。ほとんど話さないから死ぬほど退屈だ。退屈地獄だ』

『カストルと一緒にいられるなら、地獄だろうとかまいません。俺たちはどんな苦しみだって分かち合えます。……そして残りの一年の半分はどの地獄へ』

ゼウスは兄を抱えているポッチに微笑んだ。

『うちで過ごせ。天上界だ』

そう言ってゼウスは顎をあげた。眠りからさめるように、腕のなかのカッチが瞼を開いた」

☆

「最後にプラネタリウムを見れて良かったよ」と相澤は礼を言って帰っていった。

月子は客席に横になったまま寝息を立てている。奏太は相澤のグラスを片付け、なにも言わずともバックバーのボトルの乾拭《からぶ》きをはじめた。「悪いな」と声をかけると「いいよバイト代もらうから」と彼は笑った。

それから奏太は大学の話をすこしした。教授の冗談がつまらないとか、キャンパスが遠いとか、クラスに骨のある奴がいないとか、そんな話だ。こんど藍《あい》が音大の友人とリサイタルを開くという話もあった。藍とうまくいっているのか尋ねると「まぁな」と彼は親指を立てていた。その親指を見ていると、自分がなんの質問をしたのか思い出せなくなった。「大丈夫かよ」と彼が気づいて声をかけた。

「ごめん、すこしだけ店を見ててもらえないかな」

ようやく和真はそう言った。奏太は疑うような目でしばらく和真を眺めてから肯いた。手にしていた布巾を肩に掛ける。

「創馬さんのところ？」

ああ、と和真はシャツの袖のボタンを外した。

「あいつがどこにいるか、奏太も知ってたのか？」と和真は驚いた。

「最近知った。双子って面白いな。ほんとカッチとポッチみたいだ」

彼は笑った。じゃあ頼むよと奏太に礼を言い、客席に残っているピカ爺に挨拶をして、和真は出口のドアを開いた。

廊下に出ると澱んだ空気が鼻先にあたった。

まだ五月だというのに、夜でもシャツ一枚で平気な気温だ。腕をまくって背伸びをする。エレベーターは一階に止まっていた。どうせ呼んでも七階までは時間のかかるオンボロエレベーターだ。踵《きびす》を返して廊下の奥の扉に向かった。

鉄扉を開ける。青白い蛍光灯が踊り場を照らし、階段が暗闇に浮き上がっている。ビルの内階段だった。オンボロ雑居ビルにやって来る客はもちろん、従業員でさえこの階段を使うことはほとんどない。扉を閉めると、階段通路はいっそう暗く感じられた。体感温度はずいぶん低い。シャツをまくったばかりの腕にひやりとした空気があたる。一段一段降りていく足音が人気のない階段に響いていった。一フロア分階段を降りて、また廊下に出る。星座館の真下にある店の扉には「リリーの世界」のプレートがまだ残っていた。その下にＡ４のプリントで店が閉店したという案内が貼られている。奏太やヤスから聞いていたとおりだった。和真自身はリリーが亡くなってから、まだいちどもこの店を訪れていなかった。

ドアノブに手を掛けると、案の定鍵はかかっていなかった。

店のなかは綺麗に整頓されていた。

学校の教室より二回りも大きい星座館とは違い、リリーの世界の広さはその三分の一ほどだ。扉を開けると四人掛けのＬ字カウンターが正面にあり、その右側にかろうじて二人が立てるほどの小さなカラオケステージが用意されている。入り口左側の壁にはテーブルと四人掛けのソファ席がある。タバコやらワインやらその他あらゆる理由でつけられた染みによって、ソファはもともとの色が判別できないほどくすんでいる。入り口右側の壁にならぶのは二人掛けのビニールソファだ。色褪せた灰色で、内側のスポンジクッションはもう二度と立ち上がれないほど完全に力を失っていた。そのためリリーお手製の花柄の座布団《ざぶとん》がソファの上にふたつ敷いてある。

天井には金色のくす玉が釣り下げられている。くす玉のなかには「ボトルご注文ありがとうございます！」というメッセージの垂れ幕があるはずだ。なにも知らずにやってきた客は、リリーや常連にそそのかされ、紐を引くことでテキーラボトルを入れさせられてしまう。プラネタリウムを開いた二年前、近所挨拶へやって来た。そのとき例にもれず和真もこのくす玉を割った。唖然とする和真に「おめでと！　これでお兄さんも常連よ」とリリーは楽しそうに笑った。

「金髪のお兄さん、ボトルに書くから名前教えて」

大坪和真、と答えると「じゃあ、カズちゃんね」と彼女はマジックのキャップを飛ばし、ボトルに名札をかけた。

その夜和真が座った席にいま、大きな背中を丸めて創馬が腰を掛けていた。

彼の横にはテキーラボトルとグラスがならんでいる。

隣の席をひくと無言のまま和真は座った。「飲むか？」と訊かれて肯いた。創馬はカウンターに入ってショットグラスをひとつ手にした。席に戻りなみなみと酒を注いでこちらに渡す。一口分だけ喉に流した。熱の跡を残してテキーラが胃のなかに落ちていく。

リリーが亡くなったあと、用心のために店の鍵はかけられている。だが彼女がスペアキーを隠していた場所を和真と創馬は知っていた。廊下にある防火扉の内側だ。独り身だと何があるかわからないからと、彼女は自宅の鍵の隠し場所まで和真たちには教えていた。

飲み歩いているとばかり思っていたが、実は創馬は階下で飲んでいるのではないか。そう思うようになったのは、奏太を警察に迎えに行く途中のタクシーだった。奏太とヤスはリリーの死後もこの店で物音を聞いていたが、ピカ爺は正樹の仲間がビルに立ち入った形跡はないと断言していた。だとすればこの店内に入れる人間は限定される。

「ここなら、酒に困ることはないね」

「金は払ってる」

創馬はカウンターに出ているビニール地の化粧ポーチを顎で指した。半分開かれたポーチには紙幣が乱暴に差し込まれていた。

「いずれピカ爺にまとめて渡す。供養に必要な金の足しになるだろ」

そう言って創馬はテキーラを舐めた。

「俺がどこにいるかなんて、てっきりお前は知ってるもんだと思ってたがな」

「最近まで思いつきもしなかったよ」

「お前はあれからここに来なかったのか」

「リリーが死んでからはじめてだよ」

「ずいぶん薄情だな」創馬は言ってカウンターに回った。慣れた様子で戸棚からビーフジャーキーの袋を取り出し席に戻る。千円札を渡すと、彼はそれを縦に二つ折りして化粧ポーチに挿した。

「葵はどうしてる？　あいつ、大阪行く前に気合い入れてたぞ。どこぞの金髪に告白するってさ」

そっか、と和真は力なく笑った。

「初日のライブには行ってやるのか？」

「いや、誘われてないよ」

「なんだ葵の奴、怖《お》じ気《け》づいたのか」

「そうじゃないんだ」とジャーキーを手に取った。「それにもしチケットがあっても、その日は行けなかった。保科と名古屋で待ち合わせてる。黒木の居場所を保科が押さえてるんだ。これで月子の父親が黒木かどうかはっきりするよ」

保科から電話で聞いた黒木の状況を簡単に説明した。創馬はかつてリリーが立っていた場所をぼんやりと眺めながら聞いていた。和真が話を終えると、弟は振り返って酒臭い息を吐いた。

「なんだ、お前が怖じ気づいたのか」

「……どういう意味かな」

「和真、もういいだろう。黒木探しなんて時間の無駄だ。会う必要もないほどくだらねぇ男だってわかってるんだからな。ほんとうに馬鹿だよお前は。葵はいい奴だ。お前について知ってる部分も、知らない部分もひっくるめて好きだって言ってる。お前のどこがそんなにいいのか理解できねぇけどな」

「僕もだよ」とビーフジャーキーを縦に裂いた。黒々とした塊を奥歯でかみしめる。干し肉の甘みが口のなかに広がった。

「それならなんで、気持ちに応えてやらねぇんだ。俺はてっきり……」

「僕はすねに傷がある」

和真が言うと、創馬はうんざりしたように髪をかき上げた。

「またそんなことを。まるで服役した人間は恋愛しちゃいけねぇような言いぐさだな。しかもお前は身代わりで捕まっただけだ。前にも似たような話をしただろう」

「理由はどうであれ、事実は事実だ。葵は人前に出る仕事なんだよ。僕の過去はいつか彼女のキャリアを傷つける」

「それを怖じ気づいてるって言ってるんだ。言い訳のつもりか？　葵が聞いたら怒るだろうな。馬鹿にするなってな」

和真はグラスに残っていたテキーラを一口で喉に放り込んだ。内臓に熱が降りていく。創馬も自分のグラスを空けると、ボトルを引き寄せて二つのグラスに注ぎ直した。安さだけが取り柄のテキーラだった。それでもテキーラはテキーラであり、竜舌蘭《アガベ》の香りなどこれっぽっちも残っていなくとも、健全な肝臓を殴りつける力だけは十全に備えていた。もっとうまいテキーラは山ほどあったが、なぜかリリーはこの酒をこよなく愛していた。

創馬はカウンターテーブルを指で何度かノックして、狭い店内を見回した。

「ここにいると、リリーがいないことを実感できる」

「そんなこと実感する必要があるのかな」

「それならお前はどうしてわざわざ来たんだ？」

「さっき店で双子座の話をしてて思ったんだよ。冥府で飲んでるポルックスを、そろそろ天界に引き上げようってね」

へぇ、と創馬が唇の端をつりあげた。

「その話、冥界にいるのは双子の兄貴じゃなかったか？」

グラスを口に運んでいた手を止めた。

創馬がジャーキーを二つに千切り、その半分を和真に放った。

「お前はリリーが死んでも平然としてると思ってたが、ありゃ間違いだ。お前は地獄をうろついてる」

「…………」

「怖がって、いろんな言い訳を作って、リリーからも葵からも逃げてるのはお前だ。そうだろう？　別に俺はそれでも構わねえけどな。だが逃げ回った先に楽になる場所があるのか？」

残った酒に口をつけて、創馬はつづけた。

「お前は月子の父親が知りたいんじゃない。自分と別れた後にサンがどんな男と付き合ったかを知りたいだけだ。知って別の苦しみに逃げたいだけだ。そのために、いまお前を必要としてる奴を見捨てて名古屋へ行くんだ。おかしな話だと思わねえか？

あれだけリリーには覚悟の話をしておいて、結局、お前自身は現実と向きあう覚悟を持ってない。和真に会いたいって大阪まですっとんでく葵の方がよっぽど覚悟を持ってるよ。それこそ息子めがけて走ってく熊のカリストみたいにな。それなのにお前は現実よりも、未来よりも、過去を選んでる」

なにも言い返せなかった。カウンターの上で組んだ指をじっと見つめた。

「なにを考えてる」と創馬が訊いた。

「自分でも、よくわからないんだ」と和真は答えた。

「葵はなんて言ってたんだ」

「僕は混乱してるって、言ってたよ」

ふっと吹き出すようにして創馬が笑う。

「葵が言うなら間違いないだろ。あいつはお前のことを誰より観察してる。まるで夏休みの絵日記でもつけるみたいに熱心にな」

そう言って彼は棚にならんだキープボトルを眺めた。この店に通っていた常連の名札がそれぞれのボトルにかかっていた。和真の名前も創馬の名前もピカ爺の名前もある。自分の店にもかかわらずリリー本人のボトルまで置かれていた。

「疲れた。帰るわ」

創馬は自分のグラスを持ってカウンターに入った。スポンジで洗い、水切り棚にならべる。

「これだけは言っとくぞ。お前ばかりがリリーの幸せを願ってたと思うな」

「そんなことは思ってないよ。みんなだって……」

「ちがう。リリーだってお前の幸せを願ってたんだ」

「……………」

「自分の幸福を誰かが祈ってるなんて、なかなか気がつかないもんだな」

手をハンカチで拭くと、棚から別のショットグラスを和真の前に差し出した。

「せっかくここに来たんだ。たまにはリリーとゆっくり飲んでいけ」

一般的なショットグラスより一回り大きなリリー専用のグラスだった。表面には百合の紋章が透かし彫りで入っている。星座館の開店祝いにリリーが持って来たものと同じグラスだ。

創馬は鞄を抱えると、思い出したように鞄からビニール袋をとりだして、カウンターに置いた。中にはコンビニのレシートと一緒に縦長の封筒が入っていた。

「お前が大阪に行ってる間に見つけたんだ。さっき受け取ってきた」

袋のうえに店の鍵を置いて創馬は店を出た。

すぐに通路から鉄扉の開く音がする。階段で上の階に上がったのだろう。扉の閉まる気配がすると、あとは静けさだけが淡い煙のように残った。

袋の中の封筒は一センチほどの厚みがあった。

内側になにが入っているのか想像はついた。手をつけるのが怖かった。

グラスの酒を口に含む。どこにでもあるこのテキーラを、和真は自分の店に置かなかった。この酒はリリーの世界で飲むための酒だったからだ。「リリーも飲むだろ」と目の前に置かれたグラスにも、なみなみと注いだ。

いまでも昨日のことのように思い出せる。

雑居ビルに引っ越してきたころは、街に知り合いがひとりもいなかった。この街どころか、他の街にだって知り合いはいなかった。もし自分のことを知っている人間がいたとしても、彼らは断ち切った過去に属する人間だった。

ここでプラネタリウムを開こうと決めたとき、和真は余白なく、徹底的に、ひとりだった。

そのことをリリーに話した記憶はないが、気がついてはいただろう。だからこそ彼女は和真が店を開くことを知ると、一緒に近隣の酒場に連れ出して「三茶にプラネタリウムができるのよ！」と宣伝してくれたのだと思う。

「星みたいに光ってるこの金髪が目印だからね、街で金髪見かけたらその夜はちゃんと星を見に行くのよ、ほらカズちゃんも挨拶して！」

決して愛想が良いとは言えない和真に多くの仲間ができたのも、思い返せばリリーの紹介で知り合った人間がほとんどだ。リリーの友達だと知れば、みな笑顔で迎えてくれた。

それでもプラネタリウムを開店した当初は、客がやってこない日々がつづいた。バックバーのボトルを一晩のうちに何度も乾拭きするような苦しい時期だ。そんななか「休憩しに来たの」と言って、リリーはよく星座館にやって来た。自分の店の営業があるにもかかわらず、信用のおける常連に店を任せてまで、和真の元を訪れた。

「落ちつくわぁ。ここなら自分のグラスで飲めるしね」

彼女は自分用のショットグラスでテキーラを一杯飲んで、すぐに階下へと帰って行く。

ものの十五分ほどの時間だ。だが誰もいない店内で、いつ来るかわからない客をじっと待つだけの和真には、リリーの来訪が支えになった。彼女はそれを知っていたのだ。開店祝いのグラスの意味を、そのときになって和真ははじめて気がついた。

「こんなに素敵なお店なんだもん。すぐに有名になっちゃうわよ。そうなっても私が常連の第一号だって忘れないでよね！」

彼女はそう言って、いつも美味しそうにグラスを傾けた。

月子と創馬が星座館に転がり込んだときは、まっさきに二人と仲良くなってくれた。リリーがいなければ月子がこの街に馴染むのにも、もっと時間がかかっただろう。リリーが月子のファンクラブを作ったのは、雑居ビルの従業員たちに月子をかわいがってもらうためだった。

月子が失踪すれば泣きながら探し、創馬が追い出されれば喜んで匿《かくま》った。

和真が星座館に閉じこもったとき、雑居ビル中の従業員を引き連れて星座館の前でサンバを踊ってくれた。リリーとゆかいな獣たち。店内にいたために様子はうかがえなかったが、創馬も月子も奏太もピカ爺もあの日生まれて初めてメイクをしたらしい。和真ひとりのために、リリーは全員分の衣装と化粧を用意してくれた。

彼女が声をかければみんなが集まった。

リリーには友達が多かった。

彼女は決して後ろ向きなことを口にしなかった。どれだけ泣いた後でも、かならず笑顔を見せる人だった。いつも自分が楽しむことを考えていて、そのためにまず周囲の人間から楽しませようとする人だった。おせっかいで、寂しがり屋で、家族が欲しいと言うくせに、自分が家族の一員であることには気がつかないような人だった。

封筒の中身を手のひらに出した。滑り出てきたのは、一束の写真だった。

煌びやかなサンバ衣装を着た、雑居ビルの仲間の集合写真だ。

昼過ぎの公園には眩いばかりの陽光が差し込んでいる。準備をする前に不意打ちでシャッターが切られた写真には、今にも動き出しそうな仲間の笑顔が切り取られていた。ひとりだけデニム姿の和真に向かって、隣の葵がなにか文句を言っている。月子が歯を見せて楽しそうに笑い、葵の手を握っていた。創馬と奏太はおそろいの白のホットパンツに、スパンコールのついたベストを地肌に着ている。二人とも腕に力を込め、腕の太さを比べていた。パンタロンを穿いたピカ爺は、相変わらず無表情で写真の端に立っている。肩を組んでいるヤスとケンはオセロのように肌の色が対照的だ。谷田が缶ビールを掲げ、凪子は手のひらを空に上げ、他の面々も衣装を整えながら談笑している。

リリーはその写真の中央、和真の隣にいた。

全身金色のスパンコールの衣装、化粧は崩れて汗まみれだ。片足を上げ、得意げに両手でガッツポーズをとっている。視線はレンズをしっかりと見つめていた。誰に向けてだろうか、なにかを叫ぶように大きな口を開けていた。

耳を澄ませば、彼女の大声が聞こえてきそうだった。

もっとはやく、自分はこの店に来るべきだったんだ。

そう思った。ここに来て、なにを失ったのかを知るのが怖かった。よっぽど創馬や奏太や葵のほうが勇敢だった。創馬の言うとおり、自分にはこれっぽっちも現実と向かい合う覚悟がなかったのだ。

写真が震えていた。目が眩《くら》むほど眩しかった。

写真に写っているのは家族だった。

「リリー」

呟いた瞬間、両目に熱がこみ上げる。瞬きをすると、あとは涙が止まらなかった。

☆

低層建築がつづく川沿いを歩いた。

東京都心では見られない広い青空が向かう先につづいていた。

和真とならんで歩く若者の多くは、肩や頭に同じタオルをかけている。黒地のタオルには、三つ葉《みつば》葵の家紋をモチーフにしたロゴマークが金色に染め抜かれている。宇川葵のファングッズなのだろう。会場に近づくほどおそろいのタオルを巻いたファンの数は増え、「葵」という名前がそこらじゅうの会話から聞こえた。半数以上は女性客で、ふだんの葵のようなキャップにTシャツという姿も大勢いる。でかでかと「チケットゆずって下さい！」と書いた段ボールを両手で掲げ、お願いしますと通行人に頭を下げている若者もいた。

福岡空港駅から地下鉄空港線で西唐津《にしからつ》行きに乗り、唐人町《とうじんまち》で降りてからは徒歩十五分ほどだった。相澤の話では、葵の出身地である福岡と、活動拠点である東京だけは二千人規模の会場だという。

今朝になって「いまからチケットをお願いできますか」と電話をした和真に、相澤は二つ返事で快諾してくれた。彼女と会うつもりはなかった。あれだけ彼女を振り回しておいて、大事なツアー中に自分の都合で会いたいなどと言えるわけがない。だが話すことは無理でも、新しい宇川葵の出発をこの目で見ておきたかった。

ネットで調べた限りでは飛行機はキャンセル待ちの状態だったが、空港まで行ってみると離陸四十分前に空席が出た。生まれてはじめて飛行機に乗った和真は、恐ろしくて窓の外も見ることができず、安定飛行に入ったとたんワインを呷《あお》って早々に眠ってしまった。そのせいかアルコールによる高揚がまだ手のひらに残っていた。

会場前に貼り出された巨大看板の前に人が群がり、一様に携帯電話で写真を撮っていた。何倍にも拡大された葵は、シルエットの美しい、光沢のある黒のロングドレスを着ていた。肌を露わにした肩からは、深紅のエレキギターをさげている。葵はやや首を傾げ、正面を鋭く睨んでいた。アイドル時代の写真ではまず見せない表情だろう。両目の周りは黒いアイシャドウが幅広く施され、ただでさえ大きな瞳がより大きく攻撃的に見えた。看板自体が熱を発しているような臨場感がある。看板前ではひとり一人の声が大きく、必ずどこかで笑い声が聞こえていた。

関係者受付で名前を告げると、受付の男がリストから名前を探し、携帯電話で誰かに連絡を入れた。まもなく相澤が走ってくる。金を払おうとすると「実は座席はもうないんだ。関係者ゾーンで立ち見になっちゃうけどごめんね」とシール状のパスを渡してくれた。「ついてきて」と言われるまま、人で溢れるホールを抜ける。何度も相澤を見失いそうになりながら、ようやく見張りの立った楽屋口の扉に辿り着く。ドアを開けて通路に入った。

外の熱気と喧噪《けんそう》とは別世界のように、冷えて張り詰めた空気だった。

往き来するスタッフの表情には余裕がなく、みな足早に廊下を歩いて行く。通路の左側にはお握りやサンドウィッチといったケータリングを載せたテーブルがならんでいるが、誰も見向きもしなかった。その通路沿いに控え室と思われる部屋がいくつかあり、ドアが開け放たれている。関係者の詰め所らしく荷物や機材ケースが積まれていた。

いくら出演関係者席と言っても、こんな裏口を通っていくものなのだろうか。「立ち見席ってこの先なんですか？」と前を歩く相澤に聞くと「その前に葵に会っていくでしょ？」と当然のように彼は答えた。その瞬間、ブレーキを踏むように足が突っ張った。

ライブ会場で葵に会うなど、まったく想定していなかった。

「待って、会いませんよ、ぜったい会わない、邪魔だろうし、そんなつもりで見に来たわけじゃ」

焦ってしどろもどろになりながら和真は首を振る。相澤が立ち止まって振り返る。

「え、なんで？」ときょとんとした顔で彼は尋ねる。

「ただ、葵の再スタートのライブを見ておきたかっただけなんです」

用意していた言葉を口にした。

相澤は眉間に皺を寄せて「はあ？」とおおいに呆れた。

「おいおいツボちゃん勘弁してよ、あんだけすったもんだやった後で福岡来てるわけでしょ？　会うの当然じゃん。つか会いに来たんでしょ？」

「いやだから僕は再スタートのライブを見……」

「葵に会いに来たんだよね？　そうだよね？　ハイって言ってみ？　だいたいここまで来て会わないとかさ、逆に変でしょ」

「いやあの、ほら会うのはツアー後に東京でもできるし、ほんとライブだけ見ておこうと思って」

「なーにカッコつけて都合いいこと言ってんの、そんな言い訳通用すると思ってんの？　怖いだけっしょ。ほら行くよ」

と相澤が腕を取る。体を硬直させてその場で踏みとどまる和真に、相澤がおもいきり苦笑した。

「意外と面倒くせぇな、ツボちゃんって」

「いや相澤さん、ほんと本気ですいません勘弁してくださいさい心の準備ってものが」

「困るよお、葵にもう言っちゃってるよ、ツボちゃん挨拶に連れてくって」

「きっと怒ってるんで、無理です、すごく無理です。怖いです」

泣き出したい気分だった。いざ葵と会うとなると頭が真っ白になる。小学生のころ注射を打たれる順番を待つときだってこれほど怖くはなかった。迂闊《うかつ》だった、まさかこんなことになるなどと思ってもいなかった。たしかにもういちど会って話す心づももりはしていたが、それはツアー日程がすべて終了した後のことだ。今日のライブに来ていたことも、そのときに言おうと思っていた。相澤に言わせればそれがカッコつけてるということなのだろう。なにも反論できない。

「大丈夫だって、葵も喜んでたし」

「ほ、ほんとうですか……僕、葵にはけっこうひどいことして」

「でも来てくれたんだろ。あいつもすごく会いたがってるんだって」

「ほんとに？　ほんとに僕が来ることを知ってて会いたいって言ってるんですか。葵の性格からしてあんなことがあった後は……」

「しつこいなぁ、あたりまえじゃんか。リリーちゃんも二人のことは応援してくれてたらしいじゃん、いやー俺も良かったよ。さ、ツボちゃんは頑張れってひとこと言ってやるだけでいいから、な、男の子だろ、ほら怖くない、怖くないよー、痛くないよー」

そう言いながら引きずるようにして突きあたりのドアの前で止まった。通路にいたスタッフらしき数名が様子をうかがうようにこちらを見ていた。相澤が二回ノックして扉を開ける。

「ほんとうに会っても平気なんですか」

猛烈に面倒臭そうな顔をしただけで、もう彼は答えなかった。

ドアが開く。楽屋の中央にスナックやドリンクの用意されたテーブルが置かれていた。

壁にはメイク用の鏡が三枚貼られており、それぞれを囲むように電球が設置されている。

一番奥の鏡の前に、椅子の上に膝を立てて体育座りをしている葵がいた。

ぎょっとした顔でこちらを見ていた。ゆで卵を丸呑みするように口をあんぐりと開けている。なにが起こっているかわからない様子だった。首元に切れ込みのある黒のタンクトップに、デニム地のホットパンツ、足下はアディダスのスニーカーを履いていた。ノーメイクの顔に見なれているために、ステージ用の派手な化粧をした葵は別人のようだった。もう出演準備は終えているのだろう。

唾を飲み込んだ。どんと背中を押されて楽屋のなかに足を踏み入れると、後ろでドアの閉まる音がした。葵と目を合わせたまま、お互い数秒の沈黙があった。やがて葵が表情を崩し、口元に微かな微笑みを浮かべた。それをみて緊張がすこし解けた。

「葵、今日は」と言いかけると彼女は人差し指をすっと唇に当てて、こんどは誰が見てもそれとわかる穏やかな笑顔を作った。たった十日ほど会っていなかっただけなのに、その笑顔は胸が詰まるほど懐かしく見えた。

椅子から立ちあがり、一歩ずつ彼女が近づく。そのたびに和真の心拍数はまた跳ね上がった。なにか言わなければと焦れば焦るほど、頭にはなにも浮かばない。葵はついに目の前に立つと、こちらを見上げてにっこりと歯を見せる。

「和真、来てくれたんだ」

葵、と呟くのが精一杯だった。喉がからからに渇いていた。彼女は安心させるようにわずかに肯き、顔をじっと見つめると、次の瞬間、右手で力任せに和真の頬を平手打ちした。

「なんて言うと思ったの!?　どの面《つら》さげて来てんのよボケが！」

とつぜんのことに避《よ》ける間もなかった。

「な、なんか話と違う……」

と思わず漏らすとそれが余計に葵の怒りに油を注いだ。「やっぱりぜんぜん怒ってるじゃないですか！」と背後の扉を開けようとするが、反対側で誰かががっちりとドアノブを押さえている。逃げ場はなかった。

「いや、あの、ライブには来ようと思ったんだけど、いまツアー中で大変だろうし、連絡するのはツアーが終わってからにしようと思ってたんだ、ほんとなんだよ、いきなり来てごめん。というかいろいろごめん、葵にはずっと謝ろうと思ってたんだ」

「は？　『いろいろごめん』だ？　なにそのザックリした謝り方！　そんなこと言いに博多に、しかも本番前のいちばん緊張してるときに来たわけ!?」

「いやその、ゆっくり話せないかと思ってダイジェスト版の謝り方になっちゃっただけで、ほんとうにすごく反省してるんだ」

「謝るだけなのかコラ？」

いや、と後ろのドアにぴったりと背中をつけて声を絞り出した。額にじんわりと汗が滲んでいくのがわかる。葵がにじり寄り、追い詰められた和真は背中をドアに押しつけた。いちど目を閉じて大きく深呼吸する。

「僕は卑怯にもほどがある。葵が言ってたみたいに、僕は葵の気持ちに気づいてた。それどころか自分の気持ちにだって気がついてた。創馬やリリーや、みんなが知っていたように。でも、そのうえで逃げてたんだ。人の恋愛にはあんなに偉そうに口を出してたくせに、自分でも嫌になる」

そう言って唾を飲み込んだ。

「怖かったんだ。葵が受け入れてくれているにもかかわらず、それでも怖がるなんてどんだけ臆病者だって話だ。でも、もうやめたんだ」

「…………」

「葵のことが好きなんだ。一緒にいたいんだ。それをきちんと言おうと思った」

言ってしまった、と思った。

思った瞬間にまた平手打ちが飛んでくる。慌てて手首を摑んだが、それならと今度は左手が飛んできた。強烈な手のひらをまともに頰で受け止めた。

「は？　いまさらなに言ってんのよ！　私がどんな気持ちで大阪から帰ったと思ってんの！　おかげでリハに集中しまくったわよ、失恋の曲なんか五曲も書いたわよ、うち一曲は『死ね死ね金髪！』ばっかりではじめてデスメタル書いちゃったわよ使い物にならないけどね、私の部屋なんか家具なぎ倒してあんだぞ、お気に入りのジム・トンプソンのクッションもズタズタよ、そんな苦しませといていまさら『ハイそーですかありがとうございます今後もよしなに』なんて言うとでも思ってんの!?　あたしゃ老舗《しにせ》旅館の女将《おかみ》かっつーの、舐めんな金髪、老舗の女将ってなんだよ、お前遅いんだよ、一拍《いっぱく》ずれてんだよタイミングはずしてんだよそんなんじゃ踊れねぇんだよ一生悔やみながら風呂場で脱色してろばーかばーかばーかばーかばーか！」

息の続くかぎり怒鳴りつづけた。

瞬きをせずに殺気だった目で睨みつけている。瞬きを一度でもしたら、涙がこぼれてメイクが滲みそうだった。テーブルの脇に置いてあったティッシュを掴むようにして引き出すと、目尻にあてて涙を吸い込ませる。ドアに二回ノックがあった。「取り込み中悪いけど、そろそろ時間だぞお」と相澤の他人事な声が聞こえ、葵がペットボトルの水を手に取った。

「ライブの途中で声嗄《か》れたら和真のせいだかんね」

「…………」

「じゃあね」

葵は最後に鏡で化粧を確認する。和真はため息をついてドアの前からどいた。

いつから聞こえていたのだろう、扉の外からは宇川葵を待つ観客の声援がうっすらと聞こえている。楽屋の液晶テレビには、会場内の様子がモニターされていた。一階のスタンディングゾーンには観客が目一杯詰まっていて、お互いを押し合うようにして蠢《うごめ》いている。彼らの熱気は画面越しにも伝わってきた。肩に掛けたタオルで汗を拭き、すこしでも前に移動できないか体を捩りながら、みな闇に浮かぶ無人のステージを見上げていた。

「……ばかじゃないの。なんでそんなこと言いに、ここまで来んのよ」

ドアの取っ手に手を掛けて、そのまま葵は動かなくなった。

なにも答えられなかった。無言でうつむくと、彼女のスニーカーが目に入る。

「葵それ、ほどけそうだよ」

和真に言われて、緩んでいた靴紐に彼女も気がついた。ドアノブから手を離すと、彼女はその場で屈み、緩んでいた靴紐に指を掛ける。「ちくしょう」となんども呟きながら紐で輪を作る。

「ちくしょう、いまさら言ったって、ぜったい和真、許さないんだからな」

自分に言い聞かせるようにして、蝶結びを結っていく。和真の影が屈んだ葵に落ちている。タンクトップから出たちいさな肩がわずかに震えていた。和真は静かに息を吸い込む。でたらめに叩かれたドラムのように自分の脈が体中で響いていた。緊張で膝が砕けそうだった。いまの自分と同じように、夜の展望台の上で、彼女も勇気を奮い立たせていたのだろうか。

スニーカーの紐をきつく結び終えたのを見て「葵」と彼女の名前を呼んだ。

「なによ」

屈んだまま不機嫌そうに答える彼女の肩に、手を置いた。葵が顔を上げる。そのまま彼女の体は固まった。

葵の唇が震えた。あるいは自分の唇かもしれない。

扉を叩くノックが聞こえる。
彼女の細い両腕がゆっくりと持ち上がると、和真の首に静かにかかった。

☆

夜の那珂川《なかがわ》は歓楽街のネオンを浴びながら音もなく波打っていた。

週末だけあって中洲《なかす》の飲み屋はどこも酔客でにぎわっている。どの店を選んで良いかわからずふらふら歩いていると、破けた赤提灯《あかちょうちん》が屋台の空席を照らしているのが目に入った。暖簾《のれん》を手で払うようにして顔を出す。焼き鳥に塩を振っている店主は、ピカ爺と同年代に見える老人だった。椅子に座った和真のことはちらりと見ただけで笑顔もない。どうも、と挨拶をしてとりあえず芋焼酎《いもじょうちゅう》を頼んだ。ざっとみたところ調理台には焼き鳥のグリルしかなかったが、インクの滲んだメニューには天ぷらやおでん、刺身《さしみ》まであった。それどころか隣の客はメニューにはないラーメンをうまそうに啜《すす》っている。ようするに何でも用意してくれる店なのだろう。無愛想にぬっと突き出されたグラスには零《こぼ》れそうなほどなみなみと焼酎が注がれている。和真好みの店だった。

ライブが終わった直後に会場を出てきていた。公演前に相澤から打ち上げに誘われたが、用事を済ませてから後で参加すると断った。事実だったし、初日の公演を無事成功させたチームの祝席に部外者の自分が入るのも申し訳なかった。「葵がぜったい納得しないからマジで来てくれよ」という彼に必ず行くと約束し、和真は一人で中洲にやって来た。

待っていた電話は三杯目の焼酎が半分まで減ったときにかかってきた。

「なんだかずいぶん賑やかそうな場所にいるじゃないか」

酔客が騒ぐ周囲の音が聞こえたのだろう。「まあね」と和真は保科に答えた。

「俺が言いたいことはわかってるな」

「たぶん」と額を指で掻く。

名古屋行きをキャンセルすると保科に連絡を入れたのは今日の午前中だ。保科はすでに新幹線で移動中だったのか、電話は留守番電話に繋がった。申し訳ないと謝って、名古屋へは行けない旨をメッセージで残した。博多に着いてからもなんどか電話を入れたが、やはり保科は出なかった。怒っていたのかもしれないし、手配した地元の業者との後処理に走り回っていたのかもしれない。

いずれにせよ、これだけのことをしたのだ。もう黒木と会うことは望めないだろう。

「ほんとうに悪かったと思ってる」

和真が謝ると、電話の奥から深いため息が聞こえた。

「まったくだ。お前からの借り分だとしても、ちょっとやりすぎだ」

「すまなかった。なにかトラブルになったかな？」

「いや、向こうにとっては余計な仕事だったからな。見ず知らずの奴を債務者に引き合わせる必要がなくなって喜んでたよ。だが、もう黒木と接触はできないぞ」

わかってる、と和真は答えた。串から引きちぎるようにしてレバーを口に入れた。

「俺が言うことでもないが、ほんとうにいいのか？　あれだけ探してただろう？」

「いいんだ。おそらく黒木は月子の父親じゃない」

「そう言い切れるのか？」

保科が言った。彼の言い分が正しかった。「いや、言い切れないな」と和真も同意した。

「でももう、僕にとってそれが重要な問題じゃなくなったんだよ。実の父親が誰であろうと、もういいんだ。月子の父親は僕と創馬だ」

へぇ、と面白そうに保科が笑った。電話の奥で、ピン、と音を立ててライターが開く。

「それに今日、羽田《はねだ》に向かうときに、いまさらながらひとつ気づいたことがあるんだ」

「なんだ」

「保科はさ、黒木の銀行通帳に印字された数字まで調べたんだろう？」

「あいつが何種類の保険に入っているかまでわかってる」

それなら、と和真はレバーの剝《は》ぎ取られた竹串を目の前にかざした。

「もう知ってるんだろう？　その男が月子の父親かどうか」

保科はなにも言わなかった。

そのかわりに、ふっと鼻で笑う音が聞こえた。それが答えだった。

相変わらず食えない奴だ。ひやりとするほど尖った竹串を眺めながら思った。

「そして彼は、お目当ての男じゃないんだね？」

「どうしてそう思うんだ」

「もし彼が月子の父親だったら、ドタキャンした僕をこんなにあっさり許さないよ。ねちねちしつこく文句を言って、もういちど名古屋へ連れ出すはずだ。高値で恩に着せるためにね」

「やっぱお前、性格悪いよな」

保科に言われたくないよ、と和真は電話を持ち替える。鶏皮《とりかわ》とつくねを注文すると、店主が無愛想に肯いた。隣でラーメンを食べていた二人組の中年が立ちあがる。和真は長いすの端から立ちあがって彼らが出て行きやすいように隙間を作った。

「ただね、そうするとひとつ、また別の疑問が出てくるんだ」

「ほう。聞くだけ聞こうか」と彼は笑った。

「保科がどうして僕を彼に会わせようとしたのかがわからないんだ。父親じゃないなら、電話でそう言えばいいだけだからね。でも保科はそうしなかった。僕を彼と会わせるために、わざわざ地元の業者と渡りをつけて、自分も名古屋まで同行しようとしたんだ。恩を売るにしても、いささか手がかかりすぎてる」

「それでお前の推測は？」

さぁ、と答えながら、店主が出した皿を受け取る。

「月子の父親探しを、あきらめさせたかったんじゃないかな。名古屋まで行ってようやく辿り着いた黒木が空振りだったなら、さすがに僕もそれ以上の捜索はあきらめる」

それしか考えられなかった。保科はゆっくりと煙草の煙を吐いた。

「そんなことするまでもなく、お前は自分から父親探しを止めたんだ。それでいいんじゃないか？　こっちは無駄な手間をかけちまったよ」

　まあね、と和真は同意した。

「でもそこまでして保科が僕に父親探しから手を引かせたかった理由はなんだろう？」

「聞くだけは聞いた」と保科が冷たく言った。

　質問はここまでだった。和真は異議を唱えなかった。

　たとえどんな理由であれ、自分にとってたいした問題だと思わなかった。

　すくなくとも、このときはそう思っていた。

　和真はつくねを卵黄にからめると、湯気ごと食べるようにして頬張った。

「じゃあ、逆に俺から訊こう」

「いいよ」

「名古屋行きをやめたお前は、いまどこにいるんだ？　さっき羽田がどうとか言ってたな」

「中洲の屋台にいる」

「中洲だと？」

「ああ。つくねを食べてる。僕が食べたことあるなかで、いちばんうまいつくねだ。芋焼酎はもうすぐ三杯目を飲みきる。けっこう酔ってるんだ。この電話を切ったら酔い覚ましに那珂川沿いでも歩くよ」

しばらく返事はなかった。苦笑いする彼の顔が浮かんだ。

「なんで博多なんだ？」

「大事な用事があってね」

「……あのな、結果はどうであれ、俺はお前に頼まれてけっこうな手間をかけたんだ、それくらいわかるだろう。しかもドタキャンまでされたんだぞ。せめてその大事な理由とやらを聞かせてくれてもいいんじゃないか？」

もっともな話だった。

「こっちには、人に会いに来たんだよ」

「へぇ、人に」

呆れるように保科が言った。

酔いが回ったのだろうか。おそらくそうなのだろう。和真はありのまま正直に、保科に教えた。

「好きな女の子に、会いに来たんだ」

店主がぱっと顔を上げると、歯の抜けた笑顔をはじめてみせた。焼酎瓶を手にとって、彼は無言で四杯目をなみなみと注いだ。

☆

まだ六月だというのに、太陽はもう真夏の顔をしていた。

路幅の狭い裏路地では陽の当たらない三角州の歓楽街だが、中心の目抜き通りだけは別だった。強烈な日射しからの逃げ場はなく、初夏の熱気で蒸せかえっている。

その通りじゅうに爆音でサンバのリズムが流れていた。

重低音のバスが響くたびにヤスが背負ったスピーカーが膨張する。放っておけばそのうち爆発しそうに見えた。表の国道まで聞こえそうな大音量の音楽に、昼間から赤ら顔で酔っ払っている酔漢《すいかん》たちは手を叩いて歓声を上げていた。

パレードの先頭を歩いているのは、前回と同様に二名の警察官だった。彼らにはほんとうに同情するしかない。二人とも前回の警官と似たような年で、似たような顔をして、似たような態度をとっていたが別人だった。前の担当者はあれからさっそく異動願いを出したに違いない。

「再開発、はんたーい！」

満面の笑みの奏太が、汗を飛び散らせながら大声を上げる。すると他の一同も「はんたーい！」と後につづく。両手を突き上げ、腰を振りながら進む奏太は人生の充実に輝いているように見えた。彼の後ろには創馬、月子、ピカ爺、ヤス、ケンといったいつもの雑居ビル従業員の面々だ。今回はその面子《メンツ》に加え、前回の様子を知って興味を持った各店の常連たちまで参加している。参加人数は二倍以上に膨れあがっていた。「盛りあがってるとこリリーに見せねえと怒られる」と奏太とヤスが声をかけて回った結果だった。みな見よう見まねで踵《かかと》を上げ、腰を振り、汗まみれで踊っている。

和真は今日も最後尾について歩いている。行列のなかでただひとり、ポロシャツにハーフパンツという平服だ。「リリーが見たら喜ぶって」と、危うくお揃いのサンバ衣装を着せられそうになったのを頑なに拒否した成果だった。創馬と奏太はスパンコール付きのベストを素肌に羽織《はお》り、白いホットパンツを穿いている。和真がその気になったらいつでも着られるようにとお揃《そろ》いの衣装をいまも鞄で持たされているが、隙を見て捨てるつもりだった。燃えるゴミでおそらく大丈夫なはずだ。

夏の香りがする風が吹き、青空にはソフトクリームのような白い雲が浮いていた。

歓楽街でなにか騒ぎがあると気づいた通行人が、国道からぞくぞくと見物にやって来る。パレードがはじまって二十分もすれば、三角州は人で埋め尽くされるようになった。

「俺たち、充実してまーす！」

観客に手を振りながら奏太が嬉しそうに叫ぶ。それにつづいて「充実してまああす！」とヤスがほとんど海老反りになって両手を空に突き上げた。あきらかに充実しすぎだった。そこまで充実したことなど自分は人生で一度もないだろうなと、逆に人を落ち込ませかねない。

和真の元までやってきた奏太が、汗でべとついた腕を肩に乗せる。

「ほら、和真さんもちゃんと充実しろよ！」

文句を言われているのか励まされているのかわからない。

「僕はこれやってるからいいんだよ」

そう言って、背負っている看板をさす。踊らないかわりに今日の仕事として受け持ったのは、サンバチームの紹介看板だった。

――リリーとゆかいな獣たち

その下に「目指せ！　サンバフェス優勝！」と書き添えてある。

和真が警官でも異動願いを出すだろう。

サンバパレードが終わったのは正午ちょうどだった。

銭湯でさっと汗を流して星座館に戻ると、一同はカウンターに群がって冷えたペットボトルを奪い合った。

「やっぱ奏太って、サンバセンスあるよなー」

「ヤスくんもすげー上達してるよ。リリーも『次のエースはヤスよ！』って言ってたぜ？」

「うっそ！　きいたかよケン!?」

「いやいや、創馬さんのほうが凄いっしょ、あの筋肉サンバ」

「ふん、これか？」

創馬が得意げに前に出ると、腰を振りつつ異常発達した大胸筋を収縮させる。創馬を真似《まね》て月子が同じポーズを取ると大人たちが大笑いした。達成感で充ち満ちている一同は、さっそく今日の踊りの出来について自画自賛をはじめる。やがてお気に入りのステップを踏むようになり、「ちょっと音かけようぜ」などと言い出す行程は前回のデジャブを見ているようだ。そこへ葵がやってこなかったら、またスピーカーからサンバが流れだしていただろう。

「なんで電話してくれないのよ！　寝坊しちゃったじゃない！」

店の入り口で、葵が目をつり上げて仁王《におう》立ちしていた。

それまで盛りあがっていたサンバチームの一同も、葵の迫力にみなぞっとして棒立ちになった。両手はきつく拳が握られている。「だから電話しろって言ったじゃんよ」と奏太が和真の陰に隠れた。「だって」と言い訳しようとするものの、連絡しないと決めたのは自分だった。スコップを土に刺すような鋭い足取りで葵は和真の元にやって来ると「ふざけんな！」と怒鳴って思いきり奏太の横っ腹を殴りつけた。

「お、俺かよ……」と彼は腰を折ってカウンターに手をついた。

「ちゃんと頼んでたのになんでよ、約束したのに！」

唇を歪めて怒る葵に、ごめん、と和真は謝った。

「サンバはまたいつでもできるよ。でも葵のほうはそうはいかないだろう。今日だけはゆっくり休んだ方がいいと思ったから」

夕方から宇川葵のツアー最終公演だった。本人はパレードを見てから会場に行きたいと言っていたが、葵の場合見るだけでは済まないと思ったのだ。和真の言葉に、葵の表情が一瞬固まる。

やがてバターでも溶けるようにゆっくりと目尻が下がり、葵は和真の腕を取って抱きついた。

「やあだあーっ！　和真ってやさしいーっ！」

数秒前までの怒気はもう霧散している。「ね、和真ってやさしいよね」とまだ横腹を押さえている奏太に葵が笑顔を見せると「はい和真さんやさしいっす」と怯えた顔で同意した。

「お前と藍も私たちを見習うんだな」

「み、見習いまっす」

「和真ぁ、きいたあ？　奏太が私たちお手本にするって！　どうしたら私たちみたいになれるか寝る時間削って食費切り詰めて研究するって！　もお、私たち自然体にしてるだけなのにねー」

和真は創馬に助けを求めたが、彼はにやにやと笑ってこちらを見ているだけだ。

福岡のライブ以降、葵は終始この調子だった。

あの翌日に東京にもどってきた葵は、わざわざ創馬や月子や常連たちをリリーの世界に呼び出した上で「私たち、今日から恋人同士なんです！」と高らかに和真との交際宣言をした。あるいは勝利宣言だったかもしれない。いずれにせよ、まだ交際についてなにも話し合う前にとつぜんそんな宣言をされた和真は、ビールの泡をすべて吹き飛ばすほど動揺した。しかし「リリーが証人ね！」とリリー用のショットグラスにテキーラを目一杯注がれたら「はい」と肯いて飲むしかない。二人の交際を知った一同はどっと盛りあがり、その夜はリリーの世界で飲み明かすことになった。

いまや和真と葵は、奏太と藍同様雑居ビル公認のカップルだった。

——今日、みんなであおいちゃんのTシャツ着ていくね

駆け寄った月子が、メモ帳を見せて親指を立てる。「いつの間に！」と驚く葵に向かってピカ爺が黒地に三つ葉葵のロゴが入ったTシャツを掲げた。創馬や奏太たちはさっそくその場でおそろいのTシャツに着替えて自慢げに腕を組む。どちらも筋肉の隆起を見せるために、1サイズ小さいTシャツをぴたぴたに体に張りつかせている。これらは二週間前にピカ爺がとりまとめて、応援タオルと一緒に注文したものだ。

——さっきもお父さん、あおいちゃんの歌のれんしゅうしてたよ

「うっそお！」

「練習なんてしてないよ」と真顔で訂正する。パレードの前に店で集合したとき、ライブの予習だといってみなでアルバムを聞きながら出かける準備をしていただけだ。

だが和真の反応に月子は口を尖らせて、メモ帳をなんども指さした。

「歌覚えようとしてたの俺も見たぞ、なぁ？」と創馬が月子の肩に手を置くと、「俺も見ました」「俺も」「俺も見た」「儂《わし》も」とピカ爺にまで告げ口された。もうあきらめるしかない。「……ちょっと口ずさみました」と和真はようやく告白した。

「やだかわいー和真っ！　好きなのね、私のこと好きなのね！」

まるで蔦《つる》を伸ばす朝顔のように葵が足まで絡ませてくる。

「ウザいなお前ら」と創馬が苦笑した。

「うらやましいんだろー！　ほら、なんか言い返せ奏太」

「ウザくないっす！　和真さんウザくないっす！」

「私、リハがあるからもうすぐ相澤が迎えに来るけど、一緒に車乗ってく人ー！」

ハイハイ！　と小鳥が餌をねだる必死さで皆が同時に手を挙げる。

「お台場だよね？　早く行くなら日本科学未来館にでも寄っていこうか。あそこのプラネタリウムは３Ｄの星像見れるんだよ」

一同はいっそう盛り上がると、我先にという勢いでお揃いのＴシャツに着替え、さっさと店の外に出て行った。そんなに急いだところで相澤の車に全員が乗れるわけもないだろう。廊下からはさっそく座席を奪い合うジャンケンの声が聞こえてくる。

和真は窓とカーテンを閉めると、皆が飲み捨てたペットボトルを集めてゴミ箱に入れた。簡単にテーブルを拭いて、息をひとつ吐く。カウンターの奥にあるキッチン扉が目に入る。下手《へた》くそな家族の肖像画、その額縁の上に先月新しい写真が一枚増えた。引きのばされたアナログ写真は遠い記憶のように不鮮明で、忘れられないほど眩しかった。

「和真」

と声をかけられて我に返った。

「リリー、頑張ってくるね！」

葵は写真に向かって声をかけると「いこ」と和真に手を伸ばした。

「ごめん、電話だ」

和真は言って、月子たちを先にプラネタリウムのなかに送った。日本科学未来館のなかでは異様な黒Tシャツの一団だった。全天周囲モニターに「すげー！」と興奮する奏太の声が聞こえてくる。月子が振り返って「は・や・く」と口を動かして手招きした。

「すぐにいくよ」

そう言って和真はディスプレイに映る発信者の番号を確認した。

見覚えのない番号だった。

上演プログラムの開始時間を確認して「もしもし」と電話に出る。

ほんの一、二秒、電話の向こうで沈黙があった。古い地層のなかで化石と一緒に埋まっていたような、埃《ほこり》っぽい沈黙だった。「もしもし」ともういちど和真は言った。

「久しぶりだね」

男が言った。

低いのに繊細な、きれいな声だった。

頭がまっ白になった。体中の水分が一瞬で蒸発してしまったようだった。膝に力が入らず、唾が出てこないほど口のなかが渇いた。

「……海外にいるって聞いてたんですけどね」

「シンガポールだよ。いま一時帰国中だ。よかった、もう覚えていないかと思ったよ」

和真は答えなかった。電話を切るべきなのはわかっていた。だが電流の流れるソケットに指を突っ込んでしまったように、全身が痺れたまま体が動かなかった。

声をきいたのは十年ぶりだった。あるいはそれ以上かもしれない。

村上雅也《むらかみまさや》。かつて和真を裏切り、和真の愛した新宿の歓楽街を、砂よりも細かくすり潰した男だった。

「カズ、今日はちょっと用事があって連絡したんだ」

なぜ自分の連絡先を知っているかなど、訊いても意味のないことだ。子供がインターネットのシステムを理解できないように、自分は彼の情報網の仕組みを理解できない。

「いま、三軒茶屋に住んでるらしいね」

「村上さん。あなたの用件がなんであれ、もう僕には関係のないことです」

プラネタリウムから間もなく上演するというアナウンスが流れた。出入り口に立つ係員が、こちらの様子を気にしている。

「もう二度と、連絡をしてこないで下さい」

と電話を耳から離したときに、信じられないひと言が電話から聞こえた。

レンガを耳に投げつけられたようだった。

脳が熱を帯び、内臓にまで鳥肌がたつ。係の女がこちらに向かって歩いてくるのが見えた。「入られますか？」と尋ねられた。それなのに、彼女の声が届かない。「もうすぐ上演時間です」、女はつづけて和真に尋ねる。だが鼓膜《こまく》の内側で鳴っているのは、寒気がするほどなめらかな村上の声だった。

「もういちど言え」

自分の声が震えていた。

出入り口まで月子が降りてきて、和真を見つけると顔をしかめた。白いワンピースのスカートが、羽のように羽ばたいて見えた。

「カズが僕の娘を預かってるんだってね？」

はやく、と月子が手招きしている。

「三枝《さえぐさ》月子は、僕の娘だ」

参考文献

『神統記』ヘシオドス著・廣川洋一訳　岩波文庫
『ギリシア神話』アポロドーロス著・高津春繁訳　岩波文庫
『ギリシア神話　上・下』呉　茂一　新潮文庫
『オデュッセイア　上・下』ホメロス著・松平千秋訳　岩波文庫
『イリアス　上・下』ホメロス著・松平千秋訳　岩波文庫
『星空の神々　全天88星座の神話・伝承』長島晶裕／ORG　新紀元文庫
『星座の事典』沼澤茂美・脇屋奈々代　ナツメ社

本書は二〇一六年三月に刊行された
『三軒茶屋星座館　春のカリスト』を改題、文庫化したものです。

|著者|柴崎竜人　1976年東京都生まれ。慶應義塾大学経済学部卒。東京三菱銀行退行後、バーテンダー、香水プランナーなどを経て、小説「シャンペイン・キャデラック」で三田文學新人賞を受賞し作家デビュー。映画「未来予想図　～ア・イ・シ・テ・ルのサイン～」、ドラマ「レンアイカンソク」など脚本も多数手掛ける。著書に「三軒茶屋星座館」シリーズ、『あなたの明かりが消えること』『あした世界が、』がある。

三軒茶屋星座館《さんげんぢややせいざかん》3　春《はる》のカリスト
柴崎竜人《しばざきりゅうと》

© Ryuto Shibazaki 2019

講談社文庫
定価はカバーに
表示してあります

2019年4月16日第1刷発行

発行者――渡瀬昌彦
発行所――株式会社　講談社
東京都文京区音羽2-12-21　〒112-8001
電話　出版（03）5395-3510
　　　販売（03）5395-5817
　　　業務（03）5395-3615

Printed in Japan

デザイン―菊地信義
本文データ制作―講談社デジタル製作
印刷――――豊国印刷株式会社
製本――――株式会社国宝社

落丁本・乱丁本は購入書店名を明記のうえ、小社業務あてにお送りください。送料は小社負担にてお取替えします。なお、この本の内容についてのお問い合わせは講談社文庫あてにお願いいたします。
本書のコピー、スキャン、デジタル化等の無断複製は著作権法上での例外を除き禁じられています。本書を代行業者等の第三者に依頼してスキャンやデジタル化することはたとえ個人や家庭内の利用でも著作権法違反です。

ISBN978-4-06-513289-0

講談社文庫刊行の辞

二十一世紀の到来を目睫に望みながら、われわれはいま、人類史上かつて例を見ない巨大な転換期をむかえようとしている。

世界も、日本も、激動の予兆に対する期待とおののきを内に蔵して、未知の時代に歩み入ろうとしている。このときにあたり、創業の人野間清治の「ナショナル・エデュケイター」への志を現代に甦らせようと意図して、われわれはここに古今の文芸作品はいうまでもなく、ひろく人文・社会・自然の諸科学から東西の名著を網羅する、新しい綜合文庫の発刊を決意した。

激動の転換期はまた断絶の時代である。われわれは戦後二十五年間の出版文化のありかたへの深い反省をこめて、この断絶の時代にあえて人間的な持続を求めようとする。いたずらに浮薄な商業主義のあだ花を追い求めることなく、長期にわたって良書に生命をあたえようとつとめるところにしか、今後の出版文化の真の繁栄はあり得ないと信じるからである。

同時にわれわれはこの綜合文庫の刊行を通じて、人文・社会・自然の諸科学が、結局人間の学にほかならないことを立証しようと願っている。かつて知識とは、「汝自身を知る」ことにつきていた。現代社会の瑣末な情報の氾濫のなかから、力強い知識の源泉を掘り起し、技術文明のただなかに、生きた人間の姿を復活させること。それこそわれわれの切なる希求である。

われわれは権威に盲従せず、俗流に媚びることなく、渾然一体となって日本の「草の根」をかたちづくる若く新しい世代の人々に、心をこめてこの新しい綜合文庫をおくり届けたい。それは知識の泉であるとともに感受性のふるさとであり、もっとも有機的に組織され、社会に開かれた万人のための大学をめざしている。大方の支援と協力を衷心より切望してやまない。

一九七一年七月

野間省一

講談社文庫 最新刊

伊坂幸太郎
サブマリン
家裁調査官は今日も加害少年のもとへ。あの陣内たちが活躍する「罪と魂の救済」のお話。

青柳碧人
浜村渚の計算ノート　9さつめ
〈恋人たちの必勝法《マーチンゲール》〉
人質を救うためにルーレットゲームで必ず勝つには？　数学少女・浜村渚の意外な答えとは！

堂場瞬一
虹のふもと
独立リーグで投げ続ける投手の川井《かわい》。彼が現役にこだわる理由とは？　野球小説の金字塔。

澤村伊智
恐怖小説キリカ
デビュー作刊行、嫉妬と憎悪の舞台裏。恐怖がまた来る。ああ、最愛の妻までも……。

柴崎竜人
三軒茶屋星座館　3
〈春のカリスト〉
路地裏のプラネタリウムに別れと出会いが訪れる。「神話と家族の物語」シリーズ佳境！

堀川アサコ
幻想寝台車
廃駅を使って走る、幻の寝台特急。あの世とこの世の、心残りをつなぎながら。〈文庫書下ろし〉

五木寛之
五木寛之の金沢さんぽ
北陸新幹線開業以来、金沢はいまも大人気。その古き良き街をエッセイで巡る極上の金沢案内！

石田衣良
逆《さか》島《しま》断《たつ》雄《お》
〈本土最終防衛決戦編1〉
皇国最大の危機。決戦兵器「須佐乃男《すさのお》」の操縦者を決めるべく、断雄らは特殊訓練に投入された！

リー・チャイルド
青木創 訳
ミッドナイト・ライン（上）（下）
母校の卒業リングを巡る旅は意外な暗部に辿り着く。全米1位に輝いたシリーズ最新作。

講談社文庫 最新刊

山本周五郎
逃亡記 時代ミステリ傑作選
〈山本周五郎コレクション〉
なぜ男は殺されたのか？ 市井《しせい》の人の息づかい、生き様を活写した江戸ミステリ名作6篇。

秋川滝美
幸《こう》腹《ふく》な百貨店
〈デパ地下おにぎり騒動〉
呑んで、笑って、明日を語ろう。『居酒屋ぼったくり』著者の極上お仕事＆グルメ小説！

決戦！シリーズ
決戦！桶狭間
大好評「決戦！」シリーズの文庫化第5弾。乾坤一擲《けんこんいってき》の奇襲は本当に奇跡だったのか！

酒井順子
朝からスキャンダル
アイドルの危機、不倫、フジＴＶの落日ｅｔｃ．平成日本を見つめ続ける殿堂入りエッセイ14弾。

片川優子
ただいまラボ
動物たちの生命と向き合う獣医学科学生の日々をリアルに描いた、爽快な理系青春小説。

日本推理作家協会編
ベスト8ミステリーズ２０１５
日本推理作家協会賞を受賞した2作をはじめ、選《え》りすぐりの8編を収録したベスト短編集！

本格ミステリ作家クラブ・編
ベスト本格ミステリ ＴＯＰ5
〈短編傑作選００３〉
天野暁月・青崎有吾・西澤保彦・似鳥鶏・葉真中顕。旬の才能を紹介する見本市。魅惑の謎解き！

ティモシイ・ザーン
富永和子 訳
スター・ウォーズ 帝国の後継者（上）（下）
新三部作の製作に影響した、ルーク、レイア、ハン、三人のその後を描いた外伝小説！

ローレンス・カスダン
ジョナサン・カスダン 原作
ムア・ラファティ 著
稲村広香 訳
ハン・ソロ スター・ウォーズ・ストーリー
無法者から冒険者へ！ ハン・ソロの若き日の冒険譚。知られざるシーン満載のノベライズ版！

講談社文芸文庫

多和田葉子

雲をつかむ話／ボルドーの義兄

解説＝岩川ありさ　年譜＝谷口幸代

読売文学賞・芸術選奨文科大臣賞受賞の「雲をつかむ話」。ドイツ語で発表した後、日本語に転じた「ボルドーの義兄」。世界的な読者を持つ日本人作家の魅惑の二篇。

たAC5
978-4-06-515395-6

吉本隆明

追悼私記　完全版

解説＝高橋源一郎

肉親、恩師、旧友、論敵、時代を彩った著名人――多様な死者に手向けられた言葉の数々は掌篇の人間論である。死との際会がもたらした痛切な実感が滲む五十一篇。

よB9
978-4-06-515363-5

菅野雪虫　天山の巫女《みこ》ソニン(5) 大地の翼
鈴木大介　ギャングース・ファイル〈家のない少年たち〉
鈴木みき　日帰り登山のススメ〈あした、山へ行こう!〉
瀬戸内晴美　かの子撩乱
瀬戸内晴美　京まんだら(上)(下)
瀬戸内寂聴　新寂庵説法 愛なくば
瀬戸内寂聴　人が好き［私の履歴書］
瀬戸内寂聴　白道
瀬戸内寂聴　寂聴相談室人生道しるべ
瀬戸内寂聴　瀬戸内寂聴の源氏物語
瀬戸内寂聴　愛する能力
瀬戸内寂聴　藤壺
瀬戸内寂聴　生きることは愛すること
瀬戸内寂聴　寂聴と読む源氏物語
瀬戸内寂聴　月の輪草子
瀬戸内寂聴　新装版 寂庵説法
瀬戸内寂聴　死に支度
瀬戸内寂聴　新装版 蜜と毒
瀬戸内寂聴　新装版 花《か》怨《えん》

瀬戸内寂聴　新装版 祇《ぎ》園《おん》女御《にょうご》(上)(下)
瀬戸内寂聴・訳　源氏物語 巻《まき》一《いち》
瀬戸内寂聴・訳　源氏物語 巻《まき》二《に》
瀬戸内寂聴・訳　源氏物語 巻《まき》三《さん》
瀬戸内寂聴・訳　源氏物語 巻《まき》四《し》
瀬戸内寂聴・訳　源氏物語 巻《まき》五《ご》
瀬戸内寂聴・訳　源氏物語 巻《まき》六《ろく》
瀬戸内寂聴・訳　源氏物語 巻《まき》七《しち》
瀬戸内寂聴・訳　源氏物語 巻《まき》八《はち》
瀬戸内寂聴・訳　源氏物語 巻《まき》九《く》
瀬戸内寂聴・訳　源氏物語 巻《まき》十《じゅう》
関川夏央　子規、最後の八年
先崎　学　先崎学の実況! 盤外戦
妹尾河童　少年H(上)(下)
妹尾河童　河童が覗いたインド
妹尾河童　河童が覗いたヨーロッパ
妹尾河童　河童が覗いたニッポン
妹尾河童・野坂昭如　少年Hと少年A
瀬尾まいこ　幸福な食卓

関原健夫　がん六回 人生全快
瀬川晶司　泣き虫しょったんの奇跡 完全版〈サラリーマンから将棋のプロへ〉
瀬名秀明　月と太陽
仙川　環《たまき》　幸福の劇薬〈医者探偵・宇賀神晃〉
曽野綾子　透明な歳月の光
曽野綾子　新装版 無名碑(上)(下)
三浦朱門・曽野綾子　夫婦のルール
蘇部健一　六枚のとんかつ
蘇部健一　六とん2
蘇部健一　届かぬ想い
曽根圭介　沈底魚
曽根圭介　本ボシ
曽根圭介　藁《わら》にもすがる獣たち
曽根圭介　TATSUMAKI〈特命捜査対策室7係〉
zopp　ソングス・アンド・リリックス
田辺聖子　川柳でんでん太鼓
田辺聖子　おかあさん疲れたよ(上)(下)
田辺聖子　ひねくれ一茶
田辺聖子　愛の幻滅(上)(下)

高田崇史　神の時空　倭《やまと》の水霊
高田崇史　神の時空　貴船の沢鬼
高田崇史　神の時空　三輪《みわ》の山祇《やまつみ》
高田崇史　神の時空　嚴島《いつくしま》の烈風
高田崇史　神の時空　伏見稲荷の轟雷
竹内玲子　永遠に生きる犬〈ニューヨーク　チョビ物語〉
団鬼六　悦楽王〈鬼プロ繁盛記〉
高野和明　13階段
高野和明　グレイヴディッガー
高野和明　K・Nの悲劇
高野和明　6時間後に君は死ぬ
高里椎奈　銀の檻を溶かして〈薬屋探偵妖綺談〉
高里椎奈　遠《とお》に呱々《ここ》泣く八重の繭《まゆ》〈薬屋探偵怪奇譚〉
高里椎奈　童話を失くした明時《あかとき》に〈薬屋探偵怪奇譚〉
高里椎奈　来鳴《きな》く木菟《みみずく》日知《ひし》り月《つき》〈薬屋探偵怪奇譚〉
高里椎奈　星空を願った狼の〈薬屋探偵怪奇譚〉
高里椎奈　雰囲気探偵　鬼鶫航《きのつぐみわたる》
大道珠貴　ショッキングピンク
高橋和　女流棋士

高木徹　ドキュメント戦争広告代理店〈情報操作とボスニア紛争〉
たつみや章　ぼくの・稲荷山戦記
たつみや章　夜の神話
武田葉月　横綱
高嶋哲夫　メルトダウン
高嶋哲夫　命の遺伝子
高嶋哲夫　首都感染
高野秀行　西南シルクロードは密林に消える
高野秀行　怪獣記
高野秀行　アジア未知動物紀行 ベトナム・奄美・アフガニスタン
高野秀行　イスラム飲酒紀行
高野秀行　移民の宴〈日本に移り住んだ外国人の不思議な食生活〉
高野秀行・角幡唯介　地図のない場所で眠りたい
田牧大和　花合せ〈濱次お役者双六〉
田牧大和　質草破り〈濱次お役者双六　二ます目〉
田牧大和　翔ぶ梅〈濱次お役者双六　三ます目〉
田牧大和　半可心中〈濱次お役者双六〉
田牧大和　長屋狂言〈濱次お役者双六〉
田牧大和　錠前破り、銀太

田牧大和　錠前破り、銀太　紅蜆《べにしじみ》
田牧大和　錠前破り、銀太　首魁《しゅかい》
田丸公美子　シモネッタの本能三昧イタリア紀行
田丸公美子　シモネッタのどこまでいっても男と女
竹内明　秘匿捜査〈警視庁公安部スパイハンターの真実〉
高殿円　カーリー〈I．黄金の尖塔の国とあひると小公女〉
高殿円　カーリー〈II．二十一発の祝砲とプリンセスの休日〉
高殿円　カーリー〈III．孵化《ふか》する恋と帝国の終焉〉
高殿円　メサイア〈警備局特別公安五係〉
高野史緒　カント・アンジェリコ
高野史緒　カラマーゾフの妹
瀧本哲史　僕は君たちに武器を配りたい〈エッセンシャル版〉
竹吉優輔　襲名犯
竹吉優輔　レミングスの夏
高田大介　図書館の魔女　第一巻　第二巻
高田大介　図書館の魔女　第三巻　第四巻
高田大介　図書館の魔女　烏《からす》の伝言《つてこと》(上)(下)
大門剛明　反撃のスイッチ
大門剛明　完全無罪

講談社文庫　目録

中島らもほか 輝きの一瞬〈短くて心に残る30編〉
中島らも チチ松村 らもチチ わたしの半生〈青春篇〉〈中年篇〉
鳴海 章 フェイスブレイカー
鳴海 章 謀略航路
中嶋博行 違法弁護
中嶋博行 司法戦争
中嶋博行 第一級殺人弁護
中嶋博行 ホカベン ボクたちの正義
中嶋博行 新装版 検察捜査
中嶋博行 新検察捜査
中村天風 運命を拓く〈天風瞑想録〉
中山康樹 ジョン・レノンから始まるロック名盤
永井 隆 ドキュメント 敗れざるサラリーマンたち
中島誠之助 ニセモノ師たち
梨屋アリエ でりばりぃAge
梨屋アリエ ピアニッシシモ
中原まこと 笑うなら日曜の午後に
中島京子 FUTON
中島京子 イトウの恋

中島京子 均ちゃんの失踪
中島京子 エルニーニョ
中島京子 妻が椎茸だったころ
奈須きのこ 空の境界(上)(中)(下)
中村彰彦 幕末維新史の定説を斬る
中村彰彦 乱世の名将 治世の名臣
長野まゆみ 簞笥のなか
長野まゆみ となりの姉妹
長野まゆみ レモンタルト
長野まゆみ チマチマ記
長野まゆみ 冥途あり
長嶋 有 夕子ちゃんの近道
長嶋 有 佐渡の三人
永嶋恵美 擬態
永井 均 内田かずひろ 絵 子どものための哲学対話
なかにし礼 戦場のニーナ
なかにし礼 生きる力〈心でがんに克《か》つ〉
中村文則 最後の命
中村文則 悪と仮面のルール

中田整一 トレイシー〈日本兵捕虜秘密尋問所〉
編/解説 中田整一 真珠湾攻撃総隊長の回想〈淵田美津雄自叙伝〉
中村江里子 女四世代、ひとつ屋根の下
中野美代子 カスティリオーネの庭
中野孝次 すらすら読める方丈記
中野孝次 すらすら読める徒然草
中山七里 贖罪の奏鳴曲《ソナタ》
中山七里 追憶の夜想曲《ノクターン》
中山七里 恩讐の鎮魂曲《レクイエム》
長島有里枝 背中の記憶
長浦 京 赤《セキ》刃《ジン》
長浦 京 リボルバー・リリー
中澤日菜子 お父さんと伊藤さん
中澤日菜子 おまめごとの島
長辻象平 半百《はんびゃく》の白刃 虎徹と鬼姫(上)(下)
中脇初枝 世界の果てのこどもたち
西村京太郎 四つの終止符
西村京太郎 七人の証人
西村京太郎 華麗なる誘拐

2019年3月15日現在